KB074016

구비설화를 활용한
동서갈등 상담 프로그램 개발

서 은 아

지식과교양

이 논문 또는 저서는 2019년 대한민국 교육부와 한국연구재단의 지원을 받아 수행된 연구임
(NRF-2019S1A5B5A07092186)

This work was supported by the Ministry of Education of the Republic of Korea and the
National Research Foundation of Korea (NRF-2019S1A5B5A07092186)

머리말

동서(同壻)란, 두 사람 이상의 남자나 여자 사이에서 그 아내나 그 남편들이 자매간이거나 형제간일 때 맺어지는 관계를 이르는 친족 용어이다. 남자 사이에 쓰이는 경우 그들의 아내가 한 집안의 자매관계에 있고, 여자 사이에 쓰이는 경우 그들의 남편이 한 집안의 형제관계에 있다. 동서끼리는 본인의 나이에 관계없이 배우자 집안의 형제나 자매의 나이를 따라 손위와 손아래를 따지게 되는데, 이렇듯 동서는 다른 성(姓)의 남남이면서도 배우자들의 형제 자매 관계로 인해 가까워진 사이이다.

한 신문기사에 의하면 여성의 29.5%가 최근 1년 간 동서갈등을 경험했고, 동서갈등이 생기면 68%가 그냥 참으며, 10.1%는 의절했다고 한다.[1] 본 기사는 여성만을 대상으로 하고 있지만, 동서갈등이 언제 어디서나 발생할 수 있는 보편적이고 현실적인 문제이며, 동서갈등이 해결되지 않을 경우 가족관계 또한 단절될 수 있음을 잘 보여준다. 보통 동서갈등이라면, 며느리들 사이에서 유발되는 갈등을 생각하지만, 여성의 사회적 진출이 늘어나고 육아를 시부모보다 친정부모에게 맡기는 것을

---

1) [중앙일보] 2015.09.25.

선호하게 되면서 사위들 사이에서의 동서갈등 또한 늘어나는 추세이다. 이에 본 서적에서는 구비설화를 대상으로 여성 간, 남성 간에 나타나는 동서갈등을 모두 살펴보고자 한다.

본 서적에서는 『한국구비문학대계』를 대상으로 동서갈등 설화들을 추출하고, 설화에 나타나는 동서갈등의 양상을 분석하였다. 그 후 현대 동서갈등으로 고민하고 있는 내담자들에게 설화를 적용시켜 해결방안을 제시하여 보았다. 이러한 과정을 통해 현대 동서갈등 문제 해결에 도움을 줄 수 있는 〈동서갈등 상담 프로그램〉을 개발해 내고자 하였다. 위와 같은 제시가 가능한 이유는, 내담자 자신의 '문제의 경험을 중심으로 만들어진 이야기(problem saturated story)'를 '문제 이야기에 대항하여 새롭게 만들어지는 이야기(alternative story)'로 바꾸어 나갈 수 있다는 이야기치료의 원리 때문이다. 즉 내담자는 자신과 동일한 동서갈등 양상을 설화를 통해 경험하면서, 문제의 소유자가 아니라 문제를 바라보는 관찰자의 입장에서 자신의 문제를 객관적인 시각으로 통찰하게 될 것이다. 그리고 설화에서 제시되는 해결방안을 통해, 자신의 이야기를 수정해 나아가게 될 것이다. 이것은 동일한 동서갈등 경험하고 있는 독자에게도 마찬가지로 적용될 것이라 생각된다.

이 서적에서는 동서갈등을 1) 시아버지 혹은 시어머니의 편애 · 차별 2) 장인 혹은 장모의 편애 · 차별 3) 동서들 간의 편가르기 4) 동서와의 내적차이(가치관 등) 5) 동서와의 외적차이(경제력 등) 6) 원만한 동서관계를 위하여 등 6가지 항목으로 분류하였다. 이처럼 분류한 이유는 현대 동서들 간의 갈등양상이 이와 같은 형태로 나타나기에, 동서갈등으로 고민하고 있는 독자가 이 서적을 읽었을 때, 자신의 동서갈등과 동일한 양상을 쉽게 찾아보고 해결방안을 얻을 수 있도록 하기 위해서이다.

현대 동서갈등 양상을 찾아내기 위해 필자는 다음 미즈넷과 네이트판 톡톡에서 동서갈등과 관련된 모든 내담자들의 글을 추출하여 정리하고, 각 항목에 해당되는 동서갈등 양상에 적합하다고 판단되는 글을 골라 사례로 제시하였다. 사례 인용은 독자의 이해를 돕기 위해 전문을 제시하고자 하였으나 전문이 길 경우 필요한 부분을 중심으로 인용하였으며, 내담자의 글쓰기 특성을 살리기 위해 원상태를 보존하고자 노력하였다. 또 구비설화의 줄거리를 요약하고 설화군의 제목을 정하는데『문학치료서사사전』[2]의 도움을 크게 받았다.

이 서적을 구상하면서 필자가 소망했던 것은 책을 읽는 즐거움이었다. 권위적이고 딱딱한 학술서보다는 누구나 쉽게 읽고 공감할 수 있는

---

2) 정운채 외,『문학치료서사사전』I Ⅱ Ⅲ, 문학과치료, 2009.

교양서를 만들고 싶었다. 이 서적에는 다양하고 재미있는 동서갈등 설화들이 제시된다. 이런 이야기들을 통해 독자들은 다양한 동서갈등을 간접적으로 체험해볼 수 있을 것이며, 본인의 상황과 비교해볼 수 있을 것이다. 또 구비설화 각 편이 모두 온전한 하나의 이야기라는 점에서 이를 바탕으로 한 각색스토리텔링이 가능하며, 서적에서 제시되고 있는 동서갈등 설화들은 영화나 드라마의 소재로도 활용될 수 있다.

이 서적의 강점은 흥미로운 이야기의 나열에 그치지 않는다는 점이다. 이 서적에서는 동서갈등 문제를, 구비설화를 매개로 하여 쉽고도 재미있는 방법으로 접근하고 있다. 이것은 누구나 이해하기 쉬운 짤막한 설화를 사용한다는 점에서 독자들의 지적 호기심을 불러일으킬 수 있다. 또한 동서갈등의 양상과 현대 사례에의 적용 방안을 언급하고 있기에, 동서갈등 당사자는 본인에게 문제가 되는 요인을 체크하고 해결방안을 모색해볼 수 있을 것이다. 필자는 이러한 과정을 통해, 독자들에게 구비설화의 문학적 효용을 증명하고 싶었다. 즉 구비설화가 구태의연한 옛이야기가 아니라, 현대에도 얼마든지 변용되고 재해석되어 우리들에게 활용될 수 있는 귀중한 유산임을 알게 하고 싶었다.

이 서적이 나의 아홉 번째 단행본이 된다. 이 서적을 출간하면서 너무나 고마운 분들이 많이 계시다. 내가 하는 일이라면 늘 믿어주는 우리 아빠, 아빠의 동반자인 이순옥 여사님, 나에게 힘이 되어주는 정아언니와 남동생 상균이, 내 하나뿐인 예쁜 조카 유은이, 언제나 온전한 내편인 남편 정지용과 하나님이 나에게 주신 최고의 선물 아들 구윤이 사랑합니다. 하늘에 계신 우리 엄마, 엄마의 딸이라서 행복했습니다. 늘 염려해주시는 시댁 분들 감사합니다. 국문학 연구자의 길을 가게 해주신 박기석 선생님, 고(故) 정운채 선생님, 학문적 대화상대가 되어 주시는 김택중 선생님께도 감사의 마음을 전합니다. 늘 하나님 말씀으로 양육해주시는 도담교회 소춘영 담임목사님과 남은 평생 함께 할 나의 믿음의 가족들에게도 깊은 감사와 사랑을 전합니다.

　나의 삶에 살아 역사하시는 하나님을 찬양합니다.
　지금까지 내가 걸어온 길에, 아버지가 매 순간 함께 하셨음을 기억합니다.
　앞으로 걸어갈 길 또한 아버지가 함께 해주실 것을 믿습니다.
　늘 아버지 은혜 안에 거하게 하시고, 아버지 말씀에 순종하는 삶을 살게 하소서.
　사랑합니다. 나의 아버지. 아버지가 나의 전부입니다.

2022. 8. 22. 서은아 씀

목차

1. 시아버지 혹은 시어머니의 편애 · 차별

1) 설화에 나타나는 갈등양상

시아버지 혹은 시어머니의 편애나 차별은 동서갈등을 유발하는 매우 커다란 요인이 될 수 있다. 동서갈등을 토로하는 내담자 중 다수는 "남편이 외동아들이었으면 좋았겠다."는 말을 한다. 시부모님의 노후를 본인 가정이 홀로 책임져야 한다는 심리적 · 육체적 · 경제적 부담감은 있지만, 그 편이 자신과 비교대상이 되는 동서의 존재보다 낫다는 것이다. 이 말은 시댁식구들의 편애가 심각한 동서갈등을 유발할 수 있으며, 동서갈등의 흔한 원인이 된다는 것을 이야기해준다.

이와 관련된 설화로 〈지혜 있는 맏동서[1]〉를 제시해볼 수 있다. 대강의 줄거리는 다음과 같다.

---

1) 『한국구비문학대계』 7-8, 323-326면, 공검면 설화19, 지혜 있는 맏동서, 김분진(여, 58).

옛날에 형제가 살았는데 형은 어머니를 모시면서 부유하게 살았고 동생은 가난하게 살았다. 하루는 시어머니가 마당 멍석에 널린 큰집과 작은집의 보리쌀을 지키고 있었다. 큰며느리가 방에서 베를 짜다가 보니 시어머니가 새를 쫓는 것처럼 하면서 큰며느리네 보리쌀을 작은며느리네 보리쌀에 자꾸 보내는 것이었다. 큰며느리는 아무 말도 하지 않고 있었는데 저녁때가 되어 작은며느리가 보리쌀을 가져가려고 왔다. 작은며느리는 보리쌀을 걷어가면서 양이 늘어나 있으니까 자기가 처음에 가져왔던 양만큼만 가져가고 나머지는 덜어놓았다. 큰며느리가 그것을 보고 작은며느리가 양심이 있다고 생각하였다. 그래서 작은집의 어려운 살림살이를 좀 도와줘야겠다고 마음먹었다. 큰며느리는 작은며느리에게 찹쌀을 가져다주면서 언제가 시아주버니 생일이니 그때 술과 떡을 해서 시아주버니를 초대하라고 하였다. 작은며느리는 큰며느리가 시키는 대로 술과 떡을 맛있게 해서 시아주버니의 생일날 시아주버니를 초대했다. 시아주버니는 생일날 제수가 마련해주는 술과 떡을 기분 좋게 마시고 먹으면서 잔뜩 취하게 되었다. 큰며느리는 술에 취한 남편을 업고 집으로 돌아와 남편의 주머니에서 열쇠를 꺼내 궤를 열고 땅 문서들을 방바닥에 흩트려 놓았다. 그리고 열 마지기 논문서를 동서에게 주면서 시아주버니가 술김에 주셨다고 하라고 했다. 시아주버니가 한참 늘어지게 자다가 일어났는데 제수가 동동주를 가져와서 권하더니 열 마지기 논문서를 주셔서 감사하다고 하는 것이었다. 시아주버니는 마지못해 벌벌 떨면서 같이 살아야 좋은 게 아니겠느냐고 했다.

옛날에 형제가 살았는데, 형은 부유하게 동생은 가난하게 살았다. 하루는 시어머니가 마당에서 큰집과 작은집의 보리쌀을 지키고 있었다. 큰며느리가 방에서 베를 짜다가 보니, 시어머니가 새를 쫓는 것처럼 하

면서 큰며느리네 보리쌀을 작은며느리네 보리쌀 쪽으로 자꾸 보내는
것이었다. 큰며느리는 아무 말도 하지 않고 있었는데, 저녁때가 되어 작
은며느리가 보리쌀을 가져가려고 왔다. 작은며느리는 보리쌀의 양이 늘
어나 있자, 자기가 처음에 가져왔던 만큼만 가져가고 나머지는 덜어놓
았다. 큰며느리가 그것을 보고 작은며느리가 양심이 있다고 생각해, 작
은집의 어려운 살림살이를 좀 도와줘야겠다고 마음먹는다. 큰며느리는
작은며느리에게 찹쌀을 주며 아주버니 생일에 술과 떡을 해 아주버니
를 초대하라고 한다. 생일날 제수가 마련해준 술과 떡을 기분 좋게 마신
아주버니는 잔뜩 취하게 되고, 큰며느리는 취한 남편을 업고 집으로 돌
아와 남편의 주머니에서 열쇠를 꺼내 궤를 열고, 땅 문서들을 방바닥에
흩트려 놓는다. 그리고 열 마지기 논문서를 동서에게 주면서, 아주버니
가 술김에 주셨다고 하라고 한다. 큰며느리의 도움으로 작은집 또한 잘
살게 된다.

〈지혜 있는 맏동서〉 설화에는 가난한 자식을 도와주고 싶은 어머니의
마음이 잘 드러나는데, 어머니는 부유한 큰아들네 보리쌀을 가난한 작
은아들네 보리쌀 쪽으로 자꾸 보낸다. 그리고 이러한 시어머니의 행동
을 큰며느리는 아무 말 없이 지켜본다. 설화에서 작은며느리 또한 정직
하게 행동하고 있는데, 작은며느리는 자신의 보리쌀이 늘어나있는 것을
보고 늘어난 보리쌀은 덜어내며, 자신이 처음에 가져온 양만을 가져간
다.

이와 비슷한 전개를 보이는 설화로 〈삼 동서 이야기[2]〉가 있다. 대강의
줄거리는 다음과 같다.

---

2) 『한국구비문학대계』 1-2, 425-427면, 점동면 설화9, 김희묵(여, 61).

삼 형제가 있었는데 둘째가 못살았다. 큰집 마당에 벼를 널어놓는데 그 마당 끄트머리에 둘째가 살았다. 큰며느리가 밥을 하러 왔다 갔다 하면서 보니 시어머니가 큰집 멍석에 있는 벼를 둘째네 멍석 위에 옮기는 것이었다. 큰며느리는 형제간에 의가 좋지 않으니 아마도 어머니가 그렇게라도 해서 둘째를 도와주시나보다 하였다. 큰며느리는 둘째 동서의 뜻을 들어보려고 다른 멍석의 벼는 안 그런데 한 멍석의 벼가 많이 줄었다고 말했다. 그러자 둘째 동서가 어머니가 망령이신지 자꾸 자기 멍석 위에 벼를 퍼다 놓으니 어쩌면 좋겠냐고 하였다. 큰며느리는 부모로서 자식이 불쌍하니까 그러신 것이라며 둘째 동서에게 오늘 저녁 술을 받아다 놓고 쌀을 줄 테니 떡도 하여 큰집 식구를 부르라고 하였다. 둘째 동서가 큰며느리가 시키는 대로 하여 시아주버니를 부르러 갔다. 시아주버니는 뭘 주려고 그러느냐면서 달라는 소리나 하지 말라며 가지 않으려고 하였다. 그러자 부인이 형제지간에 그럴 수가 있느냐고 하자 남편이 마지못해 둘째네 집으로 갔다. 첫째가 둘째네 집에 가보니 진수성찬이 차려져 있었다. 형제가 서로 먹을 것을 권하며 재미있게 지내니 형이 깨닫는 바가 있었다. 큰며느리가 형제 중에 하나가 못 살면 으레 서로 돕는 것이 아니냐면서 어머니가 둘째 아들이 굶는 것을 못 보고 벼서 너 말을 가져다 줬더니 동서가 참된 사람이라 도로 가져 왔다면서 형제가 재산을 똑같이 나눠 같이 먹고 살면 얼마나 좋겠느냐고 하였다. 형이 동생을 불러서 자기 앞으로 해놓은 땅을 나눠주고 같이 행복하게 살았다.

이 설화에는 삼 형제가 등장하는데 둘째 아들의 가정이 가난하다. 큰며느리는 밥을 하러 왔다 갔다 하던 중, 시어머니가 자신의 멍석에 있는 벼를 둘째네 멍석으로 옮기는 것을 보게 된다. 큰며느리는 그렇게라도 해서 둘째를 도와주시나보다 생각하며, 둘째 동서의 뜻을 들어보려고 한다. 여기서 둘째 동서의 뜻이란, 시어머니의 행동에 대한 동서의 생각을 알고자 함이다. 큰며느리는 둘째 동서에게 "다른 멍석의 벼는 안 그런데 한 멍석의 벼가 많이 줄었다."고 이야기한다. 형님의 물음에 둘째 동서는 "어머니가 망령이신지 자꾸 자신의 멍석에 벼를 퍼다 놓으신다."면서 어쩌면 좋겠느냐고 한다. 큰며느리는 부모로서 자식이 불쌍하니 그러신 거라며 둘째 동서에게 저녁에 술과 떡을 준비해 큰집 식구를 부르라고 한다. 큰며느리는 둘째 동서가 음식을 준비할 수 있도록 쌀을 주며, 둘째 동생네로 가지 않으려는 남편을 설득해 남편을 보내고 있다. 또 재산을 똑같이 나눠서 같이 먹고 살면 얼마나 좋겠느냐고 남편을 설득한다.

이러한 줄거리의 설화들은 『한국구비문학대계』에 29편이 수록되어 있는데, 이들은 [정직한 작은동서 어진 큰동서] 설화군이라 명명할 수 있다. 이 중에서 〈어진 형수[3]〉 설화에서는 시어머니가 큰아들네 벼 멍석과 둘째 아들네 벼 멍석을 마당에서 말리면서 은근히 큰아들네 것을 빼서 둘째 아들네 쪽으로 쌓아둔다. 어느 날 큰며느리가 그 모습을 보고 큰며느리는 지금까지 늘 시어머니가 자기집의 것을 작은집에 옮겨다 주었다고 생각한다. 그날 저녁 큰며느리는 작은며느리가 벼를 가져가는 것을 지켜보는데, 작은며느리는 아침에 자신이 가져온 양만큼만 벼를 가져간다. 큰며느리는 그 모습을 보며 오해가 풀리고, 저렇게 착한 사람이 고생하는 것이 안타까워서 작은집을 도와주기로 마음을 먹는다. 이 설화에는 큰며느리가 지금까지 시어머니가 자신의 집의 것을 작은집에 옮겨다준 건 아닐까 의심하고 있는데, 작은며느리의 행동을 보며 그 의

---

3) 『한국구비문학대계』 3-1, 281-285면, 주덕면 설화4, 조학구(남, 76).

심이 풀어지고 있다.

또 〈의좋은 동서[4]〉 설화에서는 시어머니가 큰며느리 몰래 짚으로 만든 작은 바구니에 큰집 나락을 서너 말 퍼 담아 작은며느리 집에 가져다주고, 작은며느리는 무슨 이런 짓을 하시냐며 시어머니가 가져온 나락을 이고 큰집으로 가 큰며느리에게 돌려준다. 작은며느리는 큰며느리에게 이것 가지고 우리 살림이 크게 느는 것도 아니니 받으시라고 한다. 여기서는 시어머니가 큰며느리 몰래 작은며느리에게 벼를 가져다주지만, 작은며느리는 시어머니가 몰래 가져온 것을 받지 않고 큰집에 되돌려준다.

[정직한 작은동서 어진 큰동서] 설화군의 모든 설화에서 작은동서는 정직하게 행동하며, 이러한 동서의 행동이 착해서 혹은 고마워서, 동서의 행동에 감동해서 혹은 감탄해서, 동서가 불쌍해서 혹은 안타까워서, 큰동서는 작은집을 도와주려고 한다. 그리고 설화의 화자들은 이런 큰며느리의 행동을 어질다고 표현한다.

다음으로 살펴볼 것은 〈동서들보다 한 수 더 뜨는 막내며느리[5]〉 설화이다. 대강의 줄거리는 다음과 같다.

어떤 사람이 아들 삼 형제를 낳아서 며느리를 보았다. 그런데 큰며느리와 둘째 며느리는 좋은 집안에서 데리고 왔는데, 막내며느리는 보니까 좀 왈패였다. 하루는 위의 동서 둘이 시아버지와 짜고 셋째 며느리 길을 들이자고 하였다. 시아버지가 내일 모래가 정월초하룻날이라 세배를 해

4) 『한국구비문학대계』 8-10, 636-638면, 칠곡면 설화44, 전용을(남, 68).
5) 『한국구비문학대계』 7-9, 127-128면, 안동시 설화46, 이용탁(남, 71).

야 하니까, 맏며느리 너는 갓을 쓰고 와서 편안할 안(安)으로 아뢰고, 둘째 며느리 너는 아들을 안고 와서 좋을 호(好)로 아뢰라고 했다. 세배를 하는데, 맏며느리와 둘째 며느리가 계획한대로 하니까 그것을 본 막내며느리가 자기도 잘 해보려고 엉덩이를 까고는 사랑 문지방을 넘으면서 법 여(呂)로 아뢴다고 했다. 그러니까 입이 두 개이니까 법 여(呂)라는 것이었다. 시아버지가 막내며느리 길을 들이려다가 오히려 호되게 낭패를 보았다. 큰며느리와 둘째며느리가 시아버지와 함께 다시 계획을 하였다. 시아버지는 생일날 자신이 주안상을 받을 때에 큰며느리는 아버님 천황세가 되어 주시오라고 하고, 둘째 며느리는 지황세가 되어 주시오라고 말하라고 했다. 천황세와 지황세는 삼천갑자 동박사의 만팔천수를 하라는 의도였다. 셋째 며느리가 두 동서가 그렇게 말하는 것을 보고는 좆이 되어 달라고 말했다. 좆이란 죽었다 깨니까 그렇게 말한 것이었다. 나중에 막내며느리가 아들을 낳았는데 그 아들이 제일 큰 놈이 되었다.

어떤 사람이 아들 삼 형제를 낳아서 며느리를 보았는데, 큰며느리와 둘째 며느리는 좋은 집안에서 데리고 왔는데 셋째 며느리는 그렇지 못하였다. 하루는 동서 둘이 시아버지와 짜고 셋째 며느리를 길들이자고 하였다. 시아버지는 내일 모레가 정월초하룻날이니 세배를 할 때 큰며느리에게는 갓을 쓰고 와서 편안할 안(安) 자로, 둘째 며느리는 아들을 안고 와서 좋을 호(好) 자로 인사를 하라고 하였다. 두 며느리는 시아버지가 시키는 대로 인사를 했는데, 이를 본 셋째 며느리는 엉덩이를 벗고는 법 여(呂) 자로 인사를 해, 시아버지는 크게 낭패를 당하게 된다. 실패한 시아버지는 큰며느리, 둘째 며느리와 다시금 계략을 짠다. 시아버지는 생일날 자신이 주안상을 받을 때, 첫째 며느리에게는 "천황세(천황씨⁶⁾)가 되어 주시오."라고 말하고 둘째 며느리에게는 "지황세(지황씨⁷⁾)가 되어 주시오."라고 말을 하도록 시킨다. 이것은 삼천갑자 동방삭의 만팔천수를 하라는 것으로, 장수를 하라는 의미이다. 두 동서가 그렇게 말하는 것을 보고, 셋째 며느리는 좆이 되어달라고 말을 한다. 설화의 화자는 셋째며느리가 낳은 아들이 제일 큰 놈이 되었다고 하며, 셋째 며느리가 영리하다는 것을 강조한다. 여기서는 시아버지의 셋째 며느리에 대한 차별이 나타나며, 두 동서가 시아버지와 연합하여 셋째 며느리를 따돌리고 있다.

이와 비슷한 줄거리의 〈세 며느리의 현신⁸⁾〉이라는 설화에서도, 시아버지의 며느리 차별이 나타나는데, 대강의 줄거리는 다음과 같다.

한 사람이 아들 삼 형제를 두었는데 며느리들이 효성이 지극해서 밤낮 현신(現身)을 해서 절을 했다. 그런데 이 시아버지가 셋째 며느리가 미워서 죽을 지경이었다. 하루는 첫째 며느리와 둘째 며느리를 불러서 다음에 절을 할 때 큰며느리는 갓을 쓰고 안(安)자로 하고 작은며느리는 애를 업고 호(好)자로 절을 하라고 시키면서 셋째 며느리가 문자로 인사 할 수 없으면 내쫓자고 했다. 다음날 아침에 며느리들이 절을 하는데 첫째와 둘째 며느리가 시아버지 시키는 대로 하자, 셋째 며느리가 치마를 걷고 볼기를 내밀면서 여(呂)자로 절을 하는 것이었다. 입 구(口)가 둘이어서 여

---

6) 천황씨(天皇氏)는 중국 상고시대 시기의 군주로 삼황 중 한명이며, 성씨는 망(望), 이름은 획(獲), 자(字)는 자윤(子潤), 호는 천령(天靈)이다. 형제가 12명 있었고 모두 곤륜산에서 즉위하여 형제들이 각각 18,000년동안 군림했다고 한다.

7) 지황씨(地皇氏)는 중국 신화에 등장하는 전설적인 군주로 천황씨, 인황씨와 함께 삼황(三皇)이라 불린다. 천황씨의 뒤를 이어 일어나 숭얼산(熊耳山)에서 즉위해 약 3만 6천년 동안 재위했다고 전해진다.

8) 『한국구비문학대계』 1-4, 470-473면, 미금읍 설화23, 윤선식(남, 66).

(몸)인데 똥구멍과 보지가 둘이어서 그렇다는 것이다. 시아버지가 할 말이 없었다. 시아버지가 셋째 며느리가 미워서 죽겠으니까 첫째와 둘째 며느리를 불러서 다음에 절을 할 때 자기가 꿈에 죽은 사람이 보이니 얼마 안 있어서 죽으려나 보다고 말을 할 테니 첫째 며느리는 돌아가셔서 옥황상제가 되시면 자손들 많이 낳게 해달라고 하고 둘째 며느리는 돌아가셔서 염라대왕이 되시면 자손들 목숨을 길게 해달라고 말하라고 시켰다. 다음날 아침에 며느리들이 절을 하는데 첫째와 둘째 며느리가 시아버지 시키는 대로 하자, 죄송하다며 천황씨(天皇氏)도 한 번 죽으면 못 살고 지황씨(地皇氏)도 한 번 죽으면 못 사니까 돌아가셔서 좇이 되라고 했다. 좇은 죽었다 살았다 백세 천세를 유지할 것이라는 것이다. 시아버지가 할 말이 없었다. 시아버지가 다 보기 싫다면서 아들들과 며느리들을 내쫓았다. 첫째 며느리와 둘째 며느리는 손자를 낳아도 벼슬도 못했는데 셋째 며느리가 낳은 손자는 북평사를 살았다고 한다.

한 사람이 아들 삼 형제를 두었는데, 며느리들이 효성이 지극하여 밤낮으로 현신(現身)[9]을 해 절을 했다. 그런데 이 시아버지가 셋째 며느리를 미워하여 첫째와 둘째 며느리에게는 문자로 인사하는 법을 가르쳐주고, 셋째 며느리가 문자로 인사를 할 수 없으면 내쫓자고 하였다. 그러나 영리한 셋째 며느리는 시아버지의 말문을 막히게 문자인사를 한다. 시아버지는 셋째 며느리를 쫓아낼 생각에 다시금 계략을 꾸미지만, 결국 영리한 셋째 며느리를 쫓아내지 못한다. 화자는 셋째 며느리가 낳은 손자가 북평사를 살았다고 하며, 셋째 며느리가 영리하다는 것을 강조한다. 설화에서 시아버지가 셋째 며느리를 미워하는 이유는 제시되지

---

9) 아랫사람이 윗사람에게 예를 갖추어 자신을 보이는 일.

않으며 시아버지의 며느리 차별만이 제시된다. 여기서도 두 동서는 시아버지와 연합하여 셋째 며느리를 쫓아내는 일에 가담하고 있다.

이러한 줄거리의 설화들은 『한국구비문학대계』에 7편이 수록되어 있는데, 이를 [세 며느리의 글자 인사] 설화군이라고 명명해볼 수 있다. 이 가운데 〈며느리 문자 세배하기[10]〉 설화에서는 시아버지가 며느리 셋을 불러 내일이 설날이니, 내일 아침에는 자신에게 글자로 인사를 하라고 한다. 첫째와 둘째 며느리는 시집온 지 얼마 안 되는 셋째 며느리를 쏙 빼놓고 자기들끼리만 내일 어떻게 인사를 할 것인지 의논을 하고, 셋째 며느리는 그것을 괘씸하게 여긴다. 여기서도 동서갈등이 유발되고 있다.

2) 현대 사례들과 설화의 적용

다음에서는 시아버지 혹은 시어머니의 편애나 차별로 인해 동서갈등이 나타나는 사례들을 살펴보기로 하겠다.

사례 1 **누구는 며느리? 누구는 딸?**

> 저는 결혼한 지 2년이 되어 가구요, 동서네가 1년 되었네요. 그런데 울 시엄마, 시댁행사 있어 가면 저한테는 큰애야 그리고 동서한테는 이름을 불러요. 진짜 딸 부르듯이… 근데 그게 참 섭섭하더라구요. 동서나 저나

---

10) 『한국구비문학대계』 8-11, 87-89면, 정곡면 설화8, 한진식(남, 61).

어머님이 알던 시기(약 3년)는 비슷하거든요. 그럼 둘 다 큰애야 작은애
야 부르든가 아님 둘 다 이름을 부르면 좋으련만 참 기분 나빠요.…… 사
실 저희 어머님은 김치며 밑반찬이며 잘해주세요. 평소에도 잘 해주시구
요. 단지 동서네랑 같이 있으면 단지 차별을 느낄 뿐이죠. 그리고 제 느낌
에 도련님을 어머님께서 훨씬 이뻐하시는 게 보여요. 울 신랑보다... 그래
서 그 동서를 같이 더 이뻐하는지... 그래서 저는 동서네랑 집에 같이 모이
는 것이 싫어요. 평소에는 잊고 있던 어머님의 그런 기분 나쁨들이 그때
가 되면 새록새록 생각나서 어머님이 너무 미워지니깐요. 잘 해드려야지
하다가두 그 생각이 나면 잘하고 싶은 생각이 딱 떨어지네요.ㅜㅜㅜ

　사례1〉에서 글쓴이는 자신에게는 '큰애야'라고 부르면서, 동서에게는
딸을 부르듯이 이름을 부르는 시어머니의 호칭이 서운하고 기분이 나
쁘다. 시어머니가 '큰애야', '작은애야'라고 부르든지 아님 둘 다 이름을
불러주면 좋겠다. 동서와 함께 있을 때 차별을 느낀다는 걸 보면, 평소에
시어머니와의 관계는 별문제가 없어 보인다. 글쓴이는 시어머니가 동
서를 예뻐하는 이유가 자신의 남편보다 도련님을 예뻐하기 때문이라고
생각한다. 사례에서는 동서갈등이 아직 표면적으로는 드러나지 않는다.
하지만 동서네와 집에 같이 모이는 것이 싫다는 것을 보면, 언제든 시어
머니의 편애로 인한 동서갈등은 유발될 수 있음을 짐작해볼 수 있다.

사례 2　며느리를 차별하시는 어머님

　저는 첫째 며느리, 얼마 전 둘째 며느리가 들어왔어요. 어머님은 항상
저한테 복덩이, 우리 복덩이 하시면서 예뻐해 주셨는데 둘째 며느리가 들

어오고 나니 둘째 며느리한테 복덩이, 우리 복덩이... 하시면서 저보다 이
제는 둘째만 이뻐해 주시네요. 그래도 첫째 며느리 둘째 며느리 둘 다 복
덩이들이라고 칭해주시면 제가 이렇게 서운하진 않죠... 이제는 명절 때
고 시댁에 갈 때 항상 만나면 둘째한테는 복덩아~~ 이렇게 불러주시고
저한테는 에미야~~~ 과일 좀 깎아와라~~ 이렇게 호칭도 변했고요. 저
한테만 일을 시키시네요. 너무 갑자기 변하시니 진짜 속상해요ㅜㅜ 둘이
나이 차이라도 많이 나거나 그럼 진짜 그래 한참 어린 동서가 들어왔으
니 이쁘다 해줄텐데요. 이건 저랑 나이차이도 한살밖에 나질 않아요. 그
러니깐 더 차별대우 받는 거 같고 열 받아서요. 남편은 그동안 너한테 잘
했는데 뭘 질투하냐고 별걸 다 질투한다 그러고 있고. 이건 그냥 질투의
문제가 아니에요. 왜 같은 며느리인데 누구는 소파에 앉아서 주는 과일이
나 얻어먹고 누군 과일 깎고 대접하고 남은 설거지까지 하고 저만 늦게
가야 하냐구요.……

 사례2)에서도 시어머니의 호칭에서부터 서운함이 시작된다. 시어머
니는 글쓴이를 항상 '복덩이' '우리 복덩이'라고 부르며 예뻐해 주셨다.
그런데 둘째 며느리가 들어오면서 '복덩이' '우리 복덩이'라는 호칭은 동
서에게로 넘어갔고 글쓴이의 호칭은 '에미'가 된다. 글쓴이는 시어머니
의 변한 호칭이 서운하며, 자신에게만 일을 시키는 시어머니의 행동이
속상하다. 같은 며느리인데 누구는 소파에 앉아서 주는 과일이나 얻어
먹고, 누구는 과일을 깎아 대접하고 남은 설거지까지 하고 늦게 가야하
냐고 반문하는 것을 보면, 글쓴이의 마음속에서는 벌써 동서갈등이 시
작되고 있다.

사례 3 자격지심... 비교되는 동서 ㅠ·ㅠ

결혼 7년차에 아들하나, 딸 하나... 그리고 큰며느리... 제가 살면서 가장 후회하는 게 있다면 7년 전 남편이랑 결혼한 걸 가장 후회합니다. 솔직히 남편에 대한 불만은 없습니다. 친구들 좋아하지만 가정적이고 착실하고... 문제는... 변덕이 죽을 쑤는 시모... 얼굴에 욕심이 더덕... 더덕... 나이 차이 많은(시모 69세... 시부 82세) 시부랑 시모땜에 시모가 친정에 무슨 일이 생기거나 여행을 가면 항상 혼자 가죠. 시부는 항상 제 책임... 그냥 좋은 게 좋은 거라고 시댁 일에 군소리 없이 지냈지만 지금에 돌아온 건 아무것도 없네요. 올 3월에 시동생이 결혼했는데... 저랑 너무 비교되네요. 전 전업주부인데... 동서는 고급공무원에... 제 친정은 정말 보잘 것 없는데... 그것도 어머님 혼자 계시고 제가 늦둥이라 연세도 많으시고... 거동하기도 힘드시고... 동서네 친정은 친정아버지가 대기업 이사시고... 두 분 다 나이도 젊으시고... 사는 것도 너무 잘살고... 울 신랑도 말은 안하지만 은근히 울 시동생 부러운 듯~~ 울 동서 임신 7개월인데... 아무것도 안 하네요. 울시모... 공주 모시듯 하네요. 며느리한테 이름 부르면서... 얘는 친정에서 공주로 자랐단다. 헉~~~ 휴~~ 나오는 건 한숨밖에 없고... 제 자신이 너무 초라해서 미치겠어요.…… 큰며느리가 하면 당연한 거고... 갓 결혼한 둘째 며느리가 하면 아주 대단한 일... 지금도 시모는 병원에 있고.. 시부는 기한 없이 좁디좁은 우리 집에서 모시고 있는데 4가지 없는 동서... 저한테 전화 한 통 없네요. 그저... 시모한테만... 전화통 불나고... 오늘은 휴가까지 내서 지네 친정엄마 모시고 병문안 간다네요. 휴~~~~~

사례3)에서 글쓴이는 좋은 게 좋은 거라고 생각해, 시댁 일에 군소리 없이 지내왔다. 그런데 시동생이 결혼을 하면서 동서가 생기고, 여러 면에서 자신과 비교가 되기 시작한다. 시어머니는 동서의 이름을 부르며 공주 모시듯 하고, 글쓴이는 자신이 초라해 한숨만 나온다. 현재 시어머니가 병원에 있고, 시아버지는 자신의 집에 모시고 있는 상황에서 전화 한 통 없는 동서를 4가지(싸가지) 없다고 표현하는 것을 보면, 이미 동서갈등은 시작되고 있다.

사례 4 추석 중 시어머니의 차별...

안녕하세요? 올해 30대 중반인 여자입니다. 추석 내내 시댁에서 너무 화나는 일이 있어서 친정가기 전에 푸념 좀 하려 글을 적겠습니다. 얘기가 뒤죽박죽이어도 이해해주세요. 어머님이 저랑 동서랑 차별을 해도 너무 하세요. 그동안 동서가 없어서 저랑 아가씨가 일을 도맡아 했는데 동서가 생기니 어머님이 저를 큰며느리라고 차별하시는 게 확 느껴져서 너무 서러웠습니다...... 동서 같은 경우는 미국에서 대학과 대학원을 둘 다 나오고 한국에서 유명한 외국계회사에 취직을 했는데, 동서 집 쪽은 동서 아버지가 대기업 임원쯤 되시고 특허도 여러 개 있어서 돈이 좀 많은가 봐요. 집도 강남에서 하고 혼수도 동서가 다하고 서방님이 그동안 모아둔 돈은 전부 호화로운 결혼식과 신혼여행에 썼죠. 자세히는 모르겠지만 서방님도 억대 연봉인데 동서는 서방님보다 훨씬 더 많이 번답니다...... 아무튼 추석 전날 어머님께서 아침 7시에 전화 오셔서 오라고 하시더라구요^^; 제가 시댁이랑 20분 거리인데 일찍 가서 도와드리려 했으니 네~ 하고 바로 가서 도와드렸습니다. 음식 한참하고 정신없게 바쁘게 하고 있다 점심쯤 어머님께 동서는 언제 오냐고 물었습니다...... 그런데 돌아오는 어머님의 답변은 일이 바빠서 저녁 8시 비행기를 타고 온답니다. 제가 작년 명절 때 너무 아파서 오후에 들러 도와드리면 안 되겠냐는 말에 성질까지 부리시며 버럭 화를 내던 어머님은 어디 갔는지 계속 일해라~ 하시면서 방에 쏙 들어가 버리십니다. 저 혼자 바쁘게 차례상을 준비하고 시부모랑 아가씨 남편 그리고 울 애기까지 저녁 챙겨주고 다들 모여서 티비 보고 있을 때 10시 반쯤 그제서야 서방님이랑 동서가 오네요. 어머님 재밌다고 보시던 티비마저 제쳐두시고 반기면서 저한테는 또 얘들 힘들 텐데 과일 좀 깎아오랍니다. -_- 제가 무슨 힘이 있나요... 서방님이랑 동서 씻고 편하게 쉬실 동안 저는 과일과 술안주 챙겨 왔네요... 추석 당일 상 차리고 있는데 동서는 멀뚱멀뚱 보고만 있네요. 제가 "동서 뭐해~ 안 도와줘?" 이러니깐 자기 집안에서는 자기가 어렸을 땐 어려서 컸을 땐 유학 가서 해본 적이 없답니다. 그랬더니 어머니도 옆에서 "그래, 작은 아가는 잘 모르니깐 가서 치우는 거나 도와줘라"라고 거들고 그 얄미운 애교 많은 목소리로 해맑게 웃으며 "네~어머님" 이러고 설거지 하고 쓰레기나 치우네요. 아침, 점심도 마찬가지로 동서는 아무것도 안하고 아버님 어머님 남편 하고 하하호호하고 얘기나 하면서 밥 다 먹으면 눈치 안보이게 설거지 하는 정도... 그게 끝입니다.…… 저 도와 줄 것도 아니면서 동서가 도와주게도 막는 시어머님도 밉습니다.

사례4)는 동서가 생기고, 처음 추석을 보내면서 시어머니의 차별을 경험한 맏며느리의 글이다. 추석 전날 시어머니는 아침 7시에 글쓴이에게 오라고 전화를 하고, 글쓴이는 시댁에서 정신없이 바쁘게 음식을 준비한다. 그러면서 동서는 언제 오냐고 묻는다. 그러자 시어머니는 작은 며느리는 일이 바빠, 저녁 8시 비행기로 온다고 답변을 한다. 작년 명절에 자신이 너무 아파 오후에 도와드리면 안 되겠냐고 했을 때, 시어머니는 버럭 화를 냈었다. 혼자 차례상을 준비하고 10시 반쯤 서방님과 동서가 오자, 시어머니는 재미있다고 보던 TV마저 제쳐두고 동서를 반기며, 하루 종일 일한 글쓴이에게 애들 힘들테니 과일을 깎아오라고 한다. 추석 당일 날도 글쓴이가 상을 차리는데 동서는 멀뚱멀뚱 보고만 있고, 글쓴이가 도와달라고 하자 자신은 해본 적이 없다고 한다. 옆에서 시어머니는 "작은 아가는 모르니 가서 치우는 거나 도와주라"고 한다. 아침, 점심도 동서는 시아버지, 시어머니, 시아주버님과 하하 호호 하며 아무것도 안한다. 글쓴이가 동서에 대해 '그 얄미운 애교 많은 목소리로 해맑게 웃는다'고 표현하는 것을 보면 이미 글쓴이 마음에서는 동서갈등이 시작되고 있다. 글쓴이는 자신이 도와줄 것도 아니면서 동서가 돕는 것도 막는 시어머니가 밉다.

사례 5 | 동서랑 차별하는 시어머니 화나요

> 항상 보면 동서네만 챙기고.. 저희도 해드린다고 하는데 말이죠. 솔직히 소소히 많이 챙기는 건 동서네가 하지만요.. 그렇다고 저희도 따라서 하기도 그렇고요. 존심 상하잖아요. 얼마 전에 재산상속에 대해 말하시는데 시모가 동서 고생 많다고 땅 있는 거 동서네 하라고.. 그런데 바로 옆에 저희 남편(장남)도 있었는데 아무 말도 없으시더래요. 좀 그랬는지 신랑이 나중에 시모한테 물어봤대요. 저희는 없냐고 하니까 지금 내놔도 잘 팔리는 땅 동서네한테 준다고 했대요... 신랑이 따지니까 신랑한테는 그런저런 땅을 준다하고... 솔직히 부모재산 넘보고 생각도 안했지만 이러시니 차별하는 것 같아요... 사실 수입이 더 적어 고생 더 하는 건 저흰데 말이죠... 장남 능력 없어서 고생하는 건 전데 맨날 동서 동서... 여우같은 동서 속셈도 몰라보시구... 이거 수정해달라고 말씀 드리고 싶네요 ㅜㅜ

사례5〉에서 글쓴이는 동서네를 더 챙겨주는 시어머니의 재산상속 문제로 마음이 상한다. 소소하게 챙기는 건 동서네가 하지만, 글쓴이도 해드린다고 해드렸다. 시어머니는 지금 부동산에 내놓아도 잘 팔리는 땅을 동서네에 준다고 하고, 장남인 글쓴이의 남편에게는 별 가치가 없는 땅을 준다고 한다. 수입도 적고 남편 능력도 없어 고생하는 건 글쓴이인데, 맨날 동서만 챙기는 시어머니한테 글쓴이는 화가 난다. 자신의 동서에 대해 '여우같은 동서 속셈도 몰라본다'고 표현하는 것을 보면, 시어머니의 재산상속 차별로 인해 이미 동서갈등은 시작되고 있다.

사례 6 아들 낳은 며느리와 딸 낳은 며느리

저희 시댁은 아들만 둘인 집인데 아들 둘을 끔찍하게 여기시는 시어머님이 계셔요. 그런데 둘이 비슷한 시기에 결혼과 임신을 해서 나이도 한두 살 정도밖에 차이가 나지 않아요. 그런데 동서는 아들을 낳았구요. 저는 딸을 먼저 출산했어요. 제가 딸을 낳고나서 어머님은 산후조리 하는데 와보시지도 않으셨는데요. 동서가 아들을 낳았더니 바리바리 싸들고 먼저 찾아보시네요. 같은 손주인데 만나서도 차별이 심하십니다. 요즘 이런 시대도 있을까 싶은데 아직까지 아들아들 하는 집이 있네요. 친정에서는 첫딸은 살림밑천이다 하시면서 얼마나 예뻐해 주시는 줄 몰라요. 시댁과 친정의 온도차는 정말 냉탕과 온탕 입니다. 제 남편은 어머님께 요새는 딸이 얼마나 귀한 줄 아시냐고 구박하지 말고 똑같이 이뻐하시라고 얘기하는데 어머님은 말로는 내가 언제 차별하니? 하시고 몸소 차별을 보여주세요. 제가 출산을 먼저 했는데 보약 한 첩은 고사하고 미역국 한번 끓여주시지 않으셨는데요. 동서는 산후보약에 돈 봉투까지 주셨다고 하시네요. 이게 차별이 아니고 뭔가요? 지금 제 아이가 4살이 되었는데 그렇게 따지면 동서 아이보다 누난데 항상 세뱃돈은 제 딸은 만원 동서네 아들은 오만원짜리를 쥐어주세요. 저한테 그런 건 괜찮은데 제 딸아이한테 저런 차별을 하시니깐 화가나더라구요. 지금은 명절 때 보이거나 하면 제가 먼저 갔다가 동서네 오기 전에 일어나서 나와 친정으로 갑니다. 어쩔 수 없이 시댁 모임 때 만나는 거 외에는 저도 동서랑 마주치기가 싫어지더라구요. 동서한테 딱히 감정이 있는 건 아닌데 어머님으로 인해 동서하고 사이도 멀어졌어요. 동서도 어머님이 차별하실 때마다 제 눈치 보느라 얼마나 힘들겠어요? 동서는 둘째를 임신했구요. 저는 그냥 제 딸아이 하나만 키우려고 하는데 그것조차도 뭐라 하십니다. 둘째 아들내미 하나 보자고... 제가 어머님께 아들을 낳아드리면 그때 가서 제 딸과 둘째를 차별하실 게 뻔한테 저보고 아들을 낳으라구요?? 전 그렇게 제 딸아이한테 미안해서 평생 둘째 안가지려 합니다.

사례6)은 아들을 선호하는 시어머니로 인해 동서갈등이 유발되고 있다. 글쓴이와 동서는 비슷한 시기에 결혼과 임신을 해 글쓴이는 딸을, 동서는 아들을 낳았다. 딸을 낳은 글쓴이에게는 산후조리 때 와 보시지도 않았던 시어머니가, 아들을 낳은 동서에게는 바리바리 싸들고 찾아간다. 또 먼저 출산한 글쓴이에게는 보약은 고사하고 미역국조차 끓여주지 않았던 시어머니가, 동서에게는 산후보약에 돈 봉투까지 쥐어준다. 이제 딸아이가 4살이 되었는데, 시어머니는 항상 세뱃돈으로 누나인 글쓴이의 딸에게는 만원을 동생인 동서아들에게는 5만원을 쥐어준다. 손주들을 차별하는 시어머니의 태도에 글쓴이는 동서와 마주치기가 싫어지며, 시어머니로 인해 동서와의 사이도 멀어지게 된다.

사례 7 굴러온 돌이 박힌 돌 빼는 동서

이번에 새로 가족으로 들어온 동서네 얘기 좀 할까 합니다. 저보다 두 살 어린데 처음 인사 올 때부터 여시다 라는 생각이 들었을 정도로 엄청 어머님과 아버님한테 딱 붙어서 어찌나 애교를 떨어대던지 보기 불편할 정도였어요. 저는 성격이 좀 털털하고 원래 애교랑은 거리가 멀어 항상 말수가 없었는데 동서가 들어오고 나서부터는 어머님 아버님이 웃음소리가 끊이지 않으시네요. 그런 동서가 처음에는 분위기도 잘 띄우고 저보다 낫다 싶어 그냥 됐는데 명절이나 시댁에서 모임이 있을 때 항상 옆자리에 앉아서 수다나 떨고 있고 일은 항상 저만 하는 것 같아서요. 한두 번도 아니지 본인이 아랫동서면 눈치껏 거들 때는 부엌에 얼굴이라도 들이미는 게 정상 아닐까요? 어떻게 밥상차려서 먹을 때까지 떡하니 부모님 옆자리에 앉아서 히히덕거리는 지 그런데도 아무 말씀 안하시고 예뻐만 해주시니 제가 열불이 나네요. 며느리가 둘인데 여전히 하나인 것 같고 한명은 딸인 것 같은 기분이 들어요. 그리고 갈 때 돼서는 얼마나 가기 싫다는 둥, 여기서 그냥 어머님과 살까요? 요런 마음에도 없는 소리나 해대고 그러다가 아버님 주머니에 슬쩍 돈 봉투 들이밀면서 마지막까지 아주 여시짓만 떨다 갑니다. 제가 입이 반쯤 나와 있으니 남편이 저보고 "너도 좀 저렇게 해봐라" 라고 말하네요. 남자들은 아주 여자가 옆에서 하하호호 해주면 사족을 못 쓰나 봐요. 남은 설거지도 역시 제 몫이네요. 동서네가 먼저 가고 나니 다시 집안에 썰렁함만 남고 두 분은 수고했다 소리도 없이 방으로 들어가서 티비 보시고 굴러온 돌이 박힌 돌 뺀다고 진짜 마주치기 싫고 그냥 다 싫으네요. 이집식구들이

사례7〉에서 글쓴이는 시부모에게 딱 붙어서 애교를 부리는 동서가 못

마땅하다. 동서가 들어온 후 시부모님의 웃음소리가 끊이지 않고, 동서가 분위기도 잘 띄우고 자신보다 낫다고 생각해 그냥 두었다. 근데 이제는 명절이나 시댁 모임이 있을 때면, 항상 동서는 시부모님의 옆자리에 앉아 수다나 떨고 있고 일은 글쓴이 혼자 하게 된다. 동서는 밥상을 차려서 먹을 때까지 시부모님 옆자리에 앉아 히히덕거리지만, 시부모님은 아무 말씀도 안하고 예뻐만 하니 글쓴이는 속에서 열불이 난다. 그리고는 갈 때가 되면 가기가 싫다는 등 마음에도 없는 소리를 하다 시아버지 주머니에 슬쩍 돈 봉투를 들이밀고, 마지막까지 여우짓만 하다 간다. 동서네가 가고나면 집안에는 썰렁함만 남고, 시부모님은 수고했다는 소리도 없이 방으로 들어가 TV를 보신다. 글쓴이는 굴러온 돌이 박힌 돌을 뺀다고 동서와 진짜 마주치기도 싫고, 시부모님도 남편도 싫어진다.

사례8 얄미운 손아랫동서 어떻게 해야 하나요?

저에겐 10살 어린 손아랫동서가 있습니다. 동서는 이제 갓 돌 지난 아기가 있으며 동서네 집이 좀 경제적 여유가 있어서 옷도 명품만 입고... 저희 시댁은 그날 벌어서 하루하루 살아가는 경제적으로는 그냥 그렇습니다. 시동생이 직장도 변변치 않으니까 동서네 집에서 사업을 할 수 있도록 밀어 주신다구 하셨나봐요... 그래서 그런지 저희 시동생과 시부모님은 동서라면 공주 모시듯 합니다. 겉으로 표시 날 정도로 저하고 차별을 하시는데 그럴 때마다 너무 열 받아서 안 그린 척 하지만 스트레스 너무 받습니다. 시댁에 모여서 밥이라도 먹으면 시어머니랑 제가 다 준비하구 동서는 애가 어리다는 핑계로 손 하나 까딱 안 하고 앉아서 애만 보고 있고요... 그나마 동서가 조금 도우려고 하면은 시어머니가 너는 그냥 앉아

있어라 아무것도 할 거 없다고 하시면서 애나 보고 있으라고 하네요. 그
러면서 저는 왜 부려먹는지... 설거지하며... 그것도 한두 번이지 정말 열
받아서... 자꾸 이런 일이 반복 되니까 동서가 너무 얄밉고 점점 싫어지네
요.. 동서 나이가 30이면 어린것도 아닌데 이해가 안갑니다. 시어머니가
설거지 하고 있어도 가만히 앉아서 애기만 보고 있으니... 잠깐 볼 사이도
아니고 평생을 봐야 한다고 생각하니 끔찍합니다. 이럴 때 얄미운 손아랫
동서 어떻게 해야 하나요?

사례8)에서 글쓴이에게는 10살이나 차이나는 손아랫동서가 있고 동
서에게는 갓 돌이 지난 아기가 있다. 시동생 직장이 변변치 않으니, 여유
있는 동서네 친정에서는 사업을 할 수 있게 지원해주신다고 하고, 시동
생과 시부모님은 동서라면 공주 모시듯 한다. 글쓴이는 안 그런 척 하고
있지만, 동서와의 차별에 너무 스트레스를 받는다. 시댁에 모여 밥이라
도 먹게 되면 시어머니와 글쓴이가 식사준비를 하고, 동서는 애가 어리
다는 핑계로 손 하나 까딱하지 않는다. 그나마 동서가 조금 도우려고 하
면 시어머니는 애나 보고 있으라며 동서를 말린다. 이런 일이 반복되니
동서가 너무 얄밉고 점점 싫어진다. 시어머니가 설거지를 해도, 동서는
가만히 앉아서 애기만 보고 있다. 이런 동서와 평생을 봐야한다고 생각
하니 끔찍하고 얄미운 동서를 어떻게 해야 될지 모르겠다.

사례 9 시엄마가 저와 동서를 차별하세요..

안녕하세요. 작년 5월에 동서가 생긴 32살 여자입니다. 작년 2012년 5
월에 제 남편 동생이 장가를 가게 되었어요. 동서는 저와 3살 차이로 올

해 29살인데요.…… 저는 시댁과 같은 아파트 바로 옆동에 살고 있습니다. 외식을 할 때나 쇼핑을 갈 때 항상 시어머니와 보통 함께 가고 있고요 시어머니와 시아버지 모두 제 아들을 너무 예뻐해 주셔서 일주일에 다섯 번은 시댁에서 세 네 시간 정도 보내고 있습니다.…… 어머님도 절 친딸처럼 아껴주시고 제 화장품도 챙겨주시고 하는데.. 문제는 지금 저보다 동서를 훨~~씬 좋아하는 게 너무 티가 납니다.…… 어머님이랑 저랑 집 앞에 백화점에 장볼 겸 쇼핑 할 겸 같이 갔습니다. 마침 날도 추워지고 그래서 시엄마 옷 한 벌 해드려야겠다 생각해서 옷 코너를 둘러보는데.. 시엄마가 젊은 여자들이나 입는 옷을 보시더라구요. 그러면서 한번 입어보라고 하시길래 저는 당연히 제 것인 줄 알고 '아니예요 저 겨울옷 많아요~!' 이랬더니 웃으면서 '둘째 사 주려고 그러지~ 이 옷 입으면 되게 이쁠 거 같지 않니?' 이러시더라구요.. 무안했지만 대충 맞장구치고.. 그 옷 가격은 백만원이 조금 넘더라구요.. 근데 망설이는 기색도 없으시고 바로 결제하시고.. 저는 결혼한 지 오년동안 어머니한테 옷 한 벌 선물 받아본 적도 없습니다.…… 시아버지는 진짜 대놓고 차별하시는 거 같아요. 저랑은 그냥 아무 표정 없이 말만 필요한 말만 하는 데에 비해서 제 동서랑은 웃으면서 장난도 치구요.. 시아버지는 항상 동서보고 막내딸 같다고 하시구요.…… 오늘 동서네랑 저희랑 시댁에서 저녁 먹으면서 괜히 서럽더라구요.. 밥을 먹을 때도 시어머니랑 저는 음식 나르면서 못 먹고 있는데.. 동서는 시아버님이랑 남자들이랑 편하게 밥이나 먹고.. '어머님도 빨리 같이 드세요~ 그래야 저녁이 더 맛있죠~ 형님두요' 이러는데.. 어머니 기분 좋으신 티 팍팍 나고.. 저녁 먹은 거 저 혼자 치우고.. 어머님은 과일 깎으시고.. 과일접시도 동서 앞에 가져다 놓으세요.. 이젠 동서도 당연하다는 듯한 태도네요.. 우울하네요.. 괜히.. 대놓고 차별은 아닌데.. 누가 봐도 확실히 동서를 너무 예뻐하셔서.. 속상합니다.

사례9)에서 글쓴이는 시부모님 옆동에 살며 외식도, 쇼핑도 늘 시어머니와 함께 했다. 시어머니도 글쓴이를 친딸처럼 아껴주셨고, 동서가 들어오기 전까지는 고부간에 아무 문제가 없었다. 그런데 동서가 들어오면서 시어머니가 동서를 예뻐하는 것이 속상하다. 자신은 결혼하고 5년 동안 한 번도 시어머니께 옷 선물을 받아본 적이 없는데, 동서에게는 백만원이 넘는 옷을 선물해준다. 시아버지도 자신과는 무표정으로 필요한 말만 하는데 반해 동서하고는 웃으면서 장난도 치고 동서가 막내딸 같다고 이야기 하신다. 밥을 먹을 때도 시어머니와 자신은 음식을 나르고 있는데, 동서는 남자들과 편하게 식사를 한다. 저녁 먹은 걸 글쓴이는 혼자 치우고, 시어머니는 과일을 깎으며 과일 접시도 동서 앞에 가져다 놓는다. 동서 또한 이제는 당연하다는 듯한 태도를 보이고, 글쓴이는 시부모님이 동서를 너무 예뻐해 속이 상한다. 이 사례에서도 글쓴이는 시부모의 편애를 받는 동서를 질투하며, 마음속에서 이미 동서갈등은 시작되고 있다.

사례 10 차별지게 이쁘라 하시는 시어머니땜에 열 받은 동서…

안녕하세요. 전 지금 결혼 4년차 되구요. 아직까지 아이는 없어요.…… 시부모님 댁이 되게 커서 저랑 남편, 그리고 도련님이랑 이렇게 살았어요.…… 작년에 도련님이 결혼을 하셨어요. 새로 들어온 동서 역시 모두 시댁에서 지원받았고 저보다 나이가 많드라구요. 도련님보다도 많죠. 저한테 말씀하시진 않았지만 동서 데려왔을 때에도 맘에 안 들어 하셨어요. 나이가 너무 많다며.…… 저번에는 어머니가 중요한 모임 자리에 가야 했는데 그때 동서를 데려가셨어요. 그리고 저녁때 되자 완전히 열 받은 표정으로 들어오셔서 찬물 좀 달라고 하시더라구요. 뭔 일인가 했더니 그 친구들 있는 장소에서 완전히 상스럽고 천박하기 그지없게 말을 했다는 거죠.…… 그런데 어느 날부터 시어머니가 자꾸 저와 동서를 비교하기 시작하는 거예요. 너무 심하게 비교를 하셔서 제가 다 민망할 정도에요.…… 어느 날 어머니가 백화점에 갔다오셨다가 구찌가방을 사주셨어요. 이전에 어머니랑 백화점 쇼핑 갔다가 제가 너무 예쁘다고 말했던 것을요. 우리 어머니는 막장은 아니기 때문에 동서 앞에서 주진 않으시고 제 방에 와서 몰래 주시고 가셨어요. 동서가 저랑 제 남편 방에 들어오지는 않기 때문에 옷장 안에 두고 일주일 뒤에 잠시 외출을 했었는데요. 집에 돌아와 보니 동서가 완전히 화난 표정으로 절 보고 있더라구요. 그러면서 하는 말이 가방얘기인거 있죠.…… 동서는 어머니랑 나랑 맨날 둘이 쿵짝하는 것에 질렸다 나도 이 집 며느리인데 왜 나만 이렇게 살아야 되냐 나도 백 갖고 싶고 갖고 싶은 거 많다. 나는 잘못한 거 하나 없는데 왜 나만 왕따 시키냐 도련님에게 내가 지금까지 받아왔던 수모 같은 거 모든 걸 다 말하고 심지어 제 남편에게까지도 말하겠다는 거예요!!! 패물도 내거가 더 많다며 열 받는다는 거예요. 전 너무 화가 났죠.. 정말.. 진짜 제가 심술을 부렸으면 몰라요..ㅜㅜ 전 정말 잘해주려고 했는데 동서맘도 이해가 가긴 하지만 제 생각에 동서가 말을 또 이상하게 전할 것 같아서 무슨 문제 생길 것 같아요.

사례10)은 시어머니한테 편애를 받는 며느리가 작성한 글이다. 현재 시부모님 댁에서 살고 있고, 동서네 부부 또한 결혼을 하면서 시부모님 댁으로 들어왔다. 손아래이지만 동서는 글쓴이보다 나이가 많다. 시부모님은 결혼을 하겠다며 동서를 데려왔을 때부터, 나이가 많다며 동서를 마음에 안 들어 하셨다. 시어머니는 글쓴이가 민망할 정도로, 두 며느리를 너무 심하게 비교한다. 어느 날 시어머니가 글쓴이에게 선물해 준 구찌가방이 계기가 되어, 동서는 글쓴이에게 화를 낸다. 동서는 글쓴이에게 시어머니와 쿵짝하는 것에 질렸고, 자신을 왕따 시켰다고 하며, 그동안 받은 수모를 자신의 남편과 시아주버님께 이야기하겠다고 한다. 글쓴이는 자신이 동서에게 잘못한 것이 없다고 생각하며, 동서가 자신에게 하는 행동에 화가 난다. 이 사례 또한 시어머니의 편애로 인해 동서갈등이 유발된 경우이다.

사례 11 차별한다고 말하는 동서...

일단 시댁은 가난한 집안입니다. 딸 아들 아들 집에 저는 둘째 며느리고, 제가 결혼 한 뒤에 시누 형님이 결혼을 했어요. 남편과 시아주버님은 2살 차인데 아주버님이 삼수를 하는 바람에 학번은 같아요. 졸업 연도도 같고요. 남편은 졸업과 동시에 대기업 취직을 했고 시숙은 취업도 재수해서 중견기업으로 들어갔어요. 시숙은 회사에서 형님을 만나 결혼했는데 취업한지 갓 2년 차여서 모아둔 돈이 거의 없어서 형님이 모아둔 돈 더하기 친정 보조해서 8천, 시숙이 모은 돈 2천 가지고 그냥 둘이 알아서 결혼했어요.…… 저는 남편 직장 생활 7년차에 결혼했구요. 저도 시댁에서 받은 건 전무. 그런데 친정에서 예단을 꼭 하고 싶다고 해서 현물예단 별도로 천만원 보냈구요. 시어머니가 그 중 700만원을 제 꾸밈비로 돌려주셨구요. 저는 결혼 상견례한 뒤에 친정 부모님이 남편을 불러서, 롤렉스 시계, 명품 브랜드 정장, 코트, 구두 해 줄 테니 너는 내 딸에게 네 돈으로 하든 네 부모님에게 해 달라고 하든 캐럿 다이아 반지와 밍크코트, 명품 가방 예물로 사 주라고 콕 찍어 말씀하셨어요. 남편은 시어머니에게 받은 꾸밈비 700만원에 자기가 모은 돈을 보태서 친정에서 해 주라는 거 다 해

졌구요. 한마디로 줄 거 주고 받을 거 받은 결혼이었죠.…… 손윗동서가 얼마 전부터 자긴 받은 것도 없고, 어머님이 두 며느리를 차별한다고 난리를 쳐요. 시댁에 가면 시어머니가 늘 제가 해 간 예단 이불을 내 주시거든요. 평소엔 아예 안 쓰고 딱 저희 올 때 저희한테만 내 주세요. 물론 형님에게도 형님이 해 온 예단 이불을 내 주시죠.…… 명절에 두 집 이불 때깔부터가 너무 다른데, 형님 입장에서는 좀 그럴 수도 있겠다 싶구요. 시어머니는 시집올 때 시집에서 덮을 이불 각자 사 온 거 각자 덮으라고 주는 거다 하는 입장 같아요.…… 그러다가 저희가 돈을 좀(60%이상) 보태어 복도식 24평 아파트로 이사를 했어요. 형님네는 거실에서 자리 펴고 저희 가족은 안방에 펴고 시부모님은 복도 쪽 방(시어머니가 원래 그 방에서 주무신대요. 침대가 그 방에 있고 저희 없으면 시아버님 혼자 안방에 주무시는데 명절 하루만 시어머니와 함께)에 주무시고요. 복도식 아파트 작은방들 너무 작아서 저희 네 식구가 잘 수는 없고 나머지 방 하나는 창고. 몇 번의 명절 보내고 나서 형님이 방 배정도 불만, 다른 여자들(저와 시누이) 다 있는 다이아도 못 받고 이불도 차별이고…. 온통 시부모님이 차별한다고 울고불고….;;;;;; 아니 뭘 어쩌란 건지. 이게 차별인가요? 시댁 이사할 땐 보낼 돈 없다 딱 잡아떼더니.

사례11)에서 글쓴이의 손윗동서는 시아주버님이 취직한 지 2년 차, 모아둔 돈이 없을 때 둘이 알아서 결혼을 했고, 글쓴이는 남편이 직장생활을 한 지 7년차에 결혼을 했다. 글쓴이는 자신의 결혼은 줄 거 주고 받을 거 받은 결혼이었다고 이야기한다. 그런데 손윗동서가 자신은 받은 것도 없고 시어머니가 둘을 차별한다고 난리를 친다. 글쓴이는 시어머니가 자신에게는 자신이 해온 예단이불을, 형님에게는 형님이 해온 예단이불을 내주시기에 차별이 아니라고 생각한다. 그러던 중 글쓴이네

부부가 60% 이상 돈을 보태, 시댁은 복도식 아파트로 이사를 하게 된다. 명절에 글쓴이네 부부는 안방에서, 형님네 부부는 거실에서 자는데 형님은 이 또한 불만이다. 글쓴이는 시댁 이사할 때는 보탤 돈이 없다고 딱 잡아떼던 형님이, 시부모가 차별을 한다고 울고불고 하는 것이 못마땅하다.

사례 12 동서 차별하는 시댁...

안녕하세요. 남편은 4남매이고 아들 둘 딸 둘, 아들 둘은 결혼하고 시누 둘은 아직 미혼. 저는 몇째인지는 말 안하고 두 형제 중 한명의 와이프입니다. 시댁식구들의 차별 때문에 속이 상해 익명의 게시판에 하소연하러 왔는데요... 동서1, 동서2 제가 동서2라고 칭할게요. 제가 먼저 시집왔고 동서1이 저보다 늦게 시집 왔어요. 우선 저는 직장이 박봉에다 모은 돈이 적어서 혼수만 해갔어요. 솔직히 남편이 다 해 왔구요. 남편보다는 시부모님의 도움이 커요. 결혼 전이나 초반엔 안 그러시더니 제가 뭘 실수할 때마다 너는 집에서 뭘 배운 거냐고 타박하셨답니다.…… 시아버지가 9남매인데 정말 자주모여요. 가면 사람들끼리 서로 자랑하느라 바빠요. 우리 아들이, 우리 딸이, 우리 며느리가, 우리 사위가 특히 며느리 보는 사람이 있으면 우리 며느린 이거 해오고 저거 해오고 집이 잘 살고 직업이 뭐고 그렇게들 배틀이 붙어요. 그러다가 시아버지 자랑차례가 오면 입을 꾹 다무세요.…… 이렇게 살다보니 남편의 형제의 결혼소식이 들려왔어요. 여자를 만난다는 건 알고 있었지만 뭐하는 사람인지 전혀 정보가 없다가 갑자기 결혼한다는 거예요. 부모님이 사업하시고 집안이 좋다네요. 거기다 시아버지가 원하시던 교사며느리... 그것도 엄청 부자동네에서 아이들을 가르치고 있대요.…… 거기다 동서1은 집값에 당당히 돈을 보태겠다고 했어요. 시부모님 돈에 예비동서부모님 이렇게 딱 반반결혼을 한대요…… 그렇게 결혼하고 친척들 모인자리에서 또 자랑이 시작되셨죠. 내가 우리 집이랑 환경 비슷하고 똑똑한 며느리 얻고 싶어 했는데 내 아들이 내 소원 이뤄줬다며 우리가 집사주려고 했는데 우리아기가 자기도 당당히 반보태고 공동명의 하겠다고 해서 얼마나 기특하고 똑 부러져 보이는지 아냐고 또 시작되시더군요. 저는 얼굴이 붉어지고 웃음기가 사라졌어요. 대놓고 비교하시니... 동서1은 해맑게 좋다고 웃고 있고 저만 가시방석. 명절 때도 동서1은 공주대우를 해줘요. 동서1이 뭘 하려고해도 시어머니, 시누, 시아버지가 어떻게든 말 걸거나 다른 걸로 주의 끌어서 주방에 못 가게 하더군요. 제가 설거지하고 상 차리는 건 당연하게 생각하시구요, 동서1이 민망했는지 수저라도 놓으면 난리가 나요. 온갖 칭찬이요. 동서1도 엄청 여우같아요... 저라면 다른 동서가 힘들게 일하면 도와줄 거 같은데 시댁에서 떠먹여 주면 해맑게 받아먹고 애교만 부려댑니다. 저는 설거지하고 식사준비하고 그릇 나르고 잡일 다 하는데 칭찬 한번 해 주신 적 없어요. 시누 둘도 알미워요 저 결혼할 때 왜 우리 부모님이 다해줘야 하냐며 결혼 반대했는데 동서1 결혼 땐 자기네랑 집안환경 비슷하고 당당히 돈도 보탰다며 며느리 잘 얻었다는 둥 이런 소리나 하고 누가 봐도 비교질 아닌가요?

　사례12〉는 시댁 식구 전체가, 특히 시아버지가 글쓴이와 동서를 차별한다. 손윗동서인지 손아랫동서인지는 나타나있지 않다. 글쓴이는 모은 돈이 적어 혼수만 하고, 모든 것은 다 시댁의 도움을 받았다. 시아버지는 9남매인데 정말 자주 모이고, 모이면 서로 자식들 자랑에 바쁘다. 특히 며느리를 들인 사람이 있으면 며느리의 신상명세서를 자랑하기에 바쁜데, 시아버지는 자신의 차례가 오면 입을 꾹 다문다. 이렇게 살던 중 남편 형제의 결혼소식이 들려오는데, 동서될 사람은 부모님이 사업을 하시고 집안도 좋고 더군다나 직업이 시아버지가 원하던 교사이다. 또 집값을 반 보태고, 공동명의를 하겠다고 한다. 그렇게 결혼을 하고 친척들이 모인 자리에서 시아버지는 새로 들인 며느리를 신나게 자랑하고, 비교대상이 된 글쓴이는 얼굴이 붉어지며, 동서는 해맑게 웃는다. 명절 때도 동서는 공주대접을 받는데, 동서가 뭔가를 하려고 하면 시댁식구들은 말을 걸거나 주의를 끌며 주방에 못 들어가게 한다. 글쓴이는 동서가 여우같다고 이야기하는데, 다른 며느리가 힘들게 일하면 도와줄 만도 한데 동서는 해맑게 애교만 부린다. 시부 둘도 글쓴이가 결혼할 때는 왜 우리 부모님이 다해줘야 하냐며 반대했는데, 동서는 집안환경도 비슷하고 당당히 돈도 보탰다며 며느리를 잘 얻었다고 이야기한다. 이 사례에서는 시댁식구들의 비교로 인해 동서갈등이 유발되고 있다.

그렇다면 [정직한 작은동서 어진 큰동서]나 [세 며느리의 글자 인사] 설화군은 이러한 현대 사례들에 어떻게 적용될 수 있을까?

사례들에서도 보이듯이 시아버지나 시어머니의 편애나 차별을 경험하는 장소는 주로 시댁에서, 두 며느리가 함께 있을 때이다. 명절이나 제사 혹은 가족모임 때 한 며느리는 일을 도맡게 하고, 편애를 받는 며느리는 상대적으로 일을 덜하면서, 동서갈등은 일어나게 된다. 더군다나 시부모님은 일을 도맡아한 며느리의 공로를 인정해주지 않는다. 이 경우 필연적으로 동서갈등은 나타날 수밖에 없다. 그렇다면 설화는 이런 동서갈등의 당사자인 두 며느리에게 어떠한 해결방안을 제시해줄 수 있을까?

첫째, [정직한 작은동서 어진 큰동서] 설화군에서 큰며느리는 작은며
느리(가난한 작은집)를 챙겨주고 싶어 하는 시어머니의 마음을 헤아리
고 있다. 큰며느리가 시어머니의 행동을 보면서 아무 말도 하지 않고 모
르는 척 하는 것은, 시어머니의 마음을 이해하고 있기 때문이다. 설화에
서 시어머니가 형편이 어려운 자식에게 마음이 가는 것은 어쩌면 당연
한 일이다. 이처럼 차별이나 편애를 받는다고 생각하는, 입장에 서 있는
며느리는 먼저 시어머니의 마음을 생각해볼 필요가 있다. 또 자신이 속
상한 이유가 정말 시어머니의 차별이나 편애 때문인지, 아니면 동서나
형님이 가진 자신보다 우월한 조건에 대한 질투 때문인지, 자신의 마음
을 객관적으로 들여다볼 필요가 있다.

만약 이후 시어머니의 행동이 납득이 된다면 그건 속상해하거나 서운
해 할 일이 아니며, 상황 때문에, 상황이 변해서 그런 일이 발생했다고
생각하면 된다. 그것은 본인에게 문제가 있어서가 아니다. 그러나 시어
머니의 차별이나 편애를 납득할 수 없을 때는, 시어머니께 자신의 감정
을 전달할 필요가 있다. 여기에 효과적으로 사용될 수 있는 것이 나 전
달법(I-message)이다.

'나-전달법(I-message)'은 화가 나거나 불만이 있을 때 그것을 꾹꾹
참고 있는 것이 아니라, 말로 솔직하게 자신의 감정을 나타내는 것이다.
너로 시작하는 '너-전달법'은 상대방을 비난하는 것처럼 들리기 때문에
상대방 또한 감정이 상해 잘못을 인정하기보다는 같이 비난하기가 쉽
다. 나에게 문제가 되는 시어머니의 행동이나 상황을 구체적으로 이야
기하고, 그런 행동이나 상황이 나에게 미치는 영향을 구체적으로 말한
후, 그에 대한 나의 감정을 솔직하게 이야기 하면 된다.

말하지 않으면 아무도 모른다. 참고 인내하다가 결국 폭발하는 것은

시어머니에게 "착한 줄 알았는데 아니었다."는 부정적인 낙인만 찍어줄 것이다. 보통의 시어머니라면 자신 때문에 감정적으로 속상해있는 며느리의 입장을 돌아봐줄 것이다. 시어머니와의 관계가 개선된다면, 이로 인해 야기된 동서갈등 또한 해결될 수 있을 것이다. 사례1〉이나 사례2〉에서처럼 시어머니의 호칭으로부터 서운함이 시작되어 그것이 동서갈등으로 확장된 경우는, 시어머니께 자신의 감정을 전달함으로써 동서갈등 또한 얼마든지 개선될 수 있다.

둘째, 작은며느리 또한 자신의 보리쌀에 형님네 보리쌀을 보태준 시어머니의 마음을 알고 있다. 그러나 그것은 시어머니의 생각일 뿐 보리쌀의 주인인 형님의 생각은 아니기에, 또 자신의 것이 아니고 형님네 것이기에 가져가려고 하지 않는다. 〈의좋은 동서〉 설화에서 시어머니는 큰며느리 몰래 벼 나락을 담아다 주지만, 작은며느리는 시어머니에게 "무슨 이런 짓을 하시느냐"며 시어머니가 가져온 벼를 도로 이고 가 큰며느리에게 돌려준다. 〈어진 형수〉 설화에서도 큰며느리는 시어머니가 은근히 큰아들네 벼를 둘째 아들네 멍석으로 쌓아두는 모습을 보면서, 그동안 시어머니가 자기 집의 것을 작은집으로 옮겨다 주었다고 오해한다. 이와 같은 상황에서 작은며느리가 시어머니의 행동에 동조하여 형님네 보리쌀을 그대로 가져갔다면, 동서갈등이 표면적으로 드러나며 이야기의 결말은 아주 달라졌을 것이다.

사례들에서 보면 보통 시어머니의 며느리 차별이나 편애로 인한 동서갈등은 시어머니가 며느리 중 하나를 편애하고, 편애의 대상인 며느리가 시어머니와 밀착되고 연합하면서, 다른 며느리의 소외감과 질투심을 자극한다. 그런데 설화에서는 작은며느리는 시어머니의 행동에 동조하지 않는다.

[정직한 작은동서 어진 큰동서] 설화군에서 시어머니는 본인의 감정에만 충실해 큰며느리와 작은며느리 사이가 멀어질 수 있는 사건을 만들지만, 두 사람은 시어머니와는 관계없이 자신의 역할에 충실해 오히려 동서간의 사이가 돈독해지는 결과를 낳고 있다. 그러므로 설화에서 이야기해줄 수 있는 것은 시어머니가 며느리들을 차별해도 편애의 대상이 된 며느리가 시어머니와 밀착되지 않고 자신의 도리를 다한다면, 시어머니의 행동과는 상관없이 동서간의 사이는 돈독해질 수 있다는 것이다.

셋째, [정직한 작은동서 어진 큰동서] 설화군 중 〈삼 동서 이야기〉에서는 큰며느리와 작은며느리가 시어머니의 행동과는 무관하게 서로가 소통하고 있다. 이 설화에서 큰며느리는 시어머니가 큰집 멍석에 벼를 둘째네 멍석으로 옮기는 것을 보고, 이에 대한 동서의 생각을 알고자 한다. 큰며느리는 "다른 멍석의 벼는 안 그런데 한 멍석의 벼가 많이 줄었다."고 이야기하고, 둘째 동서는 "어머니가 망령이신지 자꾸 자기 멍석 위에 벼를 퍼다 놓으신다."고 이야기한다. 이 둘의 대화를 보면, 자신의 감정을 싣지 않고 객관적인 사실만을 이야기하고 있다. 또 시어머니를 열외로 하고 오히려 두 동서가 서로 소통하고 있다. 이처럼 시어머니가 차별이나 편애를 해도 동서끼리 소통할 수 있다면, 시어머니의 행동과는 무관하게 동서지간은 원만하게 지낼 수 있다.

넷째, [세 며느리의 글자 인사] 설화군에서 지적해볼 수 있는 것은 차별이나 편애를 받는다고 생각하는 며느리의 능력이다. 〈동서들보다 한

수 더 뜨는 막내며느리〉 설화나 〈세 며느리의 헌신〉 설화에서 시아버지
나 그와 연합한 두 동서는 막내며느리의 능력을 따라가지 못한다. 특히
〈며느리 문자 세배하기〉 설화에서 첫째와 둘째 며느리는 시집온 지 얼
마 안 된 셋째 며느리를 쏙 빼놓고 자기들끼리만 시아버지 마음에 들기
위해 노력하지만, 시아버지의 칭찬을 받는 것은 셋째 며느리이다. 이처
럼 본인이 본인 스스로에게 자신감을 갖고, 자신의 삶에서 내적인 만족
을 추구한다면, 웬만한 동서갈등은 이겨나갈 수 있을 것이다.

2. 장인 혹은 장모의 편애·차별

1) 설화에 나타나는 갈등양상

　시아버지나 시어머니 등 시댁의 편애나 차별로 인해 며느리들 사이에 동서갈등이 유발되는 것과 동일하게, 장인이나 장모 등 처가의 편애나 차별로 인해서도 사위들 사이에 동서갈등이 유발된다. 사위가 둘 이상일 때, 장인이나 장모는 사위들을 서로 비교·평가하며 사위에 대한 대우를 달리하고, 편애의 대상이 된 사위가 장인 혹은 장모와 연합하면서 사위 사이에는 동서갈등이 생겨난다. 다음에는 설화 속에서 이러한 동서갈등의 양상을 살펴보도록 하겠다.

　먼저 〈가난한 셋째 사위의 등과(登科)[1]〉 설화이다. 이 설화의 대강의 줄거리는 다음과 같다.

　세 딸을 둔 김씨가 있었다. 첫째와 둘째 사위는 세가 있는 집안에서 얻

---

1) 『한국구비문학대계』 6-4, 676-682면, 낙안면 설화19, 선수모(남, 81).

었지만, 막내사위는 노동자의 집안에서 얻었다. 그러자 동서들끼리 만나도 막내사위를 천하게 여겼고 장인 장모도 항상 그런 대접을 했다. 셋째 딸은 화가 나서 남편에게 학비를 대 줄 것이니 십 년 동안 나가서 글을 배우라고 했다. 막내사위는 집을 나가 선생을 두 번이나 바꾸며 공부했지만 선생들이 모두 "소를 가르치지 못 가르치겠다."라며 쫓아냈다. 막내사위는 십 년을 기한으로 집에서 쫓겨났는데 더 이상 오갈 데가 없자 호식이나 당하려고 첩첩 산중으로 들어갔다. 그러다가 넓은 바위가 나오자 막내사위가 그 위에 드러누워 있었다. 조금 있다가 어떤 노인이 나타나 막내사위를 깨웠는데 일어나 보니 꿈이었다. 막내사위가 다시 눕자 또 노인이 나타나서 책을 펴 놓고 글을 가르쳐 주었다. 노인은 이만하면 발등의 불은 껐다며 사라졌는데, 막내사위가 일어나 보니 생전 못 보던 책이 한 권 놓여 있었다. 천자문도 모르던 막내사위가 책을 펼쳐 보자 내용이 훤했다. 산신이 나타나 막내사위를 가르쳤던 것이었다. 막내사위가 처음 자신을 쫓아낸 선생에게로 돌아갔다. 선생이 학생들에게 맹자를 가르치고 있었는데 막내사위가 보니 실수가 있는 것이었다. 막내사위가 선생의 실수를 말하자 선생은 내 대신 이 아이들을 가르치라면서 떠났다. 막내사위가 서당 선생 노릇을 하다가 구 년 만에 집에 돌아가니 부인이 문을 잠그고 열어 주지 않았다. 그래서 막내사위가 일 년 동안 서당 선생 노릇을 더 하고 십 년 만에 집에 돌아왔다. 하루는 막내딸이 친정에 왔는데 첫째와 둘째 사위가 말을 타고 과거를 보러 떠나고 있는 것이었다. 집에 돌아온 막내딸은 남편의 여비를 마련해서 자기 남편도 과거를 보러 가게 했다. 막내사위가 걸어서 과거장에 도착하자 두 동서가 뭐 하러 왔냐며 구박을 했다. 막내사위는 동서들에게 먹이나 갈아 주려한다고 하면서 동서들이 쓴 글을 고쳐서 제출하게 하였다. 두 동서가 막내사위 덕분에 급제를 하였지만 막내사위를 찾지도 않고 자기들끼리 집으로 돌아가 버렸다. 한편,

막내사위는 장원급제를 하여 어사가 되어 처갓집이 있는 마을로 내려갔다. 장인은 급제를 한 첫째와 둘째 사위를 위해 마을 잔치를 열고 있었다. 그때 막내사위가 어사출도를 하여 처갓집에 나타났다. 막내사위는 장인 장모와 두 동서를 묶어서 목을 베라는 명을 내렸다. 그러자 첫째와 둘째 딸이 막내딸을 찾아가 자신들의 남편을 살려달라고 애원했다. 막내사위가 예전 일을 생각하면 목을 벨 것이나 사람이 그럴 수는 없으니 앞으로는 사람을 무시하지 말라면서 장인 장모와 동서들을 풀어 주었다.

세 딸을 둔 김씨가 있었는데, 첫째와 둘째 사위는 세력이 있는 집안에서 얻었지만 막내사위는 노동자의 집안에서 얻었다. 그러자 동서들끼리 만나도 막내사위를 천하게 여겼고, 장인과 장모도 항상 그런 대우를 했다. 셋째 딸은 화가 나 남편에게 학비를 대줄 터이니, 십년 동안 나가서 글을 배우라고 하였다. 막내사위는 집을 나가 두 번이나 선생을 바꾸며 공부했지만 아둔하여 선생한테 쫓겨났다. "소를 가르치지 못 가르치겠다."는 말은 막내사위가 머리가 둔하여 학문적으로 자질이 없다는 것을 의미한다. 십년을 기한으로 집에서 나온 막내사위는 더 이상 갈 곳이 없자 호랑이 먹이가 되고자 첩첩산중으로 들어간다.

막내사위가 넓은 바위에 누워있는데, 어떤 노인이 와 막내사위를 깨워 일어나 보니 꿈이었다. 막내사위가 다시 눕자 또다시 노인이 나타나 막내사위에게 책을 펴놓고 글을 가르쳐 주었다. 노인은 이만하면 발등의 불은 껐다며 사라졌는데, 막내사위가 일어나 보니 생전에 못 보던 책이 놓여 있었고, 천자문도 모르던 막내사위가 책을 펼쳐보자 그 내용이 훤했다. 산신이 나타나 막내사위를 가르쳤던 것이다. 막내사위는 자신을 쫓아낸 선생한테로 돌아갔고, 선생이 잘못 가르치는 것을 지적하자,

선생은 자기 대신 아이들을 가르치라며 떠난다. 서당 선생 노릇을 하다 9년 만에 집에 돌아갔지만 부인은 문을 열어주지 않는다. 그래서 1년 동안 서당 선생 노릇을 더 하고 십년 만에 집으로 돌아온다.

하루는 막내딸이 친정에 갔다가 첫째, 둘째 사위가 말을 타고 과거를 보러 떠나는 것을 보고, 여비를 마련해 남편도 과거를 보러 가게 한다. 막내사위가 걸어서 과거장에 도착하자 두 동서는 뭐 하러 왔냐며 막내사위를 구박한다. 막내사위는 두 동서의 과거답안을 고쳐 제출하게 하고, 두 동서는 막내사위 덕분에 과거에 급제했지만 막내사위를 찾지 않고 자기들끼리만 집으로 돌아가 버린다. 막내사위는 과거에 장원급제해 어사가 되어 처갓집이 있는 마을로 내려갔는데, 장인은 두 사위를 위하여 마을 잔치를 여는 중이었다. 막내사위는 장인 장모와 두 동서의 목을 베라는 명을 내리지만, 두 처형의 애원에 이들을 용서하며, 앞으로는 사람을 무시하지 말라고 한다.

이 설화에서는 노동자의 집안이라는 신분적인 열세와 학문적인 무지로 인해, 장인 장모 및 두 동서에게 천하게 대우받는 막내사위의 모습이 잘 드러나고 있다. 과거장에서도 두 동서는 막내사위를 무시하는 발언을 하며, 막내사위의 공로는 잊은 채 자기들끼리만 집으로 돌아가 버린다. 어사가 된 막내사위가 장인, 장모와 두 동서의 목을 베라는 명을 내렸다는 것에서, 그 동안 장인, 장모의 사위 간 차별대우가 심하였음과 또 그들과 연합한 두 동서와의 갈등이 컸음을 짐작해볼 수 있다.

여기서 막내사위가 동서갈등을 극복해낸 방안은, 두 동서와 맞설 수 있는 능력을 키웠다는 것이다. 그리고 여기에는 아내의 내조가 큰 몫을 차지한다. 아내는 10년 동안 남편에게 학비를 대주며 공부를 시키는데, 10년이라는 긴 기간은 막내사위가 자신의 능력을 키우는 시간이 되는 것이다. 설화에서는 어느 날 갑자기 신선의 도움으로 막내사위의 문리 (文理)가 트이게 되지만, 여기서 주목해 보아야 될 것은 이것이 그냥 얻어진 것이 아니라 죽음까지도 감수한 결과라는 것이다. 즉 이것은 막내사위의 노력에 대한 보상이라고 볼 수 있다.

이와 비슷한 전개를 보이는 설화로 〈조진사의 막내사위[2]〉라는 것이 있다. 대강의 줄거리는 다음과 같다.

조진사에게 세 딸이 있었다. 하루는 조진사가 상을 볼 줄 아는 종에게 막내 사윗감을 찾아보라고 시켰다. 종이 길을 돌아다니다가 거적을 뒤집어쓰고 글을 읽는 소년을 발견하였다. 종이 그 소년을 조진사의 막내 사윗감으로 추천하였다. 그리하여 아무것도 가진 것 없던 소년이 조진사의 막내사위가 되었다. 조진사는 막내사위가 형편없자 얼른 오두막집을 지어서 막내딸을 분가시켜 버렸다. 철없는 막내사위는 조진사 대문간에서 뛰어 놀았는데, 그러면 조진사가 막내사위의 이마를 쥐어박으면서 내쫓았다. 그 뒤 과거 시절이 되자 조진사의 첫째, 둘째 사위가 과거를 보러 서울로 떠났다. 조진사의 막내사위도 아내에게 돈을 얻어서 서울로 향하다가 길에서 먼저 떠난 두 동서들을 만났다. 세 사람이 서울에 도착하여 여관을 잡고 과거 준비를 하였다. 그런데 첫째와 둘째 사위는 막내사위와 지내는 것을 싫어했다. 막내사위도 두 동서의 마음을 알고 돈을 한 냥씩 들고 하루 종일 밖에서 놀다 들어왔다. 그러다 과거 시험날이 되자 막내사위는 명주를 사서 글을 지어 올렸다. 얼마 후에 과거 결과가 나와서 보니 막내사위만 합격을 하였다. 막내사위가 과거에 합격했다고 말했지만 두 동서는 비웃기만 하였다. 두 동서가 집으로 돌아간다고 하자 막내사위

2) 『한국구비문학대계』 5-1, 382-392면, 산동면 설화7, 양승환(남, 70).

가 먼저 내려가라고 했다. 조진사의 막내딸이 집에 돌아온 두 동서에게 자기 남편은 어디에 있느냐고 물었다. 그러나 두 동서는 모르겠다고 대답했다. 서울에 남아있던 막내사위는 어사 벼슬을 제수 받아 고향으로 내려갔다. 어사가 된 남편은 거지 차림을 하고 부인을 찾아가 찬물 한 그릇을 떠다 놓고 절을 하라고 했다. 부인이 거지꼴을 한 남편을 보고 화를 내며 절을 하지 않자 남편이 혼자 절을 하였다. 그때 남편의 옷 속에 있던 마패가 보여 부인이 남편의 급제 사실을 알게 되었다. 새벽에 징소리가 요란하게 울리더니 조진사의 집으로 어사 일행이 몰려 들어갔다. 어사가 된 막내사위가 장인을 불러오게 하여 조진사가 어사 앞에 엎어져 있었다. 막내사위가 조진사에게 인사를 청하니 조진사가 그제서야 막내사위가 어사가 된 것을 알게 되었다. 막내사위가 어사가 되자 위의 두 동서들이 주먹을 꼭 쥐고 다니면서 손을 펴지 않았다. 나중에 막내사위가 그 동서들에게 벼슬자리 하나씩을 주었다.

조진사에게는 세 딸이 있었는데, 관상을 볼 줄 아는 종에게 막내 사윗감을 찾아보라고 했고, 거적을 뒤집어쓰고 글을 읽던 소년을 종은 사위로 추천한다. 아무것도 없는 소년은 조진사댁 막내사위가 되고, 막내사위가 형편없자 조진사는 얼른 오두막집을 지어 막내딸을 분가시켜 버린다. 철없는 막내사위는 조진사댁 대문간에서 뛰어놀았는데, 그러면 장인은 막내사위의 이마를 쥐어박고 내쫓았다. 과거 시절이 되자 두 동서는 과거를 보러 서울로 향하고, 막내사위도 아내에게 돈을 얻어 서울로 향하다가 두 동서와 만난다. 두 동서는 여관을 잡고 과거준비를 했는데, 첫째와 둘째 사위는 막내사위와 함께 지내는 걸 싫어했다. 동서들의 마음을 안 막내사위는 돈을 한 냥씩 들고 하루 종일 밖에서 놀다가 들어

왔다. 그 후 과거결과가 나와 막내사위만 합격을 하였는데, 막내사위가 합격했다고 이야기하자 두 동서는 비웃기만 한다. 서울에 남아있던 막내사위는 어사를 제수 받아 고향으로 내려가고 조진사를 불러오게 한다. 장인은 막내사위가 어사가 된 것을 알게 되고, 두 동서는 막내사위가 어사가 되자 주먹을 꼭 쥐고 다니면서 손을 펴지 않는다. 막내사위는 나중에 동서들에게 벼슬자리를 하나씩 준다.

이 설화에서도 아무것도 가진 게 없기에, 장인과 두 동서에게 천대를 받는 막내사위의 모습이 잘 드러난다. 특히 막내사위가 과거에 합격했다고 하는데도 비웃기만 하는 두 동서의 모습에서 동서갈등이 필연적으로 나타날 수밖에 없음을 짐작해볼 수 있다. 막내사위가 아내에게 과거를 보러 갈 돈을 얻었다는 부분에서는 아내는 내조를 찾아볼 수 있으며, 후에 막내사위가 동서들에게 아량을 베풀어 벼슬자리를 하나씩 주었다는 부분에서는 원만한 동서관계를 위해서는 가진 자가 베풀고 보듬어줘야 동서갈등이 해결됨을 알 수 있다.

『한국구비문학대계』에는 이러한 줄거리의 설화가 모두 13편 발견되는데, 이 설화들을 [어사가 된 막내사위] 설화군으로 명명할 수 있다. 이 가운데 〈신유복 이야기[3]〉에서는 거지꼴을 하고 다니던 신유복이 장래에 크게 될 인물임을 알아본 원님이 호장에게 사위를 삼으라고 하고, 첫째와 둘째 딸은 거절하고 셋째 딸이 부모를 위해 신유복과 결혼을 한다. 신유복은 처갓집에서도 미움을 받고 두 동서에게도 괄시를 받는데, 후에 과거에 급제하면서 모든 상황은 역전된다. 이 설화에서도 신유복과

---

3) 『한국구비문학대계』 7-8, 426-430면, 공검면 설화52, 김갑임(여, 64).

두 동서간의 갈등이 드러난다. 〈셋째 사위[4]〉에서는 두 손윗동서의 무시
가 더 노골적으로 드러나는데, 동서들은 찾아온 막내사위를 비가 내리
는 밖에 세워두며 방 안에서 장기를 둔다. 한참이 지난 후에 두 동서는
서로에게 나가보라며 미루고, 결국에는 장인이 막내사위를 들어오라고
한다. 또 다른 〈신유복 이야기[5]〉에서는 두 딸이 등장하는데, 처형의 남
편(형님)이 좋은 말에 돈도 넉넉히 가지고 과거를 보러 서울로 가자, 신
유복은 그 뒤를 따라간다. 그러자 형님은 신유복을 보고 거지같은 놈이
따라온다며 호령을 하고 따돌린다. 이 설화에서도 동서갈등은 잘 드러
난다.

다음으로 살펴볼 것은 〈괄시 받은 막내사위의 보복[6]〉 설화이다. 대강
의 줄거리는 다음과 같다.

어느 재상가 집에서 맏사위와 둘째 사위는 학문과 가문이 좋았지만 막
내사위는 그에 비해 많이 모자랐다. 그래서 처가 식구들이 막내사위를 모
두 미워하였다. 그러던 어느 날 장인과 맏사위, 둘째 사위가 모여 막내사
위를 놀리기로 했다. 시회를 열어 장인이 운을 띄우기로 했는데, 장인이
"산지고해다석고혜(山之高兮多石高兮), 산이 높은 연고는 돌이 많은 연
고이다."라고 했다. 그러자 기고만장하던 맏사위와 둘째 사위가 머뭇머
뭇 했는데 그 사이에, 막내사위가 말석에 앉았다가 "천지고혜다석고혜
(天之高兮多石高兮), 하늘이 높은 까닭도 돌이 많은 연고입니까?"라 했

4) 『한국구비문학대계』 7-6, 715-718면, 달산면 설화112, 이기백(남, 71).
5) 『한국구비문학대계』 7-15, 173-178면, 구미시 설화31, 황말돌(남, 74).
6) 『한국구비문학대계』 7-9, 76-81면, 안동시 설화 22, 김용년(남, 62).

다. 그러자 장인이 "구지선폐장경고야(狗之善吠長頸故也), 개가 잘 짖는 것은 목이 긴 연고로다."라 했다. 그러자 막내사위가 얼른 "와지선폐장경고야(蛙之善吠長頸故也), 개구리가 짖는 것도 목이 긴 연고입니까?"라고 했다. 장인이 "노류부장열인고야(路柳不長閱人故也), 길가 버들은 사람이 밟은 탓에 크지 않는다."라고 하자, 막내사위가 "빙모부장열인고야(聘母不長閱人故也), 장모가 자라지 않은 것도 사람들이 와서 밟아서 그런 것입니까?"라고 했다. 장인은 사위에게 욕을 보이려다가 실컷 당하고 말았다. 일이 이렇게 되자 장인과 맏사위와 둘째 사위는 다시 막내사위의 지혜를 시험을 보는 것이 좋겠다고 생각했다. 그리하여 막내사위를 데리고 산으로 갔다. 막내사위가 낌새를 알아채고 풀을 가리키면서 이게 뭐냐고 물었다. 장인이 바보 같다면서 범어부채도 모르냐고 했다. 그 말을 들은 막내사위가 바로 장인의 멱살을 잡고 질질 끌어 당겨서 집에 오더니 문을 힘껏 닫고 큰일 났다고 하였다. 장인이 왜 그러느냐고 묻자, 막내사위는 범이 부채를 두고 갔으니 찾으러 올 텐데 얼른 피해야 되지 않겠느냐고 말했다. 그리하여 장인이 욕을 보이려다가 자신이 단단히 욕을 보고 말았다. 그 뒤로 막내사위를 괄시하지 않고 맏사위와 둘째 사위를 멸시하기 시작하였다.

어느 재상가집에 맏사위와 둘째 사위는 학문과 가문이 좋았지만 막내사위는 그에 비해 많이 모자랐다. 그래서 처가식구들은 막내사위를 모두 미워하였다. 어느 날 장인과 맏사위, 둘째 사위가 모여 막내사위를 놀리기로 했다. 시회를 열어 장인이 운을 떼우기로 했는데, 장인이 "산이 높은 연고는 돌이 많은 연고이다."라고 하자, 기고만장하던 맏사위와 둘째 사위가 머뭇머뭇 했는데, 그 사이 막내사위는 말석에 앉았다가 "하늘이 높은 까닭도 돌이 많은 연고입니까?"라고 했다. 그러자 장인은 "개가 잘 짖는 것은 목이 긴 연고로다."라고 하고, 막내사위는 얼른 "개구리가 짖는 것도 목이 긴 연고입니까?"라고 했다. 장인이 "길가 버들은 사람이 밟은 탓에 크지 않는다."고 하자 막내사위는 "장모가 자라지 않은 것도 사람들이 와서 밟아서 그런 것입니까?"라고 했다. 장인은 사위에게 욕을 보이려다 실컷 당하게 된다.

일이 이렇게 되자 장인과 맏사위와 둘째 사위는 다시 막내사위의 지혜를 시험하는 것이 좋겠다고 생각한다. 이들은 막내사위를 데리고 산으로 가는데, 막내사위가 낌새를 채고 풀을 가리키며 이게 뭐냐고 물었다. 장인은 바보 같다며 범어부채도 모르느냐고 했다. 그 말을 들은 막내사위는 바로 장인의 멱살을 잡고 질질 끌어당겨 집에 오더니 문을 힘껏 닫고 큰일이 났다고 하였다. 장인이 왜 그러느냐고 묻자, 범이 부채를 두고 갔으니 찾으러 올 텐데 얼른 피해야 되지 않겠느냐고 말했다. 그리하여 장인이 막내사위에게 욕을 보이려다가 자신이 단단히 욕을 보고 말았다. 그 뒤로 장인은 막내사위를 괄시하지 않고 맏사위와 둘째 사위를 멸시하기 시작했다.

이 설화에서는 장인과 큰사위, 둘째 사위가 연합하여 막내사위를 놀리고 욕보이려 하지만 막내사위는 자신의 기지로 이들을 물리친다. 여기서도 막내사위를 미워하는 처가식구들의 모습이 잘 드러나며, 학문과 가문에서 자신들과 차이가 큰 막내동서를 무시하는 두 손윗동서의 모습이 잘 드러난다. 또 하나 이 설화에서 특이한 점은 막내사위를 욕보이다가 실패하고 오히려 자신이 욕을 보게 된 장인이, 이후로는 막내사위를 괄시하지 않고 맏사위와 둘째 사위를 멸시하기 시작했다는 점이다. 이것은 차별이나 편애의 대상은 언제든 바뀔 수 있다는 것을 보여준다.

이와 비슷한 줄거리의 설화로 〈글 잘 하는 막내사위[7]〉 설화가 있다.

어떤 사람이 네 자매를 두었는데 모두 시집을 갔다. 장모되는 사람이 무척 간사했는데 유독 막내사위를 싫어했다. 그런데 '보기 싫은 사돈 장마다 만난다.'는 말처럼 막내사위는 장모에게 미움을 받으면서도 무슨 일이 있으면 항상 먼저 왔다. 장모가 하루는 꾀를 내어 사위들을 전부 부른 뒤 글을 잘 짓는 사위만 음식을 먹을 수 있다며 운자로 '연고 고(故)'를 내주었다. 사위들이 차례로 글을 짓는데 첫째 사위는 "산고불패탱석고(山高不退撑石故), 산이 높으나 무너지지 않는 것은 돌로 괸 연고다."라고 했다. 둘째 사위는 "안지선명장경고(雁之善鳴長頸故), 기러기가 잘 우는 것은 모가지가 긴 연고라."고 했다. 셋째 사위는 "노류부장열인고(路柳不長閱人故), 길 가에 버드나무가 자라지 못하는 것은 사람에게 시달린 연고"라고 했다. 장모는 세 명의 사위들이 글을 지은 것을 보고 모두 잘 지었다고 칭찬을 했다. 막내사위는 계속 비웃으며 글을 짓지 않았는데 장모가 화를 내며 글을 지어 보라고 하자 막내사위는 장모를 망신을 시키기 위해 글을 반대로 뒤집었다. 먼저 큰동서에게 가서 "천고불패석다고(天高不退石多故), 하늘이 높되 무너지지 않는 것도 돌로 괸 연고냐?"며 큰동서의 귀싸대기를 후려쳤다. 다음은 둘째 동서에게 가서 "와지선명장경고(蛙之善鳴長頸故). 개구리가 잘 우는 것도 모가지가 길기 때문이냐?"며 둘째 동서의 귀싸대기를 후려쳤다. 마지막으로 셋째 동서에게 가서는 "장모부장열인고(丈母不長閱人故). 장모가 크지 못한 것도 사람에게 시달렸기 때문이냐?"며 셋째 동서의 귀싸대기를 후려쳤다. 장모는 막내사위의 행동을 보고는 앞으로 미워했다간 망신만 당할 것 같아 이후 네 명의 사위를 똑같이 대우해 주었다.

---

7) 『한국구비문학대계』 4-4, 159-162면, 대천읍 설화 29, 박상호(남, 74).

어떤 사람이 네 자매를 두었고 모두 시집을 갔는데, 장모가 무척 간사하여 막내사위를 싫어했다. 그런데도 막내사위는 장모의 미움을 받으면서도 무슨 일이 있으면 항상 먼저 왔다. 장모가 하루는 꾀를 내어 사위들을 전부 부른 뒤 글 잘 짓는 사위만 음식을 먹을 수 있다며 운자로 '연고 고(故)'를 내주었다.

첫째 사위는 "산이 높으나 무너지지 않는 것은 돌로 괸 연고다."라고 했고, 둘째 사위는 "기러기가 잘 우는 것은 모가지가 긴 연고"라고 했다. 또 셋째 사위는 "길 가에 버드나무가 자라지 못하는 것은 사람에게 시달린 연고"라고 했다. 장모는 세 명의 사위들을 칭찬했는데 막내사위는 계속 비웃으며 글을 짓지 않았다. 장모가 화를 내며 글을 지으라고 하자, 막내사위는 먼저 큰동서에게 가서 "하늘이 높되 무너지지 않는 것도 돌로 괸 연고냐?"며 큰동서의 귀싸대기를 후려졌다. 다음은 둘째 동서에게 가서 "개구리가 잘 우는 것도 모가지가 길기 때문이냐?"며 둘째 동서의 귀싸대기를 후려쳤다. 마지막으로 셋째 동서에게 가서는 "장모가 크지 못한 것도 사람에게 시달렸기 때문이냐?"며 셋째 동서의 귀싸대기를 후려쳤다. 장모가 막내사위의 행동을 보고는 앞으로 미워했다간 망신만 당할 것 같아 이후 네 명의 사위를 똑같이 대우해 주었다.

그동안 장모의 미움을 받았던 막내사위가 첫째, 둘째, 셋째 동서의 뺨을 때렸다고 하는 것을 보면, 그동안 막내사위의 마음속에는 세 명의 손윗동서에 대한 나쁜 감정이 자리 잡고 있었음을 알 수 있다. 또 자신을 미워하는 장모에 대한 원망 또한 자리 잡고 있었을 것이다. 이처럼 이 설화 역시 장모의 차별로 인한 동서갈등이 드러나고 있다.

『한국구비문학대계』에는 이러한 내용의 설화들이 11편 수록되어 있는데, 이를 [글 지어 장모의 괄시 면한 사위]라고 명명해 볼 수 있다. 이

가운데 〈산지고고는 다석고(山之高高多石故)[8]〉에서는 장인이 첫째 사위는 문장이라, 둘째 사위는 잘 살기에 우대하면서, 가난한 막내사위를 망신주려고 한다. 장인은 두 사위와 미리 계략을 꾸미지만 막내사위의 기지로 망신만 당한다. 여기서도 장인이 두 사위와 연합하면서 동서갈등이 드러나고 있다.

또 〈데릴사위 이야기[9]〉에서도 딸 셋을 둔 사람이 데릴사위 셋을 얻었는데, 맏사위가 너무 무뚝뚝해서 숟가락 하나도 주지 않고 분가를 시킨다. 그 뒤 맏사위와 맏딸은 어딘가로 가서 친정에 발걸음도 하지 않았다. 둘째 데릴사위는 대답도 잘하고 일도 잘 해 처가의 사랑을 많이 받았는데, 막내딸이 잔치를 한다는 소문에 맏딸 내외가 찾아왔다. 둘째와 셋째 사위는 맏사위가 무식하다며 저희들끼리만 놀고 상대를 하지 않는다. 장인 장모가 함께 놀라고 하자, 둘째 사위는 높을 고(高) 자로 운자를 내며 글을 짓지 못하는 자는 오늘 저녁 식사 때 나가 심부름이나 하자고 한다. 막내사위가 "산이 높고 높은 건 돌이 고여 높다."고 하며 맏사위에게 짝을 맞추라고 하자, 맏사위는 "장모가 키가 작은 것도 사람들에게 시달렸기 때문인가?"라고 하며 자신을 없이 본 장모를 욕하였다. 여기서도 동서간의 갈등은 드러난다.

이처럼 [글 지어 장모의 괄시 면한 사위] 설화군에서 동서갈등의 시발점이 되는 것은 장인이나 장모의 차별이며, 이로 인해 사위들이 다른 한 명의 사위를 무시하며 동서갈등이 일어나고 있다. 여기서 동서갈등의 해결방안으로 제시될 수 있는 것은 차별대우를 받는 사위의 능력이다.

---

8) 『한국구비문학대계』 4-4, 159-162면, 대천읍 설화29, 박성호(남, 74).
9) 『한국구비문학대계』 1-3, 181-184면, 청운면 설화15, 최순용(남, 73).

2) 현대 사례들과 설화의 적용

다음에서는 장인 혹은 장모의 편애나 차별로 인해 동서갈등이 나타나는 사례들을 살펴보기로 하겠다.

사례 1 처갓집 사위들 간 호칭문제 좀 봐 주세요

안녕하세요. 저는 아내와 결혼한 지 7년이 됩니다. 2년 전 쯤 아내와 3살 터울 언니가 결혼을 해서 처갓집 사위가 둘이 되었습니다. 그런데 제가 처형의 남편보다 나이가 네 살 위입니다. 처형이 지방에 살아서 일 년에 많아야 두 번 정도 밖에 만나지 못해 그간 처갓집 가족 간 호칭을 부를 일이 없어 애매하던 차에 5월5일 마침 가족 모임이 있어 호칭문제를 처형 남편과 정리하려고 하던 차에 장모님께서 따로 저를 부르시더니 처형 남편에게 형님이라고 부르라고 하시더군요. 그런데 제가 알기로는 국립 국어원의 가족 간 호칭 정의에서 보면 처갓집 사위 간에 '처형의 남편을 처제의 남편이 형님이라고 칭하고 처제의 남편을 처형의 남편이 동서라고 칭해야하나 처제의 남편이 처형의 남편보다 나이가 많을 경우 동서라 칭한다'라고 되어 있어서 손윗동서(큰동서), 손아랫동서(작은동서)라고 불러야 한다고 알고 있습니다. 장모님이나 처형의 남편은 이런 가족호칭의 정의나 나이와 상관없이 제가 형님이라 불러주길 원하는데 여러분의 의견은 어떠신지 궁금합니다. 사실 제 아내가 언니와 차별을 좀 받고 커서 이런 문제로 좀 예민하기도 해서 저 또한 좀 신경이 쓰이기도 합니다. 또 처형의 남편이 저를 처음 볼 때부터 00씨~ 하고 부르며 악수를 청하고 가끔 명령이나 하대하는 듯한 말투를 써서 제가 기분이 좀 그렇기도 했는데 좋은 게 좋은 거다 라고 그냥 넘기기도 했었습니다.

사례1〉에서 글쓴이는 둘째 사위이며, 첫째 사위보다 4살이 많다. 그동안은 호칭을 부를 일이 없어서 애매하던 차에, 가족모임이 있는 날 장모가 글쓴이를 부른다. 장모는 처형 남편에게 '형님'이라고 부를 것을 요구하고, 글쓴이는 자신보다 어린 처형 남편에게 형님이라고 부르고 싶지 않다. 글쓴이가 국립국어원의 가족 간 호칭 정의를 예로 들거나, 아내가 언니와 차별을 받고 커서 이런 문제로 예민하다는 것은, 자신의 마음이 내키지 않는다는 것을 반증하는 것이다. 글쓴이는 자신보다 어린 처형 남편이 자신에게 처음 볼 때부터 '~씨'라고 부르는 것이나, 명령이나 하대하듯 하는 말투가 기분이 나쁘다. 문제는 장모가 '형님'이라고 부르라고 했기에 장모의 요구를 거절하기가 어렵다는 것이다. 이 사례에서 글쓴이는 장모가 형님을 편애하여 동서갈등을 유발하는 상황과 동일한 감정을 경험하고 있다.

사례 2 장서 간의 갈등

안녕하세요? 저는 올해 36살 평범한 기혼남입니다. 결혼 만3년 차이구요 아직 자녀는 없습니다. 혹시 장서 간의 갈등 겪어 보셨나요? 저는 결혼 후 한 번도 편하게 처가에 가본 적이 없습니다.…… 처제가 결혼 전 한참 집을 보러 다니고 가전제품 및 가구를 보러 다닐 때 주말에 장모께서 저보고 부산 자갈치시장가서 횟감을 사오라고 하셔서 처제가 결혼 한 달을 앞두고 처가에서 모두 모이게 되었는데 장모께서 은근히 저와 예비 넷째 사위를 비교를 하셨습니다. 처제가 집은 어디 아파트를 구입했고 얼마를 깎아서 샀으며 가구는 어디 거 샀고 가전제품은 어디가 좋더라 얘기를 하는데 갑자기 저를 보시며 "○서방도 얼른 돈 빌어서 너거 집 사라"며 말씀하셨습니다. 제가 사온 회도 처제가 예정시간 보다 늦게 와서 먼저 모인사람들 먼저 식사를 하는데 회를 정말 조금만 가져 오시더니 처제가 와서야 회를 모두 가져 내오십니다. 그리고 죽자고 비교를 하십니다. 예비 넷째 사위가 원자력발전소 다닌다고 하였는데 저와 비교를 엄청 하셨죠. 저보고 ○서방도 공부 좀 잘하지. 그래서 공기업에 들어가던가 하지 라며 말씀하시고 ○서방 회사가 현대 차 하청이지? 라며 깔아뭉개는 발언을 하셨죠.…… 장인어른이 입이 좀 가벼운 편입니다. 동네 어르신들하고 어울리시다가 우연히 넷째 사위가 원자력발전소 정 직원 이라고 자랑 하셨다가 동네망신 당한 적 있습니다. 동네 어르신 자제분이 한전KPS 과장인데 장인께서 하도 자랑을 하셔서 도에 어르신이 자제분께 알아보셨는데 알고 보니 넷째 사위는 병원 방사선과에 근무하다가 남자 방사선사는 병원에 장기근속 해봐야 비전이 없어서 원자력발전소에 용역으로 들어갔다고 합니다. 방사선사 자격증이 있어서 방사선 관리 용역업체에 있다고 합니다. 주 5일 근무 빨간 날 다 쉬고 하는 건 좋은데 상여금도 없고 급여도 170만원 겨우 받는다고 합니다. 처제는 아파트 구입한다고 무리하게 대출을 받아서 1억 4천만원 대출 받았다고 합니다. 30년간 한 달에 월 78만원 정도 대출금 갚는다고 합니다.…… 처가 쪽 큰집에 막내딸이 늦게 시집을 간다고 큰집 잔치이니 모두 참석을 하라고 하여서 대구에서 서울까지 버스 대여해서 갔었죠. 참석 인원은 다른 친척과 장인, 장모, 둘째 사위, 저, 아내, 처제 이렇게 갔습니다. 버스 안에서 음식을 나눠 먹을 때 장모는 여지없이 저를 지목해서 음식물 전달을 시켰고 둘째 사위는 가만히 앉아 있기만 합니다. 서울에 도착해서도 장모는 다른 친척들에게 둘째 사위만 인사 시키고 저는 배제를 하였고 제가 잠시 다른 곳으로 가면 장모는 저를 찾아서 화를 내셨죠. 다시 대구로 왔을 때 둘째 사위는 영천에 자기 본가에 친누나가 왔다며 버스에서 짐 내리는 것도 도와주지 않고 가버리고 저 혼자 짐을 내려야만 했습니다. 올해 여름엔 처가 집 바로 옆동에 살면서 한 번도 처갓집 일 도와주지 않고 장인, 장모가 운 영하는 식당 일 한 번도 도와주지 않는 작은사위가 있으면서도 굳이 저 를 불러서 장롱 버리는 거 저에게 시킵니다. 아내는 처가에 서랍장 같은 거 얻을게 있다고 가자고 하더니 그게 장롱 버리는 작업을 하기 위한 핑 계였던 겁니다. 서랍장 필요도 없는데 굳이 안 얻어도 되는데 말입니다. 나중에 작은사위가 저에게 오더니 장롱 다 버렸냐고 묻습니다. 아니 처가 에 장롱 버릴게 있으면 가까이 사는 사위가 해주는 게 당연한 거 아닌가 요?…… 이제 이혼하고 싶습니다.

사례2)는 결혼한 지 만 3년차 남성으로, 딸만 넷인 집안의 셋째 딸과 결혼했다. 장모는 처제 결혼 전부터 은근히 넷째 사위와 글쓴이를 비교 하였다. 처제 결혼 한 달을 앞두고 처가에 모두 모인 자리에서, 장모는 예비 넷째 사위는 어디에 아파트를 구입했고, 가구는 어떤 걸 샀으며 가 전제품은 어디가 좋다고 하면서 글쓴이에게 얼른 돈을 벌어서 집을 사 라고 했다. 글쓴이가 사온 회도 예비 넷째 사위가 온 후에야 제대로 내 오고, 예비 넷째 사위가 원자력발전소에 다닌다고 하면서 글쓴이에게 "○서방도 공부 좀 잘하지. 그래서 공기업에 들어가던가 하지"라며 "○ 서방 회사가 현대차 하청이지?"라며 글쓴이를 모욕했다. 후에 장인이 동네 어른한테 넷째 사위 자랑을 하다가, 넷째 사위가 원자력발전소에 용역으로 들어간 걸 알게 된다. 이후 장모는 직업 비교는 하지 않는다. 그러나 여전히 다른 사위들과 글쓴이를 비교한다. 처가 쪽 큰집 막내딸 이 시집을 간다고 대구에서 서울까지 버스를 대여해 갔을 때, 장모는 둘 째 사위는 가만히 두고 글쓴이를 지목해 음식물을 전달하게 하고, 서울에 도착해서도 다른 친척들에게 둘째 사위만 인사 시키고 글쓴이를 배제하였으며, 글쓴이가 잠시 다른 곳으로 가면 화를 냈다. 다시 대구로 돌아왔을 때도 둘째 사위는 먼저 가버리고 글쓴이는 혼자서 버스 짐을 내려야했다. 올해 여름에는 처가 바로 옆에 사는 넷째 사위가 아니라, 글쓴이를 불러 장롱을 버리게 한다. 넷째 사위가 나중에 글쓴이에게 장롱을 다 버렸냐고 묻는 걸 보면 장모는 일부로 글쓴이를 부른 것 같다. 서랍장이 필요하다고 처가에 가자고 한 아내의 말도, 글쓴이의 생각에는 장롱을 버리러 가기 위한 핑계로 보인다. 장모의 사위 비교와 부당한 대우에 피곤한 글쓴이는 이제 이혼을 원한다. 글쓴이가 넷째 사위에 신상에 관해 자세하게 설명하고 있는 것을 보면, 이미 넷째 사위와의 동서갈등 또한 시작되었다고 생각된다.

사례3 장모에게 드리는 마지막 글

　　방탕한 생활을 한 제가 순결하고, 헌신적인 당신 딸을 아내로 맞이했습니다. 빚만 수 천만 원. 아내가 모아둔 돈으로 신혼살림 차렸습니다. 결혼 전, 수 십 만 원짜리 츄리닝과 운동화 사던 아내가 결혼 후 인터넷에서 싸구려를 찾는 걸 보고 화장실에서 샤워기 틀어 놓고 엉엉 울며, 총각 시절 방탕한 생활을 저주했습니다. 4년 만에 빚 다 갚고, 그 후 집 사고, 가게까지 제 명의로 차렸습니다.…… 매달 제 집과 처가에 백만원이상 보내드렸습니다. 날 낳아주신 부모님과 사랑하는 아내를 낳아주신 당신들께 조그마한 성의입니다. 그 잘난 재벌 연구원 사위 이정도 합니까? 돈 없어서 빌빌 거려, 제가 집 사는데 5천 해 주고 아내가 저 모르게 3천을 더 해 줬습니다. 신혼부터 한 4년간 거의 일주일에 한 번 들러 식사와 함께 아내 친정집에 할 도리 다 했습니다. 장모님 댁 벽지, 장판부터 못 하나 하나 제가 다 한 겁니다. 그 잘난 재벌 연구원 사위, 지 집 못 하나 박을 줄 모릅니다. 제가 다 해 줬습니다.…… 그래, 재벌 사위도 아닌 재벌 연구원 사위 타이틀이 그렇게 좋으셨습니까? 아니면, 같은 교회 다니는 게 그렇게 좋으셨습니까? 저와 동서 놈을 차별을 한 건 참을 수 있었습니다. 하지만, 제 아이와 처제 아이를 차별하고, 심지어 4살짜리들끼리 싸움에 저희 아이 뺨을 제 부모 욕까지. 발길 끊었다가, 아내의 요청으로, 하지만, 사단이 났고, 상을 뒤집은 제가 잘못은 했습니다. 아내에게 이혼을 권하고 심지어, 아내에게 딴 사람을 소개 시켜주다니요. 아는 형에게 그 소리 들었을 때… 저 자살도 생각했습니다. 아내에게 눈물 흘리며 이야기하니 "엄마 달래려고 찾아가서 얼떨결에 두 번 식사. 세 번째 그런 자린 줄 몰랐다고… 아내도 이러지도 못 하고 나에게 미안하고 말할 수도 없어서 극한 생각까지 했더군요. 세상에 자식을 죽이려고 작정하셨습니까? 재벌 연구원 사위 한 명으로 만족 못해, 이혼시키고 또 얻으려구요? 배웠다는 동서 놈이 소개 시켜줬다니 교회 인간들. 인류도 도덕심도 없는 인간들인 줄은 알았지만 저 그놈을 죽지 않을 만큼 팼습니다.(지 놈은 모르고 소개 시켜줬다고 항변했습니다) 아내 당신과 모든 관계를 끊습니다.…… 다음 달에 결혼 10주년. 우리 부모와 장인, 장모, 처제네와 해외여행 계획을 잡았건만. 내 가정은 내가 지킵니다.

사례3)에서는 장모의 사위 차별이 나타나는데, 장모는 같은 교회를 다니는 대기업 연구원을 사위로 삼으면서 첫째 사위인 글쓴이를 무시하고 냉대한다. 글쓴이는 자신을 냉대한 것은 참을 수 있지만, 4살짜리 본인 아이와 동서 아이의 싸움에 자신의 아이 뺨을 때리고, 자신의 부모를 욕한 장모를 용서할 수 없다. 더군다나 장모는 이혼을 종용하며 딸에게 다른 사람을 소개시켜주는데, 그 사람을 소개해준 것이 다름 아닌 둘째 사위이다. 글쓴이는 자신의 아내에게 남자를 소개시켜준 손아랫동서를 때리고, 자신의 가정은 자신이 지킨다며 처가와의 인연을 끊으려고 한다. 여기서는 장모의 사위차별로 인해 동서 간에 폭력이 오가는 상황이 벌어진다.

사례 4 혼자이고 싶다.

> 그냥 우울한 마음에 적습니다. 1년 반 연애시절 아내 집에 강도가 들었다는 말에 무작정 결혼한 지 6년째, 그중 6개월만 신혼이었고, 임신과 출산 대학에 다시 간 처갓집식구의 동거로 지금까지 계속 살고 있습니다. 서로 눈치 살피고 살았죠. 그런데 같이 사는 처갓집식구가 4학년이 된 올해 9살 많은 아저씨와 결혼한다고 하네요. 손아래지만 나이가 나보다 많지요. 흐흐 돈만 많으면 되는 세상이라는 것을 느끼게 해준 처갓집식구 무심결에 아내에게 처갓집식구가 그 아저씨를 좋아하긴 하냐구 물었더니 버럭 성질내면서 좋아하지 않는데 결혼 하겠냐구 소리치더니 저를 동물 쳐다보듯 하네요...(예술가들의 마음을 이해 못한다구) 후후후 이제 돈 많은 동서와 비교되는 저는 개밥의 도토리겠죠. 아내도 부럽겠죠. 집도 돈도 없는 나에게 시집와서 고생한다구 장모님과 함께 구박하고, 이어서 돈 자랑하는 처갓집식구부부의 멸시를 받으며 살아야 할지 고민됩니다. 결혼하면 부모가 둘이 된다고 해서 나름대로 잘해드렸는데 이젠 자신 없네요. 혼자 살고 싶은 생각이 간절하네요. 이혼하고 아이들은 제가 키우고 싶은데 이혼 후 남편이 애 키우기가 쉽지 않겠죠.

사례4)는 아직 처제가 결혼을 한 것은 아니지만, 돈 많은 동서와 자신이 비교가 될까봐 미리 걱정을 하고 있는 남성의 글이다. 글쓴이는 1년 반 연애시절 아내의 집에 강도가 들었다는 말에 무작정 결혼하여, 6년째 처갓집 식구들과 함께 살고 있다. 글쓴이는 처제가 9살이나 많은 남성과 결혼을 한다고 하자, 처가식구들이 돈 많은 그와 자신을 비교할까봐 불안해하며, 자신이 개밥의 도토리가 될 것 같아서 고민이다. 이 사례에서 글쓴이는 아직 손아랫동서를 맞이한 것도 아니다. 그런데 혼자 자신의 처지를 비관하며, 이혼까지 고려를 하는 것을 보면 장모의 차별과 돈 많은 동서의 존재가 남성에게도 커다란 부담이 되며 갈등의 요인이 됨을 알 수 있다.

앞서의 글들이 사위의 입장이라면, 다음의 사례들은 친정엄마의 사위차별에 대해 딸의 입장에서 작성된 글들이다.

사례 5 **사위들을 비교하는 친정엄마**

어디 하소연할 데도 없고... 해서 큰 맘 먹고 글 올려요ㅜㅜ 저희 집은 딸이 넷입니다 언니와 전 20대 후반에 결혼해서 지금 2~3년 정도 된 상태구요. 저희 둘 다 신랑들 직장이 친정 쪽이라 가깝게 왕래하며 지내고 있어요. 언니와 형부가 만나게 된 계기는 엄마 아시는 분의 아들인데 평소 눈여겨보며 맘에 들어 하시다 자리를 주선하여 서로 좋아 연애하다 1년 만에 결혼을 하게 됐어요. 엄마가 형부를 정말 예뻐라 하셨고, 지금도 뭘 해도 '역시 우리 큰사위'라며 예뻐하세요. 뭐든 형부의 말이 옳은 줄 알고 형부에 대한 신뢰도는 200%입니다. 저도 그런 형부가 좋고 아빠 없는 집이라서 듬직했죠. 하지만 제가 친정엄마를 미워하게 된 이유는 제가 결혼을 하고 나서부터였어요. 무조건 큰사위만 옳은 줄 알고 큰사위 큰사위만 하는 친정엄마입니다. 정말 이건 사소한 문제인데... 형부가 회사에서 술자리가 자주 있어요. 형부 말로는 직장상사들이 부르면 어쩔 수 없이 있기 싫은 자리라도 가야된다며 못내 술자리를 가요. 거의 일주일에 3~4번?? 언니는 지금 둘째를 임신해 있는 상태라 항상 옆에서 돌봐줘도 모자랄 판인데 말이에요. 근데 저희형부는 주당에다 술을 정말로 좋아해요. 제가 "아무리 부르고 그래도 너무 한 거 아니야? 홀몸도 아니고 임신해 있는 사람을 저녁마다 혼자 놔두고 새벽에 들어오고"라고 말하면 형부는 사회생활을 너무 잘하는 사람이라 그런데는 절대 안 빠지려 하고, 직장상사들한테 이쁨 받고, 직장에서 알아주는 사람이라서 더 잘 보이면 승진할 거라고 합리화를 시켜버립니다. 만약 제 신랑이 그렇게 늦게까지 술 먹고 안 들어온다면 분명 한소리 할 게 뻔해요. 이번 추석에는 양가에 10만원씩 용돈을 드렸어요~ 근데 엄마가 또 비교를 하는 말투로 너희 형부는 예의도 바르고 생각도 깊다면서 언니한테 "올 추석에 각각 30만원씩 드리자."라고 했다네요. 언니가 "우리 집엔 저번에 용돈 드렸으니 20만원만 드리자."라고 하니 "그래도 같은 부모님인데 30만원씩 드리자."라고 했다며 그걸 또 저한테 말을 하는데 전 왜 굳이 이런 말을 나한테 하는지... 우린 10만원밖에 안줬는데 비교하는 것 같고... 친정엄마가 너무너무 얄미웠어요. 이런 건 정말 사소한 일인데... 정말 많아요. 지나가는 말 부터해서 왜 그렇게 비교를 하는지...…… 한번은 친정엄마랑 크게 싸운 적이 있었는데... 둘째 사위가 성격도 좋고 장난도 잘 쳤는데 요즘은 웃음이 없어졌다고... 본인이 그렇게 말하더라구요. 그래서 제가 쌓였던 게 폭발했는지... "당연한 거 아니야? 내가 오빠여도 그럴 거야. 엄마는 형부만 이뻐하고 비교하는데!!!!"라며 소리치고 엉엉 울어버렸어요. 그러니 엄마가 소리를 지르며 어떻게 내가 똑같은 사위들을 비교를 하냐며 그게 말이 되나며 외려 더 큰소리를 치십니다. 저는 더 이상 할 말이 없어서 엉엉 울며 나와 버렸네요... 가족모임이 있거나 같이 밥이라도 먹자고 하면 이젠 마주치기 싫어서 항상 피하고 핑계대고 가지도 않구요. 그럴 때면 "넌 너희 남편 없으면 오지도 않냐"라며 핀잔을 놓습니다. 정말 제가 가기 싫어하는 이유도 모르면서 말이죠... 그렇다고 이러네 저러네 말하기엔 친정엄마와 사이가 서먹해질까봐 그런 말도 못하겠어요. 이젠 언니와 형부까지 미워지고 엄마가 무슨 말을 해도 예민하게 받아드려지고 화부터 불쑥 나게 되요... 그래도 가족인데 이렇게 지낼 수도 없고... 12월 출산을 앞두고 있는데... 태교에도 안 좋고 정말 스트레스 지대로입니다┬┬

사례5)의 글쓴이는 딸만 넷인 가정에 둘째 딸이다. 형부는 친정엄마 지인의 아들로, 평소 엄마가 눈여겨보며 마음에 들어 하시다가 사위로 맞이하게 된다. 친정엄마는 처음부터 형부를 예뻐했고, 지금도 형부가 뭘 해도 '우리 큰사위'라며 예뻐한다. 무엇이든 형부의 말이 옳은 줄 알고, 형부에 대한 엄마의 신뢰도는 200%이다. 그런데 글쓴이가 결혼을 하게 되면서부터 엄마는 큰사위와 글쓴이의 남편을 모든 일에서 비교하기 시작했다. 친정엄마가 글쓴이에게 "둘째 사위가 성격도 좋고 장난도 잘 쳤는데 요즘은 웃음이 없어졌다."고 이야기하는 것을 보면, 둘째 사위 또한 글쓴이가 느끼는 것처럼 큰사위와의 비교에 마음이 상했음을 짐작해볼 수 있다. 글쓴이는 엄마가 무슨 말을 해도 이제는 예민하게 받아들이게 되며, 언니와 형부까지도 미워지는데, 겉으로 표현하지 않을 뿐 남편의 마음 또한 글쓴이와 동일할 것이다.

사례 6 큰사위 작은사위 차별하시나요?

저희엄마는 큰사위와 작은사위를 너무 차별하시는 거 같아요. 제가 큰 딸인데요... 저랑 용띠 동갑이구요... 동생네 제부가 저희보다 두 살이 많은데 얼마 전에 결혼했어요. 동생네는 연애 때부터 티격태격... 제동생보다 좀 못나게 보시는 거 같아요. 남자가 키도 작고... 벌 능력이 없어 보인다고... 저희 신랑이 그리 썩 큰사위노릇을 잘하는 것도 없는데... 저희 남편한테는 끔찍하게 잘해주시지만... 제부한테는... 은근히 무시하는 말투를 마니 하세요. 제 동생이 서운했는지... 울면서 전화하더라구요. 자기네는 밉게 보니깐... 장모님한테도 대우도 못 받는 거 같고 하니깐... 나중에 친정에 갈 맘이 생기겠냐구요. 그래도 똑같은 사원데... 조심해야 하는 거 아닌가요? 동생이랑 제부한테 좀 미안한 생각이 드네요... 비교당하고 차별받는다는 거 정말 안 좋은 거잖아요... 엄마한테 제가 뭐라 당부를 해야 하는 건지... 걱정이 되네요...

사례6〉은 친정엄마가 자신의 남편과 작은사위를 너무 차별한다고 생각해 걱정이 되는 여성의 글이다. 제부는 자신의 남편보다 두 살이 많고 얼마 전에 결혼을 했다. 동생이 연애 때부터 티격태격했기에, 친정엄마는 동생보다 사위를 좀 못나게 생각하는 것 같다. 자신의 남편인 큰사위에게는 잘 해 주지만, 작은사위에게는 은근히 무시하는 말투를 한다. 동생은 친정엄마의 행동에 서운해 하며, 자신의 남편이 친정에 가고 싶은 마음이 생기겠냐고 언니에게 울면서 전화를 한다. 글쓴이는 동생과 제부에게 미안한 생각이 들고, 사위를 차별하는 친정엄마에게 뭐라고 해야 될지 모르겠다. 여기서도 친정엄마의 사위차별로 인한 동서갈등이 나타나고 있다.

사례 7 저희엄마가 사위들을 차별하시네요..

저는 우리집에서 장녀, 저희 남편은 위로 누나 있고, 외동아들이에요. 첨엔 우리엄마 저희남편 좋아했어요~ 착하고, 저한테도 잘한다고.. 친정 가면 잘 챙겨주고, 문자까지 보낼 정도로 남편한테 신경 많이 써주고 이뻐라 했는데요... 언제부터냐면... 제 밑에 여동생이 결혼을 하고나서부터 네요. 작년 12월에 결혼한 내 동생 남편 저에겐 제부가 되죠~ 제부는 카이스트 졸업해서 연구원이에요. 그래서인지, 아니 그래서일 겁니다. 명절이나, 어버이날, 아빠 생신 그때마다 친정집엘 가면 엄마는 우린 뭐 거들떠보지도 않고, 동생 내외만 엄청 챙겨요... 선물이 들어오거나 음식을 만들어도, 챙겨주는 것부터가 확연히 틀리니까요... 아이고~ 우리 김서방 공부하느라 힘들지 하면서 고기 막 주고... 우리남편은 건성으로 밥 더 먹으려면 밥통에 있으니까 더 덜어 먹으라 그러고 딱 보면 말투도 그렇고... 제가 느껴도 그런데... 저희 남편은 오죽할까요.... 미안해 죽겠어요. 정말. 차별 당하는 건 정말 서러운 거예요... 그래도 내색 한번 안하는 착한 우리 남편. 그 때문인지 언제부턴가 우리 집 가는 게 불편한가 봐요... 좀만 있다 가자 그러고.. 혼자가면 안되지? 묻기도 하고... 이번 어버이날 때 엄마 선물을 드렸는데, 스카프를 드렸거든요... 근데 우리엄마가 보자마자 어디서 샀냐고 묻더니 이거 별로라고 못하고 다닌다고 바꾼다고 그러고... 내 동생은 백화점상품권 줬나 봐요. 그러면서 XX백화점에서 산 거 아니지? 거기서 산거면 이거 상품권 쓸 때 바꾸고 오면 되는데 막 남편 듣는데 그러고... 엄마한테 그러지 말라고 성질도 내고 눈치도 줬는데 고치시질 않네요... 추석도 다가오고... 남편한테 미안하기도 하고... 미우나 좋으나 저는 엄마의 딸이니까 상관없는데... 우리남편 얼마나 섭섭할까요...

사례7)에서 글쓴이는 장녀로, 남편이 친정에서 당하는 차별 때문에 속상해하고 있다. 처음에 장인과 장모는 사위를 좋아했고, 신경도 많이 써주고, 예뻐했다. 그런데 카이스트를 졸업한 연구원이 둘째 사위로 들어온 후부터, 대우가 달라졌다. 명절이나 어버이날 부모님 생신 때 친정에 가면, 친정 부모님은 첫째부부는 거들떠보지도 않고 동생 내외만을 챙긴다. 단적으로 둘째 사위에게는 고기를 챙겨주고, 첫째 사위에게는 밥통에 밥이 있으니 덜어 먹으라고 건성으로 말하는 장모의 말투는 장모가 이 둘을 차별하고 있음을 여실히 보여준다. 남편이 처가에 가는 것을 불편해하며, 혼자 가면 안 되냐고 묻거나 조금만 있다가 가자고 이야기 하는 것을 보면, 장모의 차별로 첫째 사위의 마음이 많이 상했다는 것을 알 수 있다. 장모가 계속 이렇게 행동한다면, 이 첫째 사위는 장모뿐만 아니라 동서와도 갈등을 경험할 확률이 매우 높다.

사례 8 의사남편, 사위 얻으면 주변에서 더 많이 대우해주는 경향이 있는 건지...

저희집은 딸만 넷인 딸부자집입니다. 저는 막내고요. 언니들도 모두 결혼했는데요. 첫째언니는 일반 회사원인 형부와 결혼했고, 셋째언니는 외국계기업 캐나다인 형부하고 결혼했고, 저는 직장동료에서 연인 그리고 결혼까지 가게 됐거든요. 그런데... 둘째 언니도 뭐 특별한 직업이 아니라 그냥 일반 회사원입니다. 물론 한 얼굴 하기는 하지만... 근데 형부가 의사입니다. 서른일곱? 치고는 동안이고 수트, 시계 같은 것도 진짜 비싸 보이고 배지도 세 개씩 달고 다니고 거기다 의사고... 저하고 나이차이도 10살이나 나거든요. 첫째언니하고 동갑이에요. 그래서 그런지 저희 부모님이 좀 차별? 하는 느낌이 들어요. 예를 들어서 다른 사위들은 뭐 그저 그렇게? 대접해주십니다. 그런데 의사형부한테는 정말로 말할 때도 더 예쁘게 하시는 거 같고 오면 먹을 거도 더 챙겨주십니다. 저 결혼할 때는 집 구할 때 도움 안주시더니 둘째 언니 결혼할 때는 집 살 때 1억 정도 보태주신 걸로 알고 있거든요.ㅜㅜ 언니들끼리는 사이가 좋아요. 지금까지도요... 그런데 연말이나 추석 때나 모일 때 남편하고 형부들은 별로 안 친한 거 같기도 하구요. 요즘 따라 괜히 신경 쓰이네요... 똑같은 자식들인데ㅜㅜ

사례8〉에서 글쓴이는 딸이 넷인 가정의 막내딸로, 둘째 언니의 남편인 의사 사위만을 다른 사위들과 달리 대우하는 친정 부모님에 관해 이야기하고 있다. 첫째와 둘째 사위는 일반 회사원이고, 셋째 사위는 캐나다인이다. 친정 부모님은 다른 사위들에게는 그냥 저냥 대접을 하면서, 의사 사위에게는 말도 예쁘게 하고 먹을 것도 더 챙겨주며 대접을 한다. 집을 살 때도 자신에게는 도움을 안주시더니, 둘째 언니는 1억이나 보태줬다. 자매들끼리는 아직까지 사이가 좋지만, 글쓴이가 보기에 사위들끼리는 별로 안 친한 것 같다. 이 가정의 경우에도 친정 부모님은 네 명의 사위 중 하나만을 특별히 대우하고 있는데, 시간이 지날수록 대우를 받는 사위와 그렇지 못한 사위 간에 동서갈등이 유발될 것임은 불을 보듯 뻔한 일이다.

그렇다면 [어사가 된 막내사위]나 [글 지어 장모의 괄시 면한 사위] 설화군은 현대 사례들에 어떻게 적용될 수 있을까?

첫째, [어사가 된 막내사위]나 [글 지어 장모의 괄시 면한 사위] 설화

군에서 장인이나 장모의 차별로 인해 유발된 동서갈등을 해결하는 방
안은, 차별의 대상인 사위가 자신의 능력을 키우는 것이다. 이것은 장인
이나 장모가 차별이나 편애를 하지 못하도록, 그 요인을 소거(消去)시
켜 버리는 것이다.

설화에서도, 현대 사례들에서도 장인이나 장모의 차별이나 편애의 이
유는 경제적인 부유함이다. 물론 설화에서는 학식이나 학문, 가문을 따
지지만 결국 이것은 경제적인 부유함과 연관이 된다. 실제 사례에서 카
이스트를 나온 연구원 사위(사례7)를 우대하는 것도 지적능력의 우수
함이 경제적인 부(富)로 연결된다고 생각하기 때문이다. 이런 경우 차
별대우를 받는 당사자는 능력을 키워, 장인이나 장모가 자신을 다른 사
위와 차별하지 못하도록 노력할 필요가 있다.

그런데 경제적인 부(富)만이 장인이나 장모의 차별이나 편애를 극복
하는 요인이 될까? 돈이 세상을 살아가는 중요한 요인이기는 하지만, 그
렇다고 그것이 전부는 아니다. 물질적인 가치보다 정신적인 가치가 중
요시되는 상황도 있다. 그러므로 사위가 처가에 대해 한결같은 마음과
정성을 보여준다면, 돈 문제로 인한 사위간의 차별은 오히려 쉽게 해결
될 수도 있다. 장인이나 장모의 신상에 관심을 가지고, 그들의 필요성을
채워주려고 노력하는 것은, 차별이나 편애를 극복하는 하나의 방안이
될 수 있다.

둘째, [어사가 된 막내사위] 설화군에서 장인 장모나 동서들에게 무
시당하는 남편을 도와주는 것은 아내이다. 〈가난한 셋째 사위의 등과〉
에서 자신의 남편이 두 손윗동서와 장인, 장모에게 천대를 받자 셋째 딸
은 화가 나서 남편에게 학비를 대줄 것이니 10년 동안 나가서 글을 배

우라고 한다. 이 말은 남편이 없는 동안 먹고사는 문제는 자신이 책임지겠다는 것이며, 남편은 자신의 능력을 키우는 데만 집중하라는 것이다. 〈조진사의 막내사위〉에서도 남편이 과거를 보러갈 수 있게 돈을 대주는 것은 아내이다. 이처럼 설화에서는 동서갈등을 해결하는 방안으로 아내의 내조(內助)가 분명하게 나타난다.

친정부모와 편하게 이야기할 수 있고, 그들을 설득시킬 수 있는 것은, 사위가 아니라 딸이다. 만약 자신의 친정에서 사위를 차별하거나 비교하는 것이 느껴진다면, 남편의 감정이 상하지 않게 적극적으로 방어해 줄 필요가 있다. 부부는 일심동체(一心同體)다. 남편에 대한 친정의 차별은, 결국 본인에 대한 차별이 될 것이다. 사례2〉에서 남편이 이혼을 원하는 것은 '서랍장이 필요하다고 처가에 가자고 한 아내의 말'이 '장롱을 버리러 가기 위한 핑계'로 느껴지기 때문이다. 아내가 자신보다 자신을 차별하는 장모의 편에 서 있다고 생각될 때, 남성은 더이상 가정을 지켜야 될 필요성을 느끼지 못할 것이다.

설화나 실제 사례들에서 장인이나 장모의 편애나 차별로 인한 동서갈등은, 먼저 장인이나 장모의 행동에 마음이 상하고, 비교대상이 되는 동서가 보기 싫어지면서 동서갈등이 시작된다. 그 후 부부갈등의 순서로 갈등의 대상이 바뀌어간다. 그러므로 동서갈등으로 진행되기 전에, 장인이나 장모의 잘못된 행동을 차단하는 것이 가장 빠른 해결책이 될 수 있다.

셋째, 〈글 잘 하는 막내사위〉에서는 그동안 장모와 세 손윗동서들의 수모를 참아왔던 막내사위가 세 동서의 뺨을 때리는데, 이것은 과격해 보이지만 한편으로는 막내사위가 자신의 감정을 표출한 것으로 생각된다. 이처럼 본인의 기분 나쁜 감정을 내보이거나 자신의 의사를 표현하는 것이 때로는 동서갈등에 도움이 될 수 있다.

사례1〉 글쓴이는 자신보다 4살이나 어린 처형의 남편에게 '형님'이라고 호칭하고 싶지 않다. 하지만 장모의 요구를 거절할 수도 없어 고민하고 있다. 이 경우 글쓴이가 제시한 대로 국립국어원의 가족 간 호칭을 예로 들어 '손윗동서' '큰동서'라고 부르겠다고 자신의 의사를 밝히면 된다. 또 처형의 남편이 자신에게 하대하거나 명령하듯 말하는 것이 기분 나쁘다면 손윗동서에게도 역시 자신의 의사를 표시하면 된다. 손아랫동서가 손윗동서보다 나이가 많을 때, 서로 존대를 하는 경우도 흔하게 찾아볼 수 있다. 그러므로 혼자 고민할 것이 아니라 자신의 의사를 분명하면서도 솔직하게 표현할 필요가 있다. 다만 이 경우 자신의 의사를 밝히되 '나-전달법(I-`message)'으로 자신의 감정을 가감없이 전달하는 것이 좋다.

3. 동서들 간의 편가르기

1) 설화에 나타나는 갈등양상

동서들이 여러 명일 때, 이들 간에는 편가르기가 나타나고 이로 인해 동서갈등이 유발된다. 다음에는 이러한 설화들을 살펴보기로 하겠다.

먼저 〈며느리 문자 세배하기[1]〉 설화이다. 이 설화는 앞서 1장 '시아버지 혹은 시어머니의 편애 · 차별'이라는 항목에서 간단히 다룬 바 있다. 대강의 줄거리는 다음과 같다.

어느 노인에게 며느리가 셋 있었는데, 자기가 유식하니까 며느리들도 다 유식한 사람을 선택했다. 설날이 다가오자 시아버지가 며느리 셋을 불러놓고 내일 아침이 설인데 자신에게 글자 형(形)을 해가지고 세배를 드리라고 했다. 첫째와 둘째 며느리가 들어 온지 얼마 안 되는 셋째 며느리

---

1) 『한국구비문학대계』 8-11, 87-89면, 정곡면 설화8, 한진식(남, 61).

는 쪽 빼놓고, 자기들끼리만 내일 어떻게 세배를 할 것인지 의논을 했다. 셋째 며느리가 괘씸히 여기면서 자기는 자기식대로 세배를 하리라 마음먹었다. 설날 아침에 첫째 며느리가 갓을 쓰고 세배를 하면서 금년에는 참 편안하게 잘 넘기시기를 바란다며 계집이 갓을 썼으니 편안 안(安)자라고 했다. 둘째 며느리는 자기 아들을 보듬고 들어갔는데, 금년에는 참 좋은 일만 있었으면 좋겠다며 좋을 호(好)자라고 했다. 셋째 며느리는 준비해 온 것이 아무것도 없었는데, 시아버지 앞에 가서 엉덩이를 까서 아버지 입 쪽으로 쑥 내밀었다. 시아버지가 이게 뭐하는 짓이냐며 꾸짖었는데, 셋째 며느리가 아랫 입하고 윗입 하고 맞췄으니 법칙 여(呂)자라고 했다. 또한 일여성체(一呂成體)로써 금년에는 법 없이 참 잘 살겠다고 했다. 시아버지가 셋째 며느리가 제일 잘했다며 칭찬을 해주었다.

어느 노인에게 며느리가 셋 있었는데, 자신이 유식하니 며느리 셋도 다 유식한 사람을 얻었다. 설날이 다가오자 시아버지는 며느리 셋을 불러놓고, 내일 아침에 자신에게 글자모양을 가지고 세배를 드리라고 했다. 첫째와 둘째 며느리는 들어온 지 얼마 안 되는 셋째 며느리를 쑥 빼고 자기들끼리만 어떻게 세배를 할 것인지 의논한다. 셋째 며느리는 두 동서를 괘씸하게 생각하며 자기식대로 세배를 하리라 마음먹는다.

설날 아침에 첫째 며느리는 '편안 안(安)' 자로, 둘째 며느리는 '좋을 호(好)' 자로, 셋째 며느리는 '법칙 여(呂)' 자로 인사를 드리고, 시아버지는 셋째 며느리가 제일 잘 했다며 셋째 며느리를 칭찬하여 준다. 이 설화에서는 두 손윗동서가 셋째 동서를 따돌리지만, 셋째 며느리는 스스로의 힘으로 시아버지께 능력을 인정받는다.

앞서 1장에서 살펴본 바대로 『한국구비문학대계』에는 이러한 줄거리

의 설화가 7편 수록되어 있는데, 다른 설화들에서는 두 동서가 시아버
지와 연합하여 셋째 동서를 따돌리지만 〈며느리 문자 세배하기〉 설화에
서는 시아버지와는 별개로 두 동서가 셋째 동서를 따돌리고 있다. 이에
동일한 설화군이지만 이 설화는 '동서들 간의 편가르기' 항목으로 분류
해 보았다.

다음으로 살펴볼 설화는 〈박문수(朴文秀)어사와 금패령²⁾〉이다. 대
강의 줄거리는 다음과 같다.

> 암행어사 박문수가 풍산 근처에 있는 고개를 넘다가 심하게 허기가 져
> 서 길가에 쓰러지고 말았다. 풍산 고을의 박씨 집에는 삼 동서가 있었는
> 데 첫째와 둘째 동서는 못됐지만 셋째 동서는 인정이 많고 시부모 공양
> 을 잘해서 마을 사람들의 칭찬이 자자했다. 삼 동서가 나물을 뜯으러 산
> 에 올라왔다가 길가에 쓰러져 있는 선비를 발견했다. 그러자 셋째 동서
> 가 불쌍한 마음에 선비의 입에 젖을 짜서 먹였다. 첫째와 둘째 동서는 집
> 으로 돌아와서 셋째 동서가 외간남자와 길가에 누워서 못된 짓을 한다고
> 말했다. 그러자 동네 남자들이 전부 몽둥이를 들고 고개로 뛰어 올라갔
> 는데 정신을 차린 박문수가 마패를 꺼내어 위기를 면할 수 있었다. 박문수
> 는 관청에 들어가 의관을 갖춘 다음 목숨을 살려준 은혜를 갚겠다며 박
> 씨의 가족을 불러들였다. 그리고 셋째 동서에게 소원을 말하라고 했다.
> 셋째 동서는 동네 앞에 있는 냇가에 연어잡이에 대한 독권(獨權)을 얻는
> 것이 소원이라고 했다. 그러자 박문수는 연어잡이 독권과 세금으로 바칠
> 벼 백석지기를 박씨의 집에 주었다. 그리고 박문수가 나라에 장계를 올려

---

2) 『한국구비문학대계』 4-6, 250-254면, 사곡면 설화1, 이호승(남, 77).

자초지종을 알리자, 상감은 고개가 험하니 패를 가진 사람은 고개 넘는 것을 금지하라고 명령을 내렸다. 그 후로 풍산에 있는 고개 이름이 금패령이 되었다.

풍산 고을의 박씨 집에는 세 명의 동서가 있었는데, 첫째와 둘째 동서는 못됐지만 셋째 동서는 인정이 많고 시부모 공양을 잘해 마을 사람들의 칭찬이 자자했다. 세 동서가 나물을 뜯으러 산으로 올라갔다가 길가에 쓰러진 선비를 발견했는데, 셋째 동서가 불쌍한 마음에 선비의 입에 젖을 짜서 먹였다. 첫째와 둘째 동서는 집으로 돌아가 셋째 동서가 외간남자와 길가에 누워서 못된 짓을 한다고 이야기했고, 동네 남자들이 전부 몽둥이를 들고 고개로 뛰어올라갔다. 정신을 차린 박문수가 마패를 꺼내 셋째 동서는 위기를 벗어날 수 있었고, 어사의 목숨을 살려준 대가로 박씨네는 연어잡이 독점권을 가지게 되었다.

여기서는 첫째와 둘째 동서의 못된 성품이 드러나는데, 죽어가는 사람을 구하려 한 셋째 동서의 행동을 첫째와 둘째 동서는 자신의 동서가 "길에서 외간남자와 길가에 누워 못된 짓을 한다."고 이야기한다. 이 두 동서는 셋째 동서가 인정이 많고 시부모공양을 잘 해 마을 사람들의 칭찬을 받는 것을, 평소 시샘하고 못마땅하게 여기고 있었을 것이다. 여기서도 손위 두 동서와 셋째 동서 간에 편가르기 갈등이 나타난다.

〈거짓말 세 마디[3]〉 설화에서도 여자 동서들끼리의 편가르기가 나타나는데, 이 설화에서는 첫째, 둘째 동서가 욕심이 많다는 것으로 이 둘을

---

3) 『한국구비문학대계』 1-6, 498-501면, 원곡면 설화 4, 박종호(남, 64).

묶어놓았다. 대강의 줄거리는 다음과 같다.

　　동서지간인 세 여자가 있었는데, 첫째와 둘째 동서가 욕심이 많았다. 어느 날 첫째와 둘째 동서가 길을 가다가 어떤 남자가 써 붙인 방을 하나 보았다. 그 방에는 자신과 말 겨루기를 해서 이긴 사람에게는 삼천 냥을 줄 것이나, 진 사람은 그 집에서 삼 년 동안 하인 생활을 해야 된다는 글이 쓰여 있었다. 첫째와 둘째 동서는 삼천 냥이면 남부럽지 않게 살 수 있을 것 같아서 그 방을 붙인 남자를 찾아갔다. 첫째와 둘째 동서가 내기를 하러 왔다고 하자, 남자는 두 동서에게 자신의 집까지 오는 길에 주막이 몇 개나 있었는지 아느냐고 물었다. 두 동서는 오는 길에 주막 수를 세어 보지 못해서 모른다고 했다. 그러자 남자는 두 동서에게 좀 먹는 무쇠기둥에는 어떤 약을 써야 하는지 물었다. 이 질문 역시 두 동서는 대답하지 못했다. 남자는 두 동서에게 마지막으로 귀를 앓는 돌부처에게 어떤 약을 써야 되는지 물었는데, 이것 역시 두 동서는 아무 대답도 하지 못해 삼년동안 하인 생활을 해야 했다. 이 이야기를 들은 막내동서는 남자에게 따질 요량으로 남자를 찾아가 내기를 걸었다. 남자가 막내동서에게 자신의 집으로 오는 길에 주막이 몇 개나 있었는지 묻자, 막내동서는 남자의 양쪽 눈썹 수의 두 배만큼 있다고 대답했다. 그러자 남자는 막내동서에게 자신의 눈썹 개수가 어떻게 되는지 물었는데, 막내동서는 자신의 눈썹 개수도 안 세어 보는데 어찌 오는 길에 있는 주막의 개수를 세어 보겠느냐며 되물었다. 할 말이 없는 남자는 막내동서에게 좀 먹는 무쇠기둥을 어떻게 해야 고칠 수 있는지 물었다. 막내동서는 모래로 튼튼한 동아줄을 틀어 칭칭 감으면 된다고 했다. 그러자 남자는 모래로 어떻게 동아줄을 트느냐고 했고, 막내동서는 무슨 무쇠기둥이 좀을 먹느냐며 대답했다. 그러자 남자는 다시 막내동서에게 귀를 앓는 돌부처에게 무슨 약을 써야 되는지 물었다. 막내동서가 오뉴월 추녀 끝에 매달린 고드름을 따서 돌부처 귀에 꽂아 두면 삼 일 안에 낫는다고 말하자, 남자는 오뉴월 삼복더위에 무슨 고드름이 열리냐고 물었다. 그러자 막내동서는 돌부처가 무슨 귀앓이를 하냐고 했고, 남자는 아무 말도 못했다. 남자는 어쩔 수 없이 자기의 패배를 인정하고 막내동서에게 돈 삼천 냥을 주었다.

여기서 화자는 동서지간인 세 여자가 있었는데, 첫째와 둘째 동서가 욕심이 많다고 하여, 이 둘의 공통점을 먼저 제시하고 있다. 또 '첫째와 둘째가 길을 가다가'라고 하여 이 둘이 함께 행동하고 있음을 보여준다. 첫째와 둘째 동서는 "자신과 겨루어서 이기면 삼천 냥을 줄 것이며, 질 경우 삼 년을 그 집에서 생활해야 된다."는 방을 보고 남자를 찾아갔다가 내기에 져 삼년 동안 하인생활을 할 위기에 처한다. 이 이야기를 들은 셋째 동서는 남자에게 따질 요량으로 그 집을 찾아가고, 기지를 발휘하여 그 남자를 이겨 삼천 냥을 받는다. 여기서 셋째 동서가 따질 요량으로 남자를 찾아갔다는 것을 보면, 셋째 동서는 손윗동서들의 복수를 해주고 있다.

『한국구비문학대계』에는 이러한 줄거리의 설화가 5편 발견되는데, 이것을 [말 겨루기에서 이긴 미련둥이] 설화군이라 명명할 수 있다. 그런데 이 가운데 동서들이 등장하는 것은 〈거짓말 세 마디〉 설화 한 편뿐이다. 여기서는 직접적인 동서갈등은 드러나지 않지만, 첫째와 둘째 동서의 편가르기 식의 행동 정도는 찾아볼 수 있다.

다음으로 〈월컥덜컥 등남산[4]〉 설화이다. 대강의 줄거리는 다음과 같다.

> 한집에 사위 셋이 있었는데 큰사위는 다른 사위들에 비해 글을 잘 못했다. 어느 날 아랫동서들이 큰사위를 골탕 먹일 마음에 산에 올라가서 술을 마시며 시를 짓자고 제안했다. 큰사위는 아랫동서들에게 순서를 양보하고 마지막으로 글을 지었다. 큰사위는 "월컥덜컥 등남산(登南山)하니, 여기저기 도화춘(桃花春)이라. 언문진사(諺文眞書) 섞어 작하니, 시비자(是非者)는 황견자(黃犬者)."라고 읊었다. 자신의 시를 시비하는 사람은 개아들이라고 한 것이다.

어떤 집에 사위가 셋 있었는데, 큰사위는 다른 사위에 비해 글을 못했다. 어느 날 아랫동서들이 큰사위를 골탕 먹이려고 산에 올라가 술을 마시며 시를 짓자고 했다. 큰사위는 아래 동서들에게 순서를 양보하고 마지막으로 글을 지었는데, "자신의 시를 시비하는 사람은 개아들"이라고 하여 두 동서가 자신의 시를 평가하지 못하게 한다. 이 설화에서는 글을 못 짓는 큰동서를 골탕 먹이려는 두 손아랫동서의 편가르기가 드러나지만, 큰사위는 기지로 그것을 극복한다. 『한국구비문학대계』에는 비슷한 줄거리의 설화가 4편 발견되고 이 설화들을 [내 글을 시비하는 사람은 누런 개]라는 설화군으로 명명할 수 있는데, 이 한 편에서만 동서갈등이 드러난다.

---

4) 『한국구비문학대계』1-8, 538-540면, 영종면 설화95, 조삼성(남, 73).

3. 동서들 간의 편가르기 **79**

〈판소리 명창으로 출세한 사람[5]〉이라는 설화에서도 남자 동서들 간의 편가르기는 나타나는데, 대강의 줄거리는 다음과 같다.

어떤 사람이 진사 벼슬을 해서 잘 살았다. 이 사람이 자식이 없자 남의 집에서 아들 하나를 줬다. 진사는 아이가 일곱 살이 되자 서당에서 공부를 가르쳤다. 하루는 중이 와서 동냥을 해 달라고 하자 진사는 아들에게 동냥을 갖다 주라고 시켰다. 중은 아이가 주는 동냥을 받더니 얼굴은 잘 생겼다만 단명할 운이라고 했다. 아이는 아버지에게 가서 중이 한 말을 전했다. 아버지는 하인을 시켜 중을 데리고 오라고 했다. 진사는 중에게 해결 방법을 물었다. 중은 아이가 십년 동안 고생을 해야 명을 이을 수가 있다고 했다. 다음날 진사는 아이에게 보따리를 챙겨주고 십년 간 나가서 잘 살다가 돌아오라고 했다. 내쫓긴 아이는 이곳저곳에 동냥을 다녔는데 한번은 무당의 집으로 들어갔다. 집주인은 아이가 옷도 다 찢어지고 고생을 많이 한 것 같아 데리고 들어와서 옷도 내주고 밥도 차려주었다. 가만히 보니 아이가 똑똑하게 생겨서 주인은 사년 동안 아이에게 심부름을 시키며 데리고 있었다. 아이는 장단 소리에 맞춰 빗자루를 움직이며 노래를 불렀다. 그렇게 사년 동안 넘겨 배우다 보니 별의 별 노래를 다 배웠다. 무당은 아이의 노래 소리를 듣더니 심부름은 그만하고 노래를 배우라고 했다. 아이는 상당히 잘 따라하고 잘 불렀다. 세월이 흘러 아이는 고향 생각이 나서 예전처럼 동냥치 옷차림을 하고 길을 나섰다. 얼마큼 가다 보니 정승집이 있어서 그 곳에 들어갔다. 정승은 아이의 모습을 보고 논과 쌀을 잔뜩 줄 테니 집에 와서 일을 하며 살라고 했다. 아이는 좋다고 하고 정승집에서 육년간을 살았다. 거의 한 집안 식구처럼 살았는데 아이

5) 『한국구비문학대계』 6-9, 705-716면, 북면 설화, 조일남(남, 76).

는 도무지 씻지를 않고 머리는 산발을 하고 얼굴에는 검정 칠을 하고 다녔다. 정승 자식 중 가장 큰딸이 시집을 가게 되었다. 정승집 식구들은 아이만 남겨두고 모두 잔치하러 갔다. 그 사이 아이는 몸을 깨끗이 씻고 명주옷을 챙겨서 말을 타고 잔치 집으로 들어갔다. 술과 음식을 먹고 있다가 노랫가락에 흥겨워진 아이는 노래 한 소절을 불러 보겠다고 했다. 아이의 노랫소리를 들은 사람들은 오줌이 질금 질금 나올 정도로 감탄을 하였다. 노래를 마치고 아이는 바쁘다며 길을 나섰다. 기생들은 서로 어디 사냐고 물었지만 아이는 아무 소리도 하지 않고 나왔다. 정승 집에 가자 식구들이 잔치에 갔다 돌아와 있었다. 정승은 잔칫집에 못 데려 간 것이 한이라며 말을 타고 온 어떤 아이가 노래를 불렀는데 기가 막히게 잘 불렀다고 했다. 정승이 딸 둘을 시집보내고 막내딸이 남았는데 도통 시집갈 생각을 안했다. 막내딸은 아이를 좋아하고 있었다. 하루는 아이가 막내딸에게 자신의 사연을 말하고 십년이 지나 집으로 가야한다며 반드시 돌아와서 장가를 들 테니 걱정 말라고 했다. 막내딸은 아이의 얼굴을 보지 못할 것 같아 눈물을 흘렸다. 정승은 아이가 고향으로 무사히 갈 수 있도록 명주옷을 해 입히고 말을 태워 종과 함께 보냈다. 정승은 막상 아이를 깨끗하게 차려 입히고 보니 공부도 어느 정도 하고 외모도 출중하여 사위를 삼고 싶은 욕심이 생겼다. 그래서 종에서 아이의 사는 형편이 어떠한지 알아 오라고 했다. 아이의 집에 도착했는데 정승 집보다 훨씬 더 부자였다. 그리고 아이는 그 집에 독자 아들이었다. 종은 되돌아 와서 아이의 집이 아주 큰 부자라고 했다. 한편 십년 만에 부모와 상봉을 한 아이는 그동안 서로 고생 많았다며 울고불고 난리였다. 아이는 그동안 있었던 일들을 부모에게 전부 말하였다. 십년이 지났으니 아이도 청년으로 성장하여 부모는 아는 집에 장가를 보내려고 했다. 아이는 마음에 둔 아이가 있다며 그 집 주소를 알려줬다. 아이의 아버지는 정승 집에 찾아가 사정을 말하고 사돈을 맺으려고 왔다고 했다. 정승도 반가운 마음에 잘됐다며 결혼을 허락하였다. 아이는 정승집에 장가를 갔다. 그날 저녁 위에 두 동서들과 오락회를 열고 즐거운 시간을 보내는데 동서들이 막내를 골려 먹기로 작전을 짰다. 동서는 장가를 왔으니 오늘 저녁 한턱내라며 장고를 가지고 와서 한 가락씩 불렀다. 동서들은 막내사위가 노래를 못 부를 줄 알고 골탕을 먹이려고 했는데 막내사위가 유창하게 노래를 하는 바람에 도리어 골탕을 먹었다. 그 후 막내사위는 알성 급제가 하고 큰 자리를 차지하게 되었다. 막내사위는 동서들에게 자신의 밑에 와서 살아 보겠냐고 했다. 결국 동서들은 막내사위에게 아무 소리도 못하고 잘 살았다.

어떤 사람이 진사 벼슬을 해서 잘 살았는데, 자식이 없자 남의 집에서 아들 하나를 줬다. 아이가 일곱 살이 되자 서당에서 공부를 가르쳤다. 하루는 중이 와서 동냥을 달라고 하자 진사는 아들에게 동냥을 주라고 시켰다. 중은 아이가 단명할 운이라며 십년 동안 고생을 해야 명을 이을 수가 있다고 했다. 다음날 진사는 아들을 내쫓았는데, 아이는 동냥을 다니다가 무당집으로 들어가 4년 동안 무당에게 별의 별 노래를 다 배웠다. 이후 아이는 다시 떠돌다가 정승 집으로 들어가게 되었는데 거기서 일을 해주며 6년을 더 살았다.

정승에게는 세 딸이 있었는데 둘은 시집을 보냈고 막내딸만 남았는데, 도통 시집갈 생각을 안했다. 막내딸은 아이를 좋아했는데, 아이는 십년이 지나 집으로 가야한다며 반드시 돌아와서 장가를 들겠다고 했다. 십년 만에 부모와 상봉을 한 후, 아이는 부모에게 자신이 마음에 둔 여인이 있음을 말하고, 혼담이 오가 정승 집 막내딸에게 장가를 가게 됐다. 그날 저녁에 손윗동서들이 막내동서를 골려 먹으려고 작전을 짰는데,

장고를 가져와 막내동서에게 노래를 부르라고 했다. 손윗동서들은 막내사위가 노래를 못 부를 줄 알고 골탕을 먹이려고 했는데, 오히려 막내사위는 유창하게 노래를 해 손윗동서들이 골탕을 먹었다. 그 후에 막내사위는 급제를 하고 동서들에게 자신의 밑에 와서 살아 보겠냐고 했고, 결국 동서들은 막내사위에게 아무 소리도 못했다.

동서갈등이 나타나는 부분은 후반부로 손윗동서들은 막내동서를 골탕 먹이려고 하지만 오히려 자신들이 골탕을 먹으며, 막내사위가 급제를 하자 손아랫동서 밑에서 아무 소리도 못하고 산다. 여기서는 막내사위가 자신의 능력으로 동서들의 편가르기를 이겨내며, 결국은 두 동서를 힘으로 지배하고 있다.

『한국구비문학대계』에는 이러한 줄거리의 설화가 10편 발견되는데, 이것을 [호환 면하고 얻은 의복과 퉁소] 설화군이라 명명할 수 있다. 그런데 이 가운데 동서들이 등장하는 것은 〈판소리 명창으로 출세한 사람〉 설화 한 편뿐이다.

마지막으로 〈허물 벗은 두꺼비 신랑[6]〉 설화에서도 남자 동서들 간에 편가르기로 인한 갈등이 나타난다. 대강의 줄거리는 다음과 같다.

시골에 사는 어느 영감이 나이 칠십이 되도록 자식이 하나도 없었다. 하루는 영감이 마누라에게 오늘 미꾸라지를 잡으러 가자고 하여 내외가 같이 샘으로 갔다. 샘 안에 두꺼비가 한 마리가 있었는데, 부부는 두꺼비를 집으로 데리고 와 키우기로 했다. 두꺼비를 키운 지 삼 년째 되는 날,

---

6) 『한국구비문학대계』 7-14, 79-87면, 화원면 설화15, 임덕명(남, 71).

두꺼비가 처음으로 엄마라면서 말을 했다. 할멈이 생전 처음 듣는 엄마 소리에 굉장히 반가워했는데, 두꺼비가 우리 밑에 정승 집에 딸 셋이 있는데 그 끝에 딸에게 중신을 해달라고 했다. 할머니가 처음에는 안 된다고 했는데, 두꺼비가 워낙 졸라대니까 어쩔 수 없이 정승 집으로 찾아가 막내딸을 자기 집 두꺼비랑 결혼시키자고 했다. 정승이 가만히 생각해보니 뭔가 있는 거 같아서 고민을 하다가 결국은 안 된다면서 다시 내쫓았다. 두꺼비가 이제는 더이상 가지 말라고 했는데, 그날 밤 두꺼비가 도술로 정승 집 마당에 시커먼 똥을 갖다 놓았다. 대감이 마당에 쌓인 똥을 보고는 아무래도 자기 딸을 안 주면 안 되겠다 싶어서, 세 딸을 불러 한 명한 명에게 물어보았는데 막내딸만이 시집을 가겠다고 하였다. 그래서 할머니를 불러 자기 막내딸을 주겠다고 했다. 두꺼비와 정승 막내딸 결혼식에 수많은 사람들이 구경을 하려고 모여들었는데, 막상 춤을 추는 두꺼비를 본 막내딸이 두꺼비에게 정을 느꼈다. 다른 사람들은 다 안됐다면서 막내딸을 불쌍히 여겼지만, 두꺼비를 보고 난 막내딸은 이상하게도 자신이 시집을 잘 갔다고 여기게 되었다. 결혼 며칠 후에 장인어른 정승의 환갑잔치가 있었는데, 첫째 사위와 둘째 사위는 장인어른을 위해 사냥을 하러 산으로 올라갔다. 두꺼비 사위도 사냥을 하러 산으로 올라갔는데, 다들 무시하면서 흉을 보았다. 사실 두꺼비는 옥황선녀의 아들이 죄를 지어서 이렇게 두꺼비가 된 것이었다. 두꺼비가 산에 올라가 도술을 부려 짐승들을 모두 한 곳으로 몰았다. 나중에 두꺼비가 다른 두 사위에게 자신이 잡은 짐승들을 보여주자, 샘이 난 두 사위가 두꺼비를 나무에 매달아 놓고 두꺼비가 잡아 놓은 짐승들을 갖고 집으로 돌아갔다. 하늘에서 옥황상제가 나무에 매달린 두꺼비를 풀어주었는데, 죽은 줄 알았던 두꺼비가 멀쩡히 살아 돌아오자 다른 사위들이 깜짝 놀랐다. 그리고 수많은 짐승을 다 두꺼비가 잡았다는 것을 알게 된 장인이 두꺼비가 보통이 아님을 알게 되었다. 두꺼비가 자기 부인과 자게 되었는데, 자기 부인에게 칼을 내놓으면서 사실 자기는 두꺼비가 아니라며 이 칼로 사정없이 머리에 대고 내리치라고 했다. 그러면 천륜을 벗는다는 것이었다. 부인이 두꺼비가 시키는 대로 하였는데, 정말로 두꺼비가 허물을 벗고 아주 잘생긴 남자로 변하였다. 다음 날 두꺼비가 자기 부모를 데리고 하늘로 올라가버렸다.

시골에 사는 어느 영감이 칠십이 되도록 자식이 없었다. 하루는 영감 내외가 미꾸라지를 잡으러 샘으로 갔다가 두꺼비를 발견하고 데리고 와 키운다. 삼 년째 되는 날, 두꺼비가 처음으로 엄마라면서 말을 했다. 두꺼비는 우리 집 아래 정승 집에 딸 셋이 있는데, 막내딸에게 중신을 서달라고 했다. 할머니가 처음에는 안 된다고 했는데, 워낙 졸라대니 어쩔 수 없이 정승 집으로 찾아가 막내딸을 자기 집 두꺼비랑 결혼을 시키자고 했다. 정승은 안 된다고 내쫓았으나, 그날 밤 두꺼비가 도술로 정승 집 마당에 시커먼 똥을 갖다 놓았다. 대감이 마당에 쌓인 똥을 보고 자기 딸을 안 주면 안 되겠다 싶어서, 세 딸을 불러 물어보았는데 막내딸만이 시집을 가겠다고 하였다. 두꺼비와 정승 막내딸 결혼식에 수많은 사람들이 구경을 왔는데, 다른 사람들은 다 안됐다면서 막내딸을 불쌍히 여겼지만 막내딸은 이상하게도 자신이 시집을 잘 갔다고 여기게 되었다.

장인의 환갑잔치 날 첫째 사위와 둘째 사위는 장인어른을 위해 사냥을 하러 산으로 올라간다. 두꺼비도 사냥을 간다고 하자, 다들 무시하면서 흉을 본다. 그러나 두꺼비는 옥황선녀의 아들이 죄를 지어서 그와 같은 외양을 한 것이었다. 두꺼비는 산에 올라가 도술을 부려 많은 짐승들을 잡는데, 두꺼비가 두 손윗동서에게 자신이 잡은 짐승들을 보여주자,

샘이 난 두 사위는 두꺼비를 나무에 매달아 놓고 두꺼비가 잡은 짐승들을 갖고 집으로 돌아갔다. 이후 옥황상제가 나무에 매달린 두꺼비를 풀어주고, 죽은 줄 알았던 두꺼비가 멀쩡히 살아 돌아오자 다른 사위들이 깜짝 놀란다. 두꺼비는 자기 부인에게 칼로 자신을 치라고 하고 부인이 칼로 두꺼비를 치자 허물을 벗고 아주 잘생긴 남자로 변한다. 여기서는 두꺼비와 두 손윗동서 간의 갈등이 잘 드러나는데, 두 손윗동서는 두꺼비를 나무에 매달아놓고 그가 잡은 짐승들은 가지고 집으로 돌아간다.

『한국구비문학대계』에는 이러한 줄거리의 설화들이 6편 발견되는데, 이들을 [두꺼비 신랑] 설화군이라 명명할 수 있다. 〈두꺼비 신랑[7]〉에서는 장인의 환갑이 다가와 두꺼비가 처가에 가자, 두 손윗동서는 두꺼비에게 파리를 잡아먹으러 왔냐며 사냥을 나가는 두꺼비를 비웃는다. 산으로 올라간 두꺼비는 도술을 사용해 별의 별 짐승들을 다 잡아 내려오고, 아무것도 잡지 못한 사위들은 놀라며 두꺼비에게 사냥물을 나눠달라고 한다. 두꺼비는 두 동서의 등에 어떤 글자를 써주고 잡아온 사냥물을 다 나눠주는데, 장인의 환갑 전날 두꺼비는 허물을 벗고 선비가 된다. 선비로 변한 두꺼비는 처가에 가 자신의 하인들이 여기 오지 않았냐며 하인들을 찾고, 두 동서의 옷을 벗겨 자신의 하인임을 증명한다. 선비는 그동안 자기를 고생시켰으니 이제 동서로 대우하지 않겠다고 하며, 동서들의 등의 글자를 지워준다. 이 설화에서도 두 손윗동서와 두꺼비 사이의 갈등이 드러난다. 같은 제목의 〈두꺼비 신랑[8]〉 설화에서도 장인의 환갑날 두꺼비가 꿩 사냥을 나간다고 하자, 그 말을 들은 두 사위는 비

---

7) 『한국구비문학대계』 7-6, 718-730면, 달산면 설화13, 조유란(여, 72).
8) 『한국구비문학대계』 1-4, 819-826면, 진접면 설화17, 최유봉(남, 81).

웃는다. 그러나 두 사위는 한 마리도 못 잡고 두꺼비는 꿩을 잔뜩 잡아 장인의 환갑잔치를 성대하게 치른다. 이처럼 [두꺼비 신랑] 설화군에서 는 같은 편인 두 손윗동서와 두꺼비 간의 동서갈등이 드러난다.

2) 현대 사례들과 설화의 적용

다음에서는 동서들 간의 편가르기로 인해 갈등이 나타나는 사례들을 살펴보기로 하겠다.

사례 1 큰형님 집에 가야될지... 항상 투명인간인데

> 저는 결혼 후(20년) 지금까지 맏동서에게 항상 구박만 받고 왔습니다... 명절이든 만나기만 하면 저를 못 잡아먹어 안달이더라구요. 밑에 동서들도 2명이나 더 있는데 항상 저에게만 일을 시키고 설거지하라고 하고 동서들 밥 챙겨주라고 신경질내고... 이젠 동서들까지도 저를 무시합니다. 명절이 되면 자기네들끼리 속닥속닥하며 왕따 시키고 동서들은 술마시고 코골며 퍼질러 자고... 형님은 저보고 일을 다 하라고 하고... 참고 지금까지 왔는데 2년 전쯤 저의 시어머님, 시아버지께서 다 돌아가시게 되었는데 그 뒤로 일이 더 커지는 것 같았습니다. 맏동서가 그래도 저를 싫어하시는 것 같지만 남편은 맞이해주고 좋아했습니다. 근데 아버지, 어머님 돌아가시고 난 후론 저는 물론 저희 남편에게까지 갑자기 싹 돌변하더라구요. 안부전화를 남편이 했는데 이젠 전화도 하지 말라더래요. 가도 투명인간 취급하고... 계속 이런 식으로 하는데 명절 때 되면 가야되나

> 요? 솔직히 가기 싫은 마음은 굴뚝같지만... 이렇게 안 가게 되면 이제 서
> 로 연락도 끊기게 될 거고... 곧 몇 년 뒤 아이들이 시집, 장가도 갈 텐데...
> 여기 친척이 있어도 없는 것처럼 되어버리고... 참 이것저것 생각도 많
> 고... 답답한 마음에 이렇게 글을 올립니다.

　사례1)은 동서간의 편가르기로 인하여 갈등을 겪고 있는 여성의 글
이다. 결혼 후 20년 동안 글쓴이는 맏동서에게 구박을 받았다. 맏동서는
글쓴이 밑에도 두 명의 동서가 더 있지만 항상 글쓴이에게 일을 시키고,
설거지를 하라고 하고, 손아랫동서들을 챙기라며 화를 낸다. 손아랫동
서들도 형님을 따라 글쓴이를 무시하며, 자기들끼리만 속닥거리고 글쓴
이를 왕따 시킨다. 지금까지는 이런 대우를 받으면서도 참아왔는데, 2년
전쯤 시부모님이 돌아가시면서 형님은 글쓴이의 남편까지 무시하기 시
작한다. 명절 때면 다른 동서들과 함께 자신을 투명인간 취급하는 형님
댁에 가야할지, 글쓴이는 고민 중이다. 가기 싫은 마음은 굴뚝같지만, 몇
년 뒤 시집 장가갈 아이들을 생각할 때 친척을 끊어놔도 될지 모르겠다.
이 사례에서는 동서들 간 전형적인 편가르기로 인해 유발되는 동서갈
등이 잘 드러나고 있다. 형님이 둘째 동서인 글쓴이를 구박하고, 손아랫
동서 두 명이 형님과 연합하면서 글쓴이는 동서갈등을 경험하고 있다.

사례 2　나... 왕따....

> 　말 그대로 저 왕따 됐어요.ㅜㅜㅜ 울 시댁 며느리가 셋입니다. 전 그 중
> 둘째이고 결혼은 제가 젤 늦게 했어요. 이제 결혼한 지 1년 8개월 정도 됐
> 구요. 결혼하기 전부터 자주 만나던 사이라서 친하게 지냈지요. 결혼하고

나서 왕따가 된 건 제가 애를 낳고 나서였던 것 같아요... 형님이랑 동서는 둘 다 딸 하나씩입니다. 제가 아들을 낳고 나니 어머니 아버님께서 연세가 많으신지라 아들 아들 하십니다. 그때부터 형님이랑 동서랑 저한테 연락도 잘 안하고 무슨 일 있으면 둘이 연락하고 저한테는 거의 모 통보하는 식... 전에 동서가 저희집에 놀러온 적이 있었는데 술 먹고 저한테 그러더라구요. 형님이 울 아들 말하면서 어머님 아버님한테 서운하다 자기 딸이 불쌍하다 모 이랬다고. 형님이 워낙 샘이 많고 욕심이 많으셔서 자기도 뭐라 못하겠다. 그냥 하란대로 할 거다. 그 말 듣고 완전 황당 그 일 있고나서 전 제가 동서와 좀 친해진 줄 알았어요. 근데 아니더라구요. 둘이 같이 험담하던 그때만 그랬던 듯... 지나고 나니 왠지 내가 했던 말이 형님한테 들어갔을 수도 있다는 생각도 들고... 저는 성격이 여우같지 못해서 맘에 없는 소리도 못하고 사근사근하게 굴지도 못합니다. 시댁에 가면 형님 저한테 잘해줍니다. 누가 봐도 우애 좋은 형님동서지간처럼 보입니다. 하지만 시부모님 안 보실 때는 자기들끼리 소곤거리고 제가 말 시키면 못 들은 척 할 때도 있고... 가끔 둘이만 밖에 나갔다 올 때도 있어요. 그러고 나서 어머님이 둘째는 왜 같이 안 나갔냐고 물어보면 형님 왈 동서 안 보여서 자는 줄 알았어요... 나가면서 저한테 우리 잠깐 나갔다 올게 말까지 했으면서... 아 이제 정말 시댁 가는 것도 싫고 제가 형님한테 사근 거려야 되는 것도 싫어요.(이건 정말 도저히 못 하겠어요) 시댁 가서 하루 종일 있는 것도 불편해 죽겠는데 형님이랑 동서 눈치도 봐야 되다니... 도대체 제가 뭘 잘못한 건지 아 정말 미치겠어요. 그냥 신경 끊으면 되는데 그게 잘 안돼요. 시댁 갈 때마다 기분만 더 나빠지고요.ㅜㅜㅜ

사례2〉에서 결혼하기 전부터 자주 만나고 친하게 지냈던 글쓴이와 동서들과의 관계는, 상황이 변하면서 갈등의 관계가 되었다. 형님과 손아랫동서는 딸을 글쓴이는 아들을 낳았는데, 시부모님이 연세가 많으신지라 손녀보다는 손자를 우대하면서 동서들 간에는 편가르기가 시작된다. 이후 형님과 손아랫동서는 글쓴이는 제외하고 둘이 소통하기 시작한다. 손아랫동서는 글쓴이의 집에 놀러와 형님이 "시부모님께 서운하고, 자신의 딸이 불쌍하다."고 했다면서 "형님이 샘이 많고 욕심이 많아 자신도 뭐라고 할 수 없으니 시키는 대로 할 것"이라고 이야기를 한다. 글쓴이는 자신이 손아랫동서와 조금은 친해졌다고 생각했지만 그때뿐이었다. 시댁에서 형님은 글쓴이에게 잘해주며, 누가 봐도 우애 좋은 동서지간으로 보인다. 그러나 시부모님이 안보이면 자기들끼리 소곤거리고, 글쓴이가 말을 시키면 못 들은 척 하고, 가끔 둘이만 나갔다 올 때도 있다. 시어머니가 "둘째는 왜 같이 안 나갔냐"고 물어보면, 형님은 "동서가 안 보여서 자는 줄 알았다"고 거짓말을 한다. 사례에서 형님은 글쓴이를 시부모가 없는 상황에서 은근히 따돌리는 것으로 보인다. 글쓴이는 형님의 비위를 맞추는 것도, 두 사람의 눈치를 봐야 되는 것도 싫다. 하지만 이러한 상황이 신경이 쓰이고, 기분이 나쁘다. 여기서는 형님이 편가르기를 시도하고 같은 처지에 있는 손아랫동서가 형님과 연합하면서, 동서갈등이 발생하고 있다.

사례 3 어린 동서들이 무섭습니다.

안녕하세요. 올해로 맏며느리 생활이 9년차가 되어가는 30대 후반 쌍둥이 워킹맘 주부입니다. 여러 글들을 읽으면서 재미있고 소소한 팁들을 얻던 제가 조언을 얻으려고 글을 쓰게 됐습니다. 맞춤법이 틀리더라도 이해해주셨음 합니다. 서방님은 두 분이 계시는데 두 분 다 재작년과 올해

초 결혼을 하셨습니다. 동서 분들이 어리셔서 조심스럽기도 했었고 시댁을 어려워하면 저랑도 어색해 할까봐... 시댁은 가만히 앉아만 있어도 내 집보다는 신경 쓰이는 곳이기에... 결혼 전 인사를 나눌 때부터 결혼 후에도 아주 친근하게 대해주는 모습을 보고 시댁의 행사 이외에는 모두가 크게 터치 안하기로 하고, 전화연락도 한 달에 한 번만하기로 소소한 부분을 맞췄기 때문에 다른 분들의 시댁 생활에 비하면 큰 문제는 없었습니다. 다들 만든다는 가족 카톡. 저희는 이런 것도 없습니다. 하지만 작년 겨울, 큰동서가 작은동서네 동네로 이사를 간 후부터 조금씩 힘들어졌습니다. 어머님 생신날에도 작은동서가 늦게 왔을 때도 큰동서가 계속 연락을 하는 건지 아무것도 하지 않고 핸드폰만 보고 있고... 올해 설 전 날에도 둘이 맞춘 건지 음식을 다 만든 후에 함께 왔는데 술이랑 안주, 과일을 사왔더라구요... 저녁이고 늦어서 죄송하니 한잔 하면서 풀자는 말을 듣고 순간 전 제가 대학교 엠티에 온 줄 알았습니다. 명절 당일에도 아버님과 어머님께서 제가 가지고 온 화과자가 예쁘다, 너희들도 화과자 좀 봐봐라 말씀하시면서 같이 먹자 하시니 큰동서가 요즘엔 그런 말 너무 대놓고 하시면 안 된다고 받아쳐서 큰서방님이 하지 좀 말라고 하시더라구요. 나중에 정리할 때 큰동서에게 불편한 부분이 있으면 말할 수 있지만 아까처럼 말하는 건 아니었다 말하니 "이건 잘못된 관행이에요. 아시지요? 꼭 명절 때 뭘 사와야 하나요?"하는 걸 보고 요즘 사람이 왜 무섭다는 건지 처음 느꼈습니다.…… 명절 이후부터 큰동서는 전화도 잘 안 받고, 톡으로 왜 전화가 안 되냐 하면 "전화를 하실 때마다 바쁘네요."라고 하거나 "형님 이것도 시댁 갑질이세요."라고 받아쳐서 남편을 통해 서방님은 어떻게 생각하시나 여쭤보니 작은동서가 그렇게 자주 부른다고... 둘이 말할 때보면 작은동서가 말도 조금 험하게 하고 SNS에도 시댁 욕을 해서 자기도 뭐라 하니 큰 서방님 몰래 낮에 만난다고... 지금은 정말 딱

> 필요한 말만 하지만 작은동서가 시댁에서 자꾸 연락하는 거, 무조건적인
> 행사 참여는 갑질이라고, 인터넷에 글 올리겠다고 시부모님께 통보하는
> 게... 제 상식선으로는 아닌 거 같아요. 갑자기 변한 동서들의 태도에... 키
> 워보지도 않은 고등학생 딸들을 보는 상황이라...

사례3)에서 글쓴이는 첫째 며느리로, 그동안 동서관계는 별문제가 없
었다. 그런데 큰동서가 작은동서의 동네로 이사를 가면서, 동서관계가
힘들어진다. 시어머니 생신날, 작은동서는 늦게 오고 큰동서는 아무 것
도 하지 않고 핸드폰만 보고 있었다. 그러더니 올해 설 전날에는 둘이
맞춘 건지 음식을 다 만든 후 함께 왔는데, 늦어서 죄송하니 한잔 하면
서 풀자고 했다. 명절 당일에도 시어머니가 큰며느리가 사온 화과자가
예쁘다고 하니 큰동서는 요즘에는 그런 말을 대놓고 하시면 안 된다고
받아치고, 명절 이후로는 전화도 잘 안 받는다. 톡으로 "왜 전화가 안 되
냐"고 하면 이것도 '시댁 갑질'이라며 받아친다. 남편을 통해 사정을 둘
째 서방님한테 얘기하니, 작은동서가 말도 험하게 하고 sns에 시댁 욕을
해서 자신도 뭐라고 했고, 이후에는 자신이 없는 낮에 둘이 몰래 만난다
는 답변이 돌아온다. 글쓴이는 변해버린 동서들의 태도에 키워보지도
않은 고등학생 딸들을 보는 상황이라고 하는데, 글쓴이는 손아래 두 동
서가 결합하여 편가르기를 시도하면서 동서갈등을 경험하고 있다.

사례 4 작은형님 땜에 짜증나요...

> 저희 동서는 셋이예요. 제가 막내구요. 근데 작은형님 땜에 속상해요.
> 뭐... 만나봐야 1년에 몇 번 되겠느냐 만은 간혹 식구들 모임 때나 그런 때

보잖아요. 그러면 그날 하루는 작은형님 땜에 기분 잡치는 날이에요. 첨엔 저도 이러지 않았어요. 근데 그 형님이 저까지 이렇게 만드네요. 만나면 그냥 좋게 지내면 좋잖아요. 참고로 저는 큰형님과 같은 동네 살구요. 만나면요... 어떻게 행동하는지 아세요...? 일단 저하곤 격식으로 인사하구요. 큰형님한테 달라붙어가지고 속닥속닥하는 거에요. 기분 나쁘잖아요. 근데 살짝 들으면 별 얘기도 아닌데 그러더라구요. 그리고 제가 큰형님하고 얘기하고 있으면 자기가 멀찌감치 떨어져 있어요. 참... 내... 왜 그런지 모르겠어요. 같이 얘기하면 되지... 저번에 한번은 놀러갔는데 저보고 카메라 좀 빌려달라는 거예요. 자기는 카메라 안 가져왔다고... 그래서 빌려줬더니만 우리애만 쏙~ 빼놓고 큰형님 애들이랑 자기네 애들이랑 찍은 거 있죠. 어쩌나 얄밉던지... 큰형님 애들은 챙기더라구요. 우리 애는 안 챙겨도... 그러면 저도 그 집 애들 챙기기 싫어요. 그리고 무슨 날이거나 뭘 물어보려고 할 때는 우리 신랑 폰으로 전화를 하더라구요. 집으로 하면 되잖아요. 그래서 저도 전화 안 해요. 그러니까 가만히 생각하면 저는 손아래다 이거죠. 저한텐 또 시켜먹어요. 저한테는 별 볼일 없다 이거 아니겠어요? 그런 식으로 먼저 행동하니까 저도 싫어져요. 작은형님은 얄밉게 행동하는데 저는 당하는 기분이에요. 저도 얄밉게 하는 방법이 있나요?

사례4)에서 글쓴이는 세 명의 며느리 중 막내이다. 그런데 작은형님 때문에 모임 때마다 마음이 상한다. 만나면 작은형님은 글쓴이에게는 형식적으로 인사를 하고, 큰형님한테 달라붙어 속닥속닥한다. 자신이 큰형님과 이야기를 하고 있으면 멀찌감치 떨어져 있다. 한번은 놀러갔다가 작은형님이 카메라를 빌려달라고 해 빌려주니, 글쓴이의 아이는 쏙 빼놓고 큰형님 애들하고 자기애들만 사진을 찍는다. 챙기는 것도 큰형님 애들만 챙겨 글쓴이도 작은형님 애들은 챙기기가 싫다. 전화를 해도 신랑 핸드폰으로 해, 글쓴이도 전화를 안 한다. 글쓴이는 형님한테 붙어 자신을 따돌리며 얄밉게 행동하는 작은형님이 싫고, 복수할 방법을 모색하며 동서갈등을 경험하고 있다.

사례 5 작은형님

동서가 저까지 셋인데요... 식구들 모일 때나 야외로 놀러 갈 때 작은형님이 꼭 큰형님한테 붙어 있어요. 사실 제가 먼저 그 형님보다 큰형님을 먼저 알고 신랑과 사귄지도 오래였고 해서 그렇고 그리고 어머님이 큰형님이랑 사시는데 시어머니 땜에 주말마다 가거든요. 작은형님네는 1달에 한번 정도... 오구요. 그래서 큰형님도 저 편하게 생각하고 저도 편하게 생각하고 있어요. 만나면 그냥 둘이 편하게 이야기도 하고 하는데 작은형님만 오면 큰형님 옆에 착 달라붙어 있구요.. 저한테 필요한 말만 하구요.. 그러면 저만 소외되는 기분 있잖아요... 그럴 땐 큰형님한테도 서운할 때가 있더라구요. 큰형님이 작은형님이랑 속닥거릴 때는 가끔 똑같이 보여요. 저도 작은형님이 이렇게 까진 싫지 않았는데... 점점 싫어지구요. 얼굴 보고 오는 날이면 기분이 안 좋아요.…… 만약 둘이 얘기하고 있으면 그 사이로 비집고 들어가서 "무슨 얘기해요?"라는 걸 잘 못하겠어요. 근데 작은형님은 제가 큰형님이랑 언제 한번 둘이 얘기하고 있는데 그사이로 비집고 와서 "무슨 얘기해요?" 하더라구요. 저는 성격이 그래서 그런지 만약에 큰형님하고 작은형님이 둘이 얘기하면 큰형님하고도 얘기하기 싫은 거 있잖아요... 이상하게 제 자신이 빠져서 그런지 별로 얘기하기 싫더라구요.

사례5)의 경우에도 글쓴이는 막내며느리이고, 큰형님이 시어머니와 함께 사시기에 주말마다 시어머니를 뵈러 간다. 작은형님보다 큰형님을 먼저 알았고, 큰형님도 글쓴이를 편하게 생각한다. 그런데 작은형님이 오면 큰형님한테 착 달라붙어 있고, 큰형님과 작은형님이 얘기를 하고 있으면 가끔 둘이 똑같아 보이고 큰형님한테도 서운해 말하기가 싫어 진다. 글쓴이는 동서들 사이에서 소외감을 느끼는 것이 싫고, 기분이 안 좋다. 이 사례에서도 작은형님은 큰형님과 연합을 하고자 하며, 그로 인 해 글쓴이는 동서갈등을 경험하고 있다.

사례 6 　교묘하게 괴롭히는 아랫동서

　결혼 전부터 아랫동서가 대놓고 저를 무시하는 듯한 말을 해왔고요. 눈치가 빨라서 남들 볼 때는 잘하는 척하면서 앞에서는 위 아래로 째려 보는 것도 있었죠. 참고로 저희 남편과 시동생 분은 쌍둥이십니다. 아랫 동서분이 결혼 전부터 이상하게 비꼬고 깔아뭉개는 듯한 발언을 해서 기 분이 안 좋았지만 그러려니 참았습니다. 저와 남편은 재혼을 하였고 아랫 동서는 처음 저를 만난 자리에서 먼저 이혼한사람이 미친년이라며 자기 랑 이렇게 만난 첫날부터 싸웠다는 등 자기가 남편한테 전부인과 이혼하 라고 했다는 등 해서 어리둥절했지만 같은 동서끼리 이혼하라고 말하는 것도 좀 이상해 보이긴 했지만 그런가보다 했습니다. 그러면서 결혼 전 부터 만나기만하면 자기는 나보다 잘났다 하면서 저를 깔보는 듯한 말을 하기 일쑤였습니다. 어떤 때는 자기는 점을 봤는데 자기 때문에 백억 부 자가 된대서 그럼 쌍둥이라 저희도 괜찮지 않겠느냐 물어보니 다 부인에 따라 다른데 너희는 못 살 거라는 등 하면서 기분 나쁘게 한 적이 한 두 번이 아니었는데 그냥 그런가 보다 하고 넘어갔습니다. 문제는 결혼 후에 시댁 제사에 가면서부터 벌어졌는데요... 아랫동서는 제가 형님께 15만원을 드리면 자기는 30만원을 드리고 제가 50만원을 드리면 자기는 100만원을 드리면서 자기는 일 끝난 후에 늦게 나타나면서 저 일 다 시켜먹고 형님을 시켜 저를 시집살이를 시키고 뒤에서 재미있어 하고 제가 형님한테 이유 없이 혼나는데 형님 뒤에서 재미있어 하고 정말 너무 속이 상했습니다. 한 번은 형님이 김치를 담으러 빨리 내려오라고 하셔서 빨리 내려가서 배추 150포기 밭에서 뽑아 다듬어 씻어놓고 나머지 재료들 다 씻어놓고 추운데 밖에서 벌벌 떨면서 일 다해놓으니 다 끝난 후에 나타나더군요. 그런데 형님이 더 가관이신 게 늦게 온 동서를 혼내기는커녕 저더러 아랫동서 와 힘들다며 김치 잘 안 씻었다고 혼을 내시고 제 김치 담아가려고 김치 담는데 김치 속 넣지 말라고 남편은 밖에 내보내놓고 막 소리 지르고 김치 속을 던지면서 계속 따지면서 제 앞에서 동서 입에만 고기 삶은 거 맛있냐며 넣으시고 챙기시곤 제게는 김치 속 넣지 말라면서 마구 소리 지르고 뭘 집어던지는 등 막 대하는 게 도가 지나치시더군요. 동서가 50만원인가 김치 담으라고 따로 주었다고 하더라고요. 제가 당하는 모습을 동서가 지켜보면서 아주 얼굴에 해가 뜨고 재밌어 죽더군요. 윗동서와 쌍둥이 아랫동서가 둘이 이렇게 따돌려서 아이 엄마가 집에도 있지 못하고 밖으로 나가서 동네를 돌아다닌 게 아닌가 싶더군요. 저렇게 시집살이 시키고 둘이서만 속닥속닥 거리면서 없는 사람 취급하고 빨리 불러서 일 다부려먹고 아랫동서 오면 아랫동서만 이것저것 챙겨주고 앞에서 무시하는데 어떻게 버티나요……

사례6)은 교묘하게 괴롭히는 아랫동서로 인해 힘이 든 여성의 글이다. 글쓴이의 남편은 쌍둥이이고, 글쓴이는 남편과 재혼했다. 손아랫동서는 결혼 전부터 만나기만 하면 글쓴이를 무시했고 깔보는 듯한 발언을 했다. 결혼 후 시댁 제사에 가면서부터 아랫동서의 교묘한 괴롭힘은 시작되었는데, 아랫동서는 글쓴이보다 형님에게 많은 돈을 드리며 일이 다 끝난 후 나타났고, 형님이 글쓴이를 혼내고 부려먹는 것을 보며 재미있어 했다. 형님 또한 아랫동서와 함께 글쓴이를 괴롭히며, 둘이서만 속닥거리고 글쓴이를 무시하고 따돌렸다. 글쓴이는 남편의 전 부인이 이혼한 것이, 형님과 쌍둥이 아랫동서의 따돌림 때문이라고 생각한다. 이 사례에서는 손아랫동서가 제일 맏동서를 부추겨서, 사이에 낀 둘째 동서를 따돌리고 못살게 굴고 있다. 편가르기 갈등의 노골적인 형태를 이 사례에서 찾아볼 수 있다.

사례 7 정말 얄미운 둘째 형님

　　결혼한 지 어언 두 달째 접어듭니다.. 저는 삼 형제 중 막내구요, 큰형수는 결혼한 지 10년 정도 됐고, 작은형님네는 작년 1월에 결혼했지요. 맞선으로 저희는 동차 때문에 결혼을 계속 미루고 있었구요. 암튼 그렇게 해서 저희형님이 됐고요. 근데 둘째 아주버님은 월급이 되게 많거든요. 쉬는 날도 많고 준공무원이에요. 우리 둘이 버는 것보다도 훨씬 많죠. 그래서 되게 속상하거든요... 매번 둘째 형님이 얄밉게 말하는 것도 싫고. 한번은요... 어머님 환갑에 돈 미리 모으자고 그러는데 형님들 둘이서 동시에 "동서는 둘이 버니까 더 내" 이러는데 저 정말 수습 안됐습니다. 저희 연애도 오래했고... 아이도 갖고 싶거든요. 근데 문제는 돈이죠... 돈 때문에 하루에 열두시간이 넘게 일을 하는데 둘째 형님은 결혼하자마자 애 갖고 지금 조리원에 있어요. 그래서 조리원에 갔더니 하는 말이 자기신랑은 아이 낳는 날부터 5일 동안 같이 있었대요. 그래서 오빠랑 나랑 정말 좋다. 직장이 좋아야지... 부럽다.. 이러는데 거기다 대고 그렇게 안 쉬는 사람도 있어?? 또 한 번 억장 무너집니다. 저도 집에서 쉬고 싶고... 암튼 둘째 형님은 정말 싫어요. 열등감도 느껴지고 누군 시집와 서 돈 걱정 안 하고 펑펑 쓰면서 집에서 놀고 누군 시집가서 살림하랴 돈 벌랴 정말 스트레스에요. 아 정말 미칠 지경이네요.. 그렇다고 큰형님이 좋으면 말도 안 해요. 시댁?? 정말 얘기하다간 끝도 안날 거 같네요. 속상해 미치겠습니다...

  사례7〉에서 글쓴이는 삼 형제 중 막내며느리다. 큰형님은 결혼한 지 10년 정도, 작은형님은 작년 1월에 결혼을 했다. 둘째 아주버님은 준공무원이라 맞벌이인 자기부부가 버는 것보다 훨씬 월급이 많다. 시어머님 환갑에 쓸 돈을 미리 모으자는 말에, 두 형님은 동시에 "동서는 둘이 버니까 더 내"라고 하고 글쓴이는 감정이 상한다. 글쓴이는 아이를 갖고 싶지만 돈 때문에 열두 시간씩 일을 하는데, 둘째 형님은 결혼하자마자 아이를 갖고 지금은 산후조리원에 있다. 산후조리원을 찾아간 이 부부에게 둘째 형님은 아이 낳는 날부터 지금까지 5일 동안 둘째 아주버님과 함께 있었다고 하고, 부러워하는 이들에게 "그렇게 안 쉬는 사람이 있느냐"며 반문한다. 글쓴이는 작은형님의 상황과 자신의 상황이 비교돼 속상해 미칠 지경이다. 글쓴이가 큰형님이 좋으면 말도 안 한다는 것을 보면, 글쓴이에게는 두 형님 모두가 갈등이 대상이 되고 있다. 이 사례의 경우는 시어머니 환갑비용을 모으는 일에, 두 손윗동서의 의견이 일치하면서 편가르기가 시도된다. 동서들 간의 편가르기는 이렇듯 어떠한 사건이 계기가 되어 이루어질 수도 있는데, 문제는 이러한 일시적인 편가르기로 인해 한 사람의 감정이 상하면서 스스로 고립을 자초하고 일시적이였던 편가르기가 지속적인 편가르기로 고착화될 수 있다는 점이다.

그렇다면 앞서 살펴본 설화들은 현대 사례들에 어떻게 적용될 수 있을까?

편가르기를 당해 따돌림 당하는 쪽의 능력이다. 〈월컥덜컥 등남산〉에서 큰사위는 자신을 골탕 먹이려는 손아랫동서들의 계략을 기지로 극복해내고 있으며, 〈며느리 문자 세배하기〉에서 막내며느리는 자신만을 쏙 빼놓고 따돌리는 손윗동서들을 그들보다 뛰어난 기지로 이겨내고 있다. 또 〈판소리 명창으로 출세한 사람〉이나 〈허물 벗은 두꺼비 신랑〉에서도 막내사위는 자신을 골탕 먹이려는 손윗동서들을 능력으로 제압하고 있다. 이처럼 연합된 두 동서보다 따돌림 당하는 쪽의 능력이 클 경우, 동서들의 편가르기는 철저히 무너지고 있다.

실제 사례들에서도 편가르기는 힘이 강하다고 생각하는 쪽으로 한 동서가, 혹은 여러 동서들이 연합하면서, 거기에 끼지 못한 한 동서를 따돌리고 무시하는 형태로 나타난다. 이것은 1장에서 시아버지나 시어머니가 며느리 중 하나를 편애하고, 편애 받는 며느리가 시부모와 연합하면서, 다른 며느리에 대한 차별로 이어지는 것과 동일한 상황이다.

사례1〉에서 글쓴이는 이미 20년 동안 맏동서의 구박을 받아왔다고 하는데, 이것은 맏동서에게는 오랜 기간 글쓴이에 대한 부정적인 인식이 이미 굳어져 습관이 되었다고 생각된다. 이 경우 글쓴이 신변에 뭔가 맏동서가 혹할만한 사건이 생기지 않는 한, 동서갈등을 해결하기는 어려울 듯 보인다. 그러므로 이처럼 오랜 시간이 흐르기 전에, 그것이 습관화되기 전에, 동서갈등을 해결하는 일은 시급하다. 사례2〉나 사례3〉은 출산이나 이사로 인해, 동서간의 편가르기가 시도된 경우이다. 이런 경우는 상황에 따라, 얼마든지 새로운 편가르기가 생겨날 가능성이 높다. 그 외에 사례들에서도 따돌림 당하는 동서의 능력에 따라, 편가르기로 인한 동서갈등은 해결될 수 있다. 여기서 동서의 능력이란, 정신적인 것이든 물질적인 것이든, 한 편이 된 동서들을 무너뜨릴 만한 것이라면 무엇이든 가능하다.

한걸음 더 나아가 능력에 대한 인정은, 동서간의 편가르기를 무너뜨리는 좋은 방법이 될 수 있다. 여기서 능력을 인정해 줄 사람은 연합한 동서들과 관계를 가지면서, 그들보다 강하다고 생각되는 권위자다. 〈며느리 문자 세배하기〉에서는 그런 사람으로 시아버지가 등장하는데, 막내며느리를 따돌리고 연합한 두 동서는 시아버지의 칭찬에 무너지고 만다. 시아버지의 칭찬으로 막내며느리는 승리감과 함께 자신감을 갖게 된다. 〈박문수어사와 금패령〉에서는 그런 사람으로 박문수어사가 등장하는데, 원래 셋째 동서는 인정도 많고 시부모 공양도 잘 해 마을 사람들의 인정을 받아왔다. 그런데 두 손윗동서의 모략으로 인해, 동네 남자들에게 외간남자와 나쁜 짓을 하는 여자로 낙인찍히게 될 뻔 한다. 하지만 어사 박문수가 셋째 동서를 인정해줌으로써 셋째 동서는 시댁에 큰 이득을 가져다주며 셋째 동서에 대한 두 손윗동서의 모략은 무산되고 만다. 이렇게 권위자의 인정을 받는다면, 동서들의 편가르기에도 위축되지 않으며 느끼는 스트레스의 강도 또한 훨씬 낮아질 것이다.

그런데 동서들 간의 편가르기 갈등은 상황에 따라, 얼마든지 새로운 편가르기가 나타날 수 있다. 누구나 흔하게 경험해 보았듯이, 세 사람 이상이 모인 인간관계에서는 언제든지 이러한 편가르기가 나타날 수 있다. 그러므로 동서들과의 관계에서, 언제든 자신도 따돌림의 대상이 될 수 있음을 명심해야 한다. 또한 동서관계에서 힘이 있는 동서가 중립을 지켜준다면, 일 분배에 있어 동서 간에 차별하지 않는다면, 편가르기 동서갈등이 노골적으로 가시화되는 일은 없을 것이다.

4. 동서와의 내적 차이(가치관 외)

1) 설화에 나타나는 갈등양상

세상에 나와 같은 사람은 없다. 하지만 동서와 나는 가치관이나 생각이 달라도 너무 다르다. 본 장에서는 살펴볼 것은 이렇듯 동서와의 내적 차이로 인해 갈등이 유발된 경우이다. 가치관이나 생각, 관점, 성향 등 내적인 요인으로 인해 발생하는 동서갈등을 본 장에서는 다루어볼 것이다.

먼저 살펴볼 설화는 〈하회 유(柳)씨네가 잘 된 유래[1]〉이다. 대강의 줄거리는 다음과 같다.

옛날에는 하회 유씨네가 형편없이 가난하였다. 하루는 유씨네 며느리들이 봄에 산으로 나물을 캐러 갔다가 길에 어떤 거지같은 남자가 쓰러져 있는 것을 보았다. 작은며느리가 기운을 차리게 하려고 불었던 젖을

---

1) 『한국구비문학대계』7-8, 404-411면, 공검면 설화49, 채홍의(남, 72).

짜서 남자에게 먹이자, 큰며느리는 작은며느리에게 미친년이라며 욕을
하고는 먼저 집으로 돌아왔다. 작은며느리가 집으로 들어오자, 큰며느리
는 시아버지에게 작은며느리가 한 짓을 말하면서 험담을 했다. 그러나 시
아버지는 사람을 살렸으니 잘한 것이라며 큰며느리를 혼내고 작은며느
리를 칭찬했다. 저녁때가 되어 길에 쓰러졌던 남자가 유씨네 집에 찾아와
서 자신은 암행어사라며 작은며느리에게 보답을 하겠다고 했다. 암행어
사는 자기가 안동에 어사출두를 하여 고을 원에게 유씨를 모셔오라고 할
테니 거절하다가 원이 직접 찾아오거든 마지못해 승낙하는 것처럼 관가
로 오라고 하였다. 다음날 암행어사가 관가로 들어가 어사출도를 하자 고
을 원이 벌벌 떨면서 어사를 맞이했다. 암행어사가 원에게 고을의 하회
유씨를 데려오라고 하자, 원이 유씨네 집에 급사를 보냈는데 유씨는 어사
가 일러 준대로 가지 않겠다며 호통을 쳤다. 원이 다음에는 서기를 보냈
는데 유씨가 역시 가지 않았다. 그러자 할 수 없이 원이 직접 유씨의 집으
로 데리러 왔다. 유씨는 오지 않으려고 버티다가 고을 원의 체면을 생각
해서 가는 것이라며 원을 따라 관가로 갔다. 그런데 유씨가 관가로 들어
서자 암행어사가 버선발로 뛰어나와 유씨에게 인사를 하며 안으로 모시
고 들어가는 것이었다. 그것을 본 안동 관가의 버슬아치들은 유씨가 대단
한 사람이라고 생각하게 되었다. 그 후로 암행어사가 유씨네 자손들에게
버슬을 내려주었고 그때부터 유씨네가 안동에서 유명한 대갓집으로 행
세할 수 있게 되었다.

옛날에는 하회 유씨네가 형편없이 가난하였다. 하루는 유씨네 며느리
들이 산으로 나물을 캐러 갔다가, 어떤 거지 차림의 남자가 쓰러져 있는
것을 보았다. 작은며느리가 기운을 차리게 하려고 불어있는 젖을 짜 먹
이자, 큰며느리는 미친년이라고 욕을 하고 집으로 돌아왔다. 작은며느

리가 집으로 돌아오자, 큰며느리는 시아버지한테 작은며느리가 한 짓을 말하며 험담을 하였다. 그러자 시아버지는 사람을 살렸으니 잘한 것이라며 큰며느리를 혼내고 작은며느리를 칭찬했다. 저녁에 길에 쓰러졌던 남자가 유씨네로 찾아와 자신은 암행어사라고 하며, 작은며느리에게 보답을 하겠다고 하였다. 암행어사는 안동에 어사출도를 해 고을 원에게 유씨를 모셔오라고 할 테니, 거절하다가 원이 직접 찾아오면 마지못해 승낙하는 것처럼 관가로 오라고 하였다. 유씨는 어사가 시키는 대로 하였고, 유씨가 관가로 들어서자 어사는 버선발로 그를 맞이하였다. 안동 관가의 벼슬아치들은 유씨가 대단한 사람이라고 생각하게 되었고, 이후 유씨네는 안동에서 대갓집으로 행세할 수 있었다. 이 설화는 사람을 구한 둘째 며느리의 행동 덕분에 유씨가 안동에서 대갓집으로 행세할 수 있었다는 이야기이다. 여기서는 첫째와 둘째 며느리 간에 생각의 차이로 인한 갈등이 나타나는데, 자신의 젖을 외간남자에게 먹이는 둘째 동서의 행동이 첫째 며느리의 가치관에는 용납되지 않는다. 이 설화에서는 둘째 며느리를 험담하는 첫째 며느리에게 시아버지가 '사람을 구한 것은 잘한 일'이라고 둘째를 칭찬하며, 사람의 목숨을 구한 둘째 며느리 덕에 시댁이 보은을 받는 것으로 이야기가 전개된다. 그러나 설화에 따라서는 둘째 며느리의 행동이 시부모에게 전혀 다르게 해석되기도 한다.

다음에서는 이와 비슷한 줄거리의 〈구대진사(九代進士)[2]〉 설화를 살펴보도록 하겠다. 대강의 줄거리는 다음과 같다.

---

2) 『한국구비문학대계』 1-2, 212-218면, 북내면 설화15, 박동수(남, 57).

　　함경도 갑산군 맹씨댁에 며느리가 둘이 있었다. 어느 날 두 며느리가 깊은 산기슭으로 나물을 뜯으러 갔다가 한 젊은 청년이 죽은 듯이 누워 있는 것을 발견했다. 윗동서는 무섭다며 그냥 가자고 하였지만, 아랫동서는 다가가 청년의 상태를 살폈다. 청년이 기진하여 거의 죽어가고 있자 아랫동서는 젖을 먹여 저 청년을 구하자고 하였지만, 윗동서는 외간남자에게 그럴 수 없다고 하였다. 그러자 아랫동서는 사람을 살리고 봐야지 예의만 지켜서는 안 된다며 어른들에게만 말하지 말아달라고 하고는 청년에게 양쪽 젖을 다 먹였다. 청년이 기운을 차리자 아랫동서는 길가에 쓰러져 있는 이유를 물었다. 청년이 자신은 서울 사는 아무개로 볼일이 있어 왔다가 산속에서 길을 잃어 이렇게 되었다고 하였다. 두 며느리는 이 청년을 집으로 데려와 밥을 먹여 보냈다. 그런데 윗동서가 심술이 나서 약속을 어기고 아랫동서가 총각에게 젖을 물린 사실을 시부모에게 이야기하였다. 그로 인해 작은며느리는 쫓겨나게 되었다. 사실 그 청년은 암행어사로 잠행을 다니다가 길을 잃어 그렇게 되었던 것이었다. 청년은 젖을 물려 자신을 구해준 여자가 친정으로 쫓겨나게 된 내막을 안고 여자와 그 남편을 서울에 데려와 살림을 차려주었다. 그리고 청년은 부하 수십 명을 데리고 젖을 먹여 구한 부인의 시댁의 집으로 들어갔다. 시아버지의 성이 맹씨였는데 맹씨는 자신의 며느리가 젖을 먹여 살렸던 그 청년이 암행어사인 것을 알게 되었다. 맹씨는 며느리를 내쫓은 죄가 있으니 자신을 죽여 달라고 했다. 그러자 암행어사는 작은며느리의 행동으로 자신이 목숨을 건졌다며 맹씨네를 서울로 데려가서 잘 살게 해주었다. 그러나 얼마 있다가 맹씨는 고향에 내려가겠다고 하였다. 암행어사가 연유를 물으니, 맹씨가 고향에 살 때 촌장에게 학대를 많이 받아서 자신이 촌장이 되어 보복을 하고 싶어서 그런다고 하였다. 청년은 맹씨에게 촌장뿐만 아니라 진사 벼슬까지 준 다음 그 고을로 돌아가 살게 해주었다. 그 후로 맹씨

네 집은 진사 벼슬을 구대까지 물려받았는데, 맹씨네 집안이 공부 재주가
없어 글을 잘 못 읽었다. 그때부터 그 마을 사람들은 글을 읽다가 막히는
부분이 있으면 "이건 구대진사라도 못 읽겠다."라고 하였다고 한다.

  함경도에 사는 맹씨댁에 며느리가 둘 있었는데, 어느 날 깊은 산기슭
으로 나물을 뜯으러 갔다가 젊은 청년 하나가 죽은 듯이 누워있는 것을
발견한다. 큰동서는 무섭다며 그냥 가자고 했지만 아랫동서는 다가가
청년의 상태를 살피고, 청년이 기진하여 죽어가고 있자 젖을 먹여 저 청
년을 살리자고 했다. 큰동서는 외간남자에게 그럴 수 없다고 하자, 아랫
동서는 사람을 살리는 것이 우선이지 예의만 지켜서는 안 된다고 하면
서 시부모에게는 비밀로 해달라고 한다. 젖을 먹고 기운을 차린 청년은
산속에서 길을 잃어 이렇게 되었다고 하고, 두 며느리는 이 청년을 데리
고 집으로 가 밥을 먹여 보낸다. 그런데 큰동서가 심술이 나서 아랫동서
와의 약속을 어기고, 시부모에게 아랫동서가 총각에게 젖을 물린 사실
을 이야기하고, 아랫동서는 시댁에서 쫓겨난다. 그런데 그 청년은 사실
암행어사였는데 잠행을 다니다가 길을 잃고 그렇게 된 것이었다. 청년
은 자신을 구해 준 여자가 친정으로 쫓겨나게 된 내막을 알고 부부를 서
울로 데려와 살림을 차려주었다. 또 여자의 시댁으로 수십 명의 부하들
을 거느리고 쳐들어가 둘째 며느리를 내쫓은 시아버지의 잘못을 알게
하고, 시아버지가 원하는 소원을 들어준다.
  이 설화에서는 심술이 난 큰동서가 아랫동서가 한 일을 시부모에게
이야기하고, 아랫동서는 집에서 쫓겨나게 된다. 여기서도 큰동서와 아
랫동서의 가치관 차이가 나타나는데, 이 설화에서는 시아버지가 큰동
서와 뜻을 같이 하고 있다. 이처럼 제시된 두 편의 설화에서는 큰동서와

작은동서간의 생각의 차이가 나타나며, 이로 인해 동서간의 갈등이 나타난다.

『한국구비문학대계』에는 이러한 줄거리의 설화들이 6편 발견되는데, 이를 [젖 먹여 어사 구하고 복 받은 부인]이라고 명명하여 보았다. 6편 중 동서간의 갈등이 드러나는 것은 3편으로 앞서 제시한 두 편의 설화와 〈박문수(朴文秀)어사와 금패령(禁牌嶺)[3]〉 설화가 있다. 〈박문수어사와 금패령〉 설화에는 세 명의 동서가 등장하는데, 가치관 차이보다는 3장 '동서들 간의 편가르기' 항목에 더 적합한 모습을 보인다. 이에 3장에서 다루었기에 여기서는 대강의 줄거리만 각주로 대신한다.

2) 현대 사례들과 설화의 적용

다음에서는 동서와의 내적차이로 인해 갈등이 나타나는 사례들을 살

---

3) 암행어사 박문수가 풍산 근처에 있는 고개를 넘다가 심하게 허기가 져서 길가에 쓰러지고 말았다. 풍산 고을의 박씨 집에는 삼 동서가 있었는데 첫째와 둘째 동서는 못됐지만 셋째 동서는 인정이 많고 시부모 공양을 잘해서 마을 사람들의 칭찬이 자자했다. 삼 동서가 나물을 뜯으러 산에 올라왔다가 길가에 쓰러져 있는 선비를 발견했다. 그러자 셋째 동서가 불쌍한 마음에 선비의 입에 젖을 짜서 먹였다. 첫째와 둘째 동서는 집으로 돌아와서 셋째 동서가 외간남자와 길가에 누워서 못된 짓을 한다고 말했다. 그러자 동네 남자들이 전부 몽둥이를 들고 고개로 뛰어 올라갔는데 정신을 차린 박문수가 마패를 꺼내어 위기를 면할 수 있었다. 박문수는 관청에 들어가 의관을 갖춘 다음 목숨을 살려준 은혜를 갚겠다며 박씨의 가족을 불러들였다. 그리고 셋째 동서에게 소원을 말하라고 했다. 셋째 동서는 동네 앞에 있는 냇가에 연어잡이에 대한 독권(獨權)을 얻는 것이 소원이라고 했다. 그러자 박문수는 연어잡이 독권과 세금으로 바칠 벼 백석지기를 박씨의 집에 주었다. 그리고 박문수가 나라에 장계를 올려 자초지종을 알리자, 상감은 고개가 험하니 패를 가진 사람은 고개 넘는 것을 금지하라고 명령을 내렸다. 그 후로 풍산에 있는 고개 이름이 금패령이 되었다.

펴보기로 하겠다.

사례 1 동서와 갈등이 생겼는데.......

안녕하세요? 아이 3살 딸 하나 키우는 주부예요. 저보다 동서가 먼저 시집가서 아이 하나 키우고 있는데 시부모님의 관심이 다 저희한테로 쏠려있어 고민이에요. 동서는 시부모님 집과는 멀리 살고~ 저는 20분 거리..^^ 아이도 이제 걷고 말하려하니까 시부모님이 더 보고 싶어 하세요. 동서네는 아기 때도 잘 못 봤고 여전히 많이 못보고 요즘은 사진 동영상도 안 보내준다고 또 동서는 카톡도 안하고 전화도 안 해서 서운하다고 하시니 더 제가 해드린 건 맞아요... 그게 남편의 가족을 대하는? 도리라고 생각했고요. 어머님이 동서한테 이제 아이도 중학생이 되니 몸도 편하고 전업주부니까 하나 더 낳으라고 계속 전화 하신다는데 동서는 제가 알아서 해요 그이랑 상의할게요. 이러니까 어머님은 속이 타들어 가신대요. 말을 진짜 안 듣는다고... 저는 둘 낳을 계획인데 그럼 더 저희한테 관심이 쏠릴 거 같아요... 동서는 일 년에 세 네 번???어쩌다~ 방문 저는 명절 생신 무조건 가고.. 장남이고 가까워서 그런 거 같아요. 어쩌다~ 동서 오면 또 저희가 가야해요... 남편이 술 좋아해서. 꼭 만나 술 먹어야 해요;; 뭐, 저희는 시부모님 재산? 하나도 없고~ 바라는 것도 없고요. 남편 부모님이니까... 그 하나로 믿고 살고 있는데;;┳ 이제 좀 지치네요. 동서네가 멀리 사니까 가까이 사는 우리만 하겠느냐 생각도 들고 제가 건조기 하나 사드리자고 반반 보태라니까 그것도 거절하고;;; 지금 애 아빠가 끝까지 같이 사자고~ 밀어붙이기는 하는데 동서가 계속 거절 한다네요. 서로 알아서 하자고.. 동서가 어린데 저보고 존댓말 써 달래서 써주고 있고요;; 만나면 웃어주고 말도 들어주는데 돈 보태는 게 어려운걸까요..┳┳ 사고 나서 얼마 보내라 하면 보내겠나 싶기도 하고;; 곗돈은 있는데 애 아빠는 큰~일에만 내야하니 안 쓴다 하고 도련님은 건조기필요하나? 그런 거 사려고 모으는 거 아니라고 그러고.. 의견 참 안 맞네요... 동서한테 연락하려해도 번호도 없고~ 어머님은 자꾸 연락해 보라 그러고 친해지라고 하는데 도저히 친해질 인물이 아녀요ㅠㅠ

사례1〉에서 글쓴이는 3살 딸을 하나 키우고 있고, 먼저 결혼한 동서는 중학교 올라가는 아이가 하나 있다. 동서는 시부모님댁과 멀리 살고 글쓴이는 20분 거리에 살아 시부모님의 관심은 큰아들네로 쏠려있다. 시어머니는 동서에게 아이를 하나 더 낳으라고 하지만, 동서는 남편과 상의해 본인이 알아서 하겠다고 하고, 시어머니는 작은며느리가 진짜 말을 안 듣는다며 속이 타들어간다고 한다. 글쓴이가 건조기를 하나 사드리자고 반을 보태라고 하니 동서는 거절을 하고, 남편이 계속 같이 사자고 밀어붙이고 있다. 시어머니는 동서에게 자꾸 연락을 해 친해지라고 하는데, 글쓴이는 동서가 친해질 인물이 아니라고 이야기한다.

사례 2 동서가 너무 싫어요!!!

시동생 결혼으로 저에게는 동서가 어머님께는 며느리가 하나 더 생겼죠. 그런데 동서가 그냥 너무 싫어요... 성격도 저랑 정 반대라서 성향도 안 맞고 대화도 안 되고 그냥 마냥 뭐가 그리 좋은지 참... 세상 돈이 없고 남편이 실직을 해도 헤벌쭉 하네요... 어머님께 제가 한소리 듣고 시집살이를 한다고 어느 날 하소연 좀 했더니 좋은 게 좋은 거지 왜 생각을 매일 부정적으로만 하냐고 그냥 쿨하게 받아드리세요~~ 이러는데 누가 손윗동서인건지 모르겠네요. 가끔 저렇게 훈계 아닌 훈계의 말로 저를 열 받게 하고 제 남편한테도 가끔 버릇없이 굴곤 하는데 제 남편은 저런 성격이 참 좋다고 매번 속으로 꿍해서 사는 마누라보다 낫다고 저한테 얘기합니다. 그렇게 좋으면 동서 같은 여자 만나서 살지 왜 나하고 사냐고 부부싸움까지 했다니까요. 남이 속 얘기를 하고 힘든 얘기를 꺼내는 게 쉽지 않은데 처음엔 좀 가까워지려고 술 한 잔 마시다가 어렵게 속 터놓고 얘기하고 싶을 때 있잖아요... 그래서 동서한테 얘기하면 그냥 너무 가볍게 받아들이고 제 얘기는 흘려듣는 듯 하는 것도 너무 기분이 언짢더라고요. 그냥 행동자체가 생각이 없는 건지 아님 생각하는 것 자체가 싫은 건지 뭐든지 그냥 좋은 게 좋은 거다 이런 식으로 하는데 맘이 안 맞는 사람이라 느낀 순간부터 정이 안가네요. 시댁에서 만나도 싫어서 어쩔 때는 있다고 하면 그냥 일요일 낮에 가서 안 부딪히던지 자꾸 피하게 돼요. 시어머님은 눈치 없이 자꾸 사이좋게 잘 지내면 얼마나 좋으냐고 자주자주 만나기도 하고 그러라고 그래야 형제간 우애도 변하지 않는다고 하시는데 만나고 오면 제가 항상 맘이 더 안 좋아져서요. 왜 직장에서도 나하고 안 맞는 사람이 있으면 스트레스 받고 회사도 때려 치고 싶고 막 그렇잖아요. 이건 가족으로 엮여있어서 안볼 수도 없고 참... 난감하네요. 싫다 싫다 하니간 진짜 웃는 얼굴도 꼴 보기 싫더라고요. 제가 속 좁은 이상한 형님인건가요?

사례2〉에서 글쓴이는 동서가 너무 싫다. 성격도 성향도 자신과 안 맞고 대화도 안 된다. 돈이 없고 남편이 실직을 해도 동서는 마냥 웃고만 있다. 본인이 시집살이를 하소연 하니 동서는 좋은 게 좋은 거라며 왜 생각을 부정적으로 하냐고 하며 쿨하게 받아들이라고 한다. 글쓴이는 훈계 아닌 훈계를 하는 동서가 버릇이 없고 기분이 나쁘다. 글쓴이의 남편은 동서의 성격이 참 좋다고 이야기하고, 그것도 글쓴이는 화가 난다. 동서에게 이야기를 하면 너무 가볍게 받아들이고 흘려듣는 것 같아 너무 기분이 언짢고, 이제는 자꾸 피하게 되며, 동서의 웃는 얼굴조차도 꼴 보기가 싫다.

사례 3   시조카 봐줬더니 동서가 이상한소릴 하네요...

저는 큰며느리고 딸 하나 키우고 있습니다. 동서는 저보다 늦게 결혼했고 저희딸보다 한살어린 아들 키우고 있어요.(둘 다 유치원생입니다.) 어제 저녁 동서가 오늘 시조카를 반나절만 봐달라고 부탁하기에 알겠다고 했어요. 동서네 친정 쪽 행사가 있는데 시조카를 데리고 가기 찝찝해서 저한테 맡긴다고 하기에 어차피 신랑도 시댁에 가야되고 해서 딸이랑 같이 놀면 되니 흔쾌히 알겠다고 했어요. 오늘 아침에 7시 반쯤 카톡 와서 지금 출발한다고 했고 8시 못돼서 전화 왔길래 받으니 공동현관입구까지 내려와 달라고 해서 급하게 마스크만 쓰고 내려가서 조카 데리고 올라왔어요. 조카한테 아침 먹었냐고 물어보니 안 먹었다고 해서 딸이랑 같이 뭐 먹을래 하니 빵 먹고 싶대서 빵이랑 계란후라이 하고 요플레랑 줬더니 둘이서 잘 먹더라고요. 오늘 워낙 더워서 그런지 에어컨을 풀가동 시켜도 애들은 땀범벅. 안되겠다 싶어서 베란다 미니풀장에 물 받아서 담궜어요. 여벌옷을 따로 안 들고 왔기에 다 벗길 순 없어서 위에 입고 온 티+팬티 입혀서 물놀이시키고 점심 먹을 때 돼서 한명씩 데리고 나와서 목욕시키고 옷이 없어서 팬티는 안 입히고 딸 아이꺼 민소매 실내복 상하의 입혔어요. 아침에 입고 온 바지 입힐까 했지만 청반바지를 입고 와서 너무 더울 것 같아서 다시 못 입히겠더라고요. 점심때 뭐먹고 싶냐니까 딸은 곰국에 밥 말아 먹고 싶다 하고 조카는 치킨 먹고 싶대서 치킨 시켜서 곰국이랑 줬어요. 밥 다 먹고 아이스크림 하나씩 먹고 또 물놀이 하고 싶대서 입은 그대로 다시 물에 또 들어가서 놀고 동서가 이제 출발한다고 카톡하길래 다시 애들 데리고 나와서 한명씩 샤워시키고 또 딸아이 옷 입혔어요.(연보라색 베이스에 노란스마일 그려져 있는 민소매+3부바지 상하복, 팬티는 안 입힘) 그때 시간이 3시쯤이었어요. 동서가 제가 올라갈까요? 근데 저도 외출해서 형님도 찝찝하시죠? 하길래 그래요. 제가 데리고 내려갈게요 했어요.(동서는 빠른 생일이라서 저랑 학년은 같고 년도는 제가 1년 빨라요. 근데 자꾸 같은 학번이다 어쩌다 강조 하길래 서로 맞존대합니다.) 지하 주차장이라길래 데리고 갔더니 보자마자 표정이 싹 변하더니 옷이 이게 뭐냐고 조카한테 물어보네요. 조카가 어푸어푸하고 ##누나옷 입었엉 그래서 제가 입고 온 옷은 다 땀에 젖고 물놀이하고 씻기고 여벌옷이 없어서 딸 거 입혔다. 팬티는 안 입히고 새로 빨아둔 깨끗한 옷 입혔다 했더니 동서가 "형님... 여자애는 남자애 옷 물려받아 입고해도 남자애한테는 여자 옷 입히는 거 아니에요." 이러더라고요. 저도 그 말 들으니깐 기분 상해서 여벌옷도 없는데 그럼 애 벗겨서 데리고 나올까요? 했더니 아니에요. 가볼게요 하더니 애 태워서 가더라고요. 애 돌보고 있는 중간 중간 카톡 와서 무슨 키즈카페 애 맡긴 사람마냥 우리**뭐해요? 사진 좀 보여주세요. 이따구로 말하길래 그때부터 살짝 뭐지? 했는데 보자마자 저딴 소리 하니깐 저도 짜증나서 한마디 했네요. 빈말이라도 애 본다고 수고했다고 인사라도 먼저 했으면 이렇게 기분 상하진 않을 텐데 제가 속이 좁나봅니다. 아까 시동생한테 오늘 고생하셨다고 조카가 오늘 물놀이도하고 누나랑 완전 재미났다고 계속 말했다며 하길래 그랬냐고 다행이다 하고 입고 간 옷은 어차피 작아져서 여름 지나면 못 입는 옷이니 다시 안돌려줘도 된다 그냥 버려도 괜찮아요 하고 톡 보냈어요.(아침에는 시동생과 같이 왔고 오후에 올 땐 동서 혼자옴) 남자아이한테 여자아이 옷 입히면 안 된다는 그런 미신이라도 있나요? 진짜 몰라서 그래요.. 날 더운데 뒤치닥거리 한다고 조금 힘들긴 했지만 둘이서 어찌나 재미나게 노는지 힘든 거 잊고 같이 시간 보냈는데 뭔가 씁쓸하네요....

사례3)에서 글쓴이는 큰며느리로 딸을 하나 키우고 있고, 동서는 한 살 어린 아들을 키우고 있다. 동서네 친정에 일이 있어 아이를 봐달라고 부탁해, 글쓴이는 흔쾌히 수락했고 동서네 아이를 하루 종일 열심히 돌봐줬다. 미니풀장에 물을 받아 물놀이를 두 번이나 하다 보니 동서네 아이 갈아입힐 옷이 없었고, 글쓴이는 딸아이 옷을 입혔다. 동서가 아이를 데리러 왔다가 아이가 입은 옷을 보자 표정이 싹 변하고, 옷이 이게 뭐냐고 아이에게 물어본다. 글쓴이가 물놀이를 해 옷이 없어 딸 옷을 입혔다고 하자, 동서는 "여자애는 남자애 옷 물려받아 입고해도 남자애한테는 여자애 옷 입히는 것이 아니에요."라고 한다. 글쓴이가 기분이 상해 여벌옷도 없는데 벗겨서 데리고 나왔어야 되냐고 하자, 동서는 아니라며 아이를 데리고 간다. 하루 종일 힘들게 봐준 공로는 알아주지 않고, 저런 말이나 하는 동서에게 글쓴이는 기분이 나쁘다.

사례 4 자녀 교육에 관심 없다는 동서

혹시 제 마음 이해해주실 분 계실까 싶어 글 써 봅니다. 저희 시댁은 제 남편 위로 시누이가 있고, 그 아래로 저희 남편, 아래로 시동생이 있어요. 저희 남편과 저는 자녀 교육에 관심이 좀 많은 편이에요. 아무래도 남편과 제가 뒤늦게 공부를 한 이유 때문이 크다고 생각하고 있어요. 저와 남편은 고등학교 졸업해서 만난 사이이고 남편은 바로 취업했다가 야간 대학 갔다가 대학원 석사 갔고 저는 전문대 갔다가 편입 했다가 대학원 석사까지 했어요. 지금 하고 있는 일은 남편은 그냥 회사 다니고 저는 자영업 하고 있구요. 부족하지 않게 벌고 있고 아이는 셋이에요. 큰 애는 초등학교 3학년, 막내는 어린이집 다녀요. 남편과 뒤늦게 공부를 한 상황이다 보니 저희 애들만큼은 제때에 공부를 잘 했으면 좋겠다 그런 마음이 들어서 이것저것 많이 시키고 있고 아이들도 잘 따르고 있어서 다행이라고 생각해요. 이제 시동생네 이야기인데요. 시동생과 동서는 저희가 못한 때에 맞춰 공부를 잘한 사람들이에요. 시동생은 유명 대학 대학원 박사 다 나오고 대기업 연구원이구요. 동서 역시 유명 대학 대학원 박사 다 나오고 대전에 있는 연구소 연구원이구요. 처음에 저는 시동생 부부가 어느 정도인지 잘 몰랐는데 갈수록 느끼고 있어요. 그냥 우리 부부랑은 그냥 차원이 다른 느낌이랄까요. 시동생 부부 아이들은 많이 어린 편인데 시부모님들은 시동생 부부가 워낙 잘난 자식들이라고 생각하시는지 시동생네 아이들에게도 거는 기대가 크신 모양인지 누구누구는 박사가 되려나 교수가 되려나 그런 말씀들을 종종 하시죠. 솔직히 동서네 애들이 나중에 커서 저희 애들보다 더 좋은 대학에 가거나 공부를 잘하거나 하면 너무 스트레스 받을 것 같기는 해요. 정말 다행인 것은 시동생이나 동서는 자녀 교육에 별로 관심 없어하는 것 같아 아직까지 뭘 시키는 것 같지는 않더라구요. 아이들 교구 행사 하는 것이 있어 추천을 해 주려고 연락을 해 봤는데 하는 말이 벌써부터 공부시키고 싶지 않다고 하네요. ㅎㅎㅎ 꼭 저더러 애들 공부 많이 시킨다고 비웃는 것처럼 느껴져서 기분이 별로긴 했는데 그러더라구요. 너무 애들 교육에 관심이 없는 거 아니냐 했더니 솔직히 자긴 관심 없다고 하대요. 나중에 정말 좋아한다고 공부한다고 할 때까지는 굳이 억지로 시킬 생각이 없다고 하는데 솔직히 너무 약 오른다고 해야 하나... 진심인 것 같지도 않고... 아마도 시동생 부부를 닮아 머리가 똑똑할 것 같으니 뭘 조금만 시켜도 잘 따라잡을 수 있을 것 같다고 생각한 것이겠지요. 그렇게 동서한테 한방 얻어맞고 전화 끊는데 참 기분이 비참하더라고요. 저희 애들은 부모 잘못 만나 저렇게 억지로 싫어하는 공부 하는 거고 시동생네 애들은 잘난 부모 둔 덕분에 공부 따로 안 해도 되는 건가 싶어서요. 그냥 속상한 마음에 끄적여 봤습니다.

사례4)에서 글쓴이와 남편은 뒤늦게 공부를 했기에 자녀의 교육에 관심이 많다. 남편은 고등학교 졸업 후 취업을 했다가 야간 대학과 대학원 석사를 졸업했고, 글쓴이는 전문대를 졸업한 후 4년제에 편입을 하고 대학원 석사를 졸업했다. 그래서 아이들은 제때에 공부를 잘 했으면 싶고, 아이들에게 이것저것 많이 시키고 있다. 그런데 동서부부는 제때에 공부를 한 사람들로, 시동생은 유명대학 대학원 박사를 마친 후 대기업 연구소 연구원으로 근무하고 있고 동서 또한 유명대학 대학원 박사를 마친 후 대전에 있는 연구소 연구원이다. 시부모님은 시동생 부부가 워낙 잘난 사람들이라 생각해서 동서 아이들에게 거는 기대가 크다. 동서네 아이들이 나중에 본인의 아이들보다 더 좋은 대학에 가거나 공부를 잘 하면 스트레스를 받을 것 같다고 이야기하는 것을 보면, 글쓴이는 동서에 대한 자격지심도 있어 보인다. 글쓴이가 아이들 교구행사를 하는 것이 있어 추천을 해주려고 동서에게 전화를 하자, 동서는 벌써부터 공부를 시키고 싶지 않다며 나중에 정말 공부하고 싶어 할 때까지 억지로 시킬 생각이 없다고 한다. 글쓴이는 동서의 말이 진심인 것 같지도 않고, 시동생 부부를 닮아 머리가 똑똑할 것 같으니 뭘 조금만 시켜도 잘 따라잡을 수 있다고 생각한 거라고 혼자 추측하고 있다. 그러면서 기분이 비참하다. 자신의 애들은 부모를 잘못 만나 억지로 싫어하는 공부를 하는 거고, 시동생 네 애들은 잘난 부모를 둔 덕분에 공부를 따로 안 해도 되는 건가 싶어서, 글쓴이는 속상하다.

사례 5 형제계 때문에 동서랑 싸웠는데 좀 봐 주세요.

1년 반 전에 결혼한 동서와 언쟁을 좀 했는데 봐 주세요. 저와 남편은 결혼을 좀 일찍 해서 지금 대학교 2학년 올라가는 큰아들, 고2 올라가는 작은아들 있고 동서는 1년 반 전에 결혼해서 이번 설이 세 번째 명절이에요. 막내 아가씨는 아직 미혼인데 결혼 생각 없다고 하구요. 이번 설 명절에 시부모님, 저희 내외, 아들 둘, 서방님 내외, 아가씨까지 9명 모여서 외식해요. 제사 같은 거 없고, 명절 당일에는 시부모님은 교회 가시고 저희랑 아가씨는 그냥 쉬고 동서네는 성당 가요. 그래서 이번 외식 장소 정하면서 뷔페로 가기로 했는데 동서가 지금까지 운영해 온 형제계를 분리하자고 하는데 저는 이게 무슨 얘긴지 모르겠더라고요. 지금까지 한 달에 5만원씩 저희, 서방님, 아가씨가 총 15만원씩 모아왔어요. 그걸로 시부모님 중대사에 써왔는데 예를 들면 명절이나 생신 용돈, 여행비용, 명절 외식비 등등 동서가 시부모님 중대사 비용으로만 쓰고 명절 외식비는 계통장에서 총비용을 쓰지 말자고 하는 겁니다. 그러니까 형제계에서 명절 외식비는 시부모님 것만 쓰고 나머지 식구들은 각자 내자고 하는데 저는 왜 굳이 그렇게 해야 하는지 이해가 안 가고 또 그렇게 정산하면 얼마나 복잡한데 그렇게 하느냐 하니 엄한 아가씨 핑계를 대며 아가씨는 매달 5만원 내고 식사는 자기 혼자밖에 안 하는데 형님에(저희)는 같은 5만원 내고 4식구 와서 식사하면 상대적으로 아가씨가 손해 아니냐면서요. 무슨 식구끼리 그런 걸 따지냐 형제계에 돈이 부족한 것도 아니고 지금까지 그래왔고 굳이 왜 그래야하냐 아가씨도 그렇게 생각하냐 하니 아가씨는 동서 말이 맞는 거 같기도 하다면서 은근 편을 드는데 좀 그렇더라구요. 지금까지 형제계가 동서가 결혼한 것보다 훨씬 오래 되었고 동서는 엄연히 그 돈에 큰 기여한 것도 없는데 갑자기 왜 그러는지 모르겠다 서방님도 아니고 왜 동서가 나서냐 하니 동서는 그럼 서방님 통해 아주버님께 말씀 드리겠다 하는데 얼마나 영악하고 여우같은지요. 시부모님 중대사에 명절에 식구까지 모여 외식비까지 같이 쓰기로 한 건데 얼마나 깐깐하게 구는지 조카 먹는 거 조금 더 낸다고 그러는 건지 하유 저도 정말 동서가 왜 저러는지 모르겠네요. 나중에 어차피 동서가 아이 낳으면 다 돌아갈 텐데 왜 저렇게 속이 좁은 걸까요?

사례5〉에서 글쓴이는 일찍 결혼해 대학교 2학년, 고2 올라가는 아들이 둘 있고, 동서는 1년 반 전에 결혼해 아직 아이가 없다. 막내 시누이도 미혼이다. 이들은 형제계로 한 달에 5만원씩 15만원씩을 모아, 그것으로 시부모님 중대사와 외식비 등으로 사용하여 왔다. 그런데 동서는 이 형제계로 모은 돈을 시부모님 중대사와 명절 외식비 중 시부모님 것에만 사용하고, 나머지 식구들은 각자 정산을 하자고 한다. 동서는 아가씨 핑계를 대며 아가씨는 5만원을 내고 혼자 식사를 하고, 형님은 같은 5만원을 내고 4식구가 식사를 하면 상대적으로 아가씨가 손해가 아니냐고 이야기한다. 아가씨도 은근히 동서 편을 든다. 글쓴이는 형제계를 한 지가 동서가 결혼한 것보다 오래되었고, 동서가 형제곗돈에 큰 기여를 한 것도 아닌데, 갑자기 왜 그러는지 모르겠다. 서방님도 아니고 왜 동서가 나서냐고 하니 동서는 서방님을 통해 아주버님께 말씀을 드리겠다고 하고, 글쓴이는 동서가 영악하고 여우같다. 글쓴이는 조카 먹는 것 조금 더 낸다고 깐깐하게 구는 동서가 속이 좁아 보인다.

사례6 **동서갈등- 자작아님**

······ 그럼에도 시어른들은 뭐 나눠주실 때 해주실 때 똑같이 나누려고 노력하시는 모습이 역력했지만. 참 자격지심 많은 이 동서가. 마음으로 와 닿지는 않더라구요. 시댁 올 때는 허름 그자체로 오고. 한여름에는 덥다고 반 나시에... 가슴이 절벽이라 나시는 야한 표는 안 난다 쳐도. 다 늘어나는 츄리닝 소재의 핫팬츠입고. 앉아서 뭐하는 모습에 한마디 했더니. 그냥 웃고 고치지도 않네요. 아버님도 계시고 아주버님도 계시는데... 팬티색 광고하는지.. 수유할 때도 아무데서나 하더니... 정말 모르는 건지... 아무리 가족이고 아기가 춥다고 해도 정말 이불 뒤집어쓰고 눈물과 땀 흘리며 수유하면 했지 정말 대놓고 아무데서나 가슴 내놓고 못하겠던데... 동서가 그리서 그런지... 쿨 하셔서 그런지 애 추운데 자꾸 나가서 먹인다고 시부모님들이 화 내시더라구요... 정말 좋은 분들인데... 그럴 때 스트레스는 ..... 그래서 시댁... 시댁하나 싫네요.······

사례6)에서 동서는 시댁에 올 때 허름하게 옷을 입고 오는데, 한여름에는 나시에 다 늘어난 츄리닝 소재의 핫팬츠를 입고 와 앉아 있으면 속옷이 다 보인다. 글쓴이가 말을 해도 동서는 웃을 뿐 고치지 않는다. 수유도 아무데서나 했었다. 근데 문제는 동서가 가슴을 드러내놓고 가족들이 보는 앞에서 수유를 했기에, 글쓴이가 아이를 데리고 수유를 하러 나가면 시부모님이 애 추운데 나가서 먹인다고 화를 낸다. 글쓴이는 시부모의 행동에 스트레스를 받고, 그렇게 행동하는 동서가 싫다.

사례 7 저한테 서운하다는 동서....

> 동서가 아이를 낳았습니다. 이제 삼칠일 됐네요... 엊그제 난거 같은데 벌써... 조리원에 2주 있다 저번 주부터는 시댁에서 몸조리 하고 있습니다. 어머님이 저희 애를 봐주시느라 몸조리 못해주신다고 조리원 보내주셔서... 근데 첫애라 목욕시키는 거랑... 여러가지로 모르는 게 많으니 걱정이 됐는지 어머니께 한 열흘 몸조리 해달라 했나 봅니다. 저는 시어머님께 애 맡겨놓고 일주일에 두 세 번 가는데 간만에 아이를 보니까 새롭고 저희아이도 너무 좋아라하고...자기가 형이라고 얼마나 챙기는지 정말 웃깁니다. 근데 울동서가 저한테 서운한건... 저녁을 먹고 있었죠. 시부모님, 우리 내외, 서방님과 동서... 피자랑 치킨을 맛있게 한참 먹던 중... 저의 조카가 울기 시작했죠. 배 고픈가 봅니다. 근데 울동서 밥 먹다 말고 젖먹이더군요. 울 신랑과 시아버님 식사하다 말고 당황하는 빛이 역력하더군요. 물론 그럴 수 있겠지요... 제가 편하게 방에 가서 먹이라니까 괜찮다고 피자 먹어가면서 아이 젖을 먹이는데 저도 좀 황당하던데... 저는 분유 먹여 키워서 그런지 좀... 민망~~~ 아무리 시아버님 시아주버님 앞에서 아무렇지도 않게 그럴 수 있는지... 물론 잘못된 행동은 아니지만 좀 가려서 해줄 필요는 있지 않을까 해서... 방에 가서 먹이라고 두 번 애기했는데 그게 엄청 서운했나봐요. 산후 우울증인가... 별것도 아닌 거에 말을 꺼낸 저도 웃기지만 그 말에 서운하다는 동서도 쫌 이해가 안돼서... 그러러니 넘겨도 될 것을 얼마나 서운했으면 그랬을까 싶어 그런 뜻 아니라고 사과는 했는데 제 기분이 영~~~~ 왜 이런지... 제가 이상한가요?

사례7〉에서 동서는 아이를 낳아 이제 삼칠일이 됐고, 조리원에서 나와 시댁에서 열흘간 몸조리를 하고 있다. 글쓴이도 시어머니께 아이를 맡겨놓아 일주일에 두세 번 시댁에 간다. 저녁으로 시부모님, 글쓴이 부부, 동서네 부부가 피자랑 치킨을 먹고 있었는데, 아가가 배가 고파 울기 시작했다. 그러자 동서가 밥을 먹다말고, 시아버지와 시아주버님이 있는 데서 모유수유를 하기 시작했다. 글쓴이는 동서에게 편하게 방에 들어가서 먹이라고 했지만 동서는 피자를 먹어가며 모유수유를 하고 글쓴이는 그 상황이 민망했다. 글쓴이가 두 번이나 방에 들어가서 먹이라고 한 게 동서는 서운했고, 글쓴이는 동서에게 사과를 했지만 기분이 영 안 좋다.

사례 8 동서와의 갈등... 답답해 미치겠습니다... 제 사연 좀 봐 주세요

안녕하세요. 저는 몇 년 전에 취업에 성공해 결혼생활을 하고 있는 직장인입니다. 다른 게 아니라 얼마 전에 동서와의 마찰로 인해 관계가 틀어져 있는 상태인데... 제가 이상한건지, 다른 분들의 생각을 좀 들어보고 싶어 이렇게 글을 올립니다. 구구절절이 다 설명 드리긴 내용이 너무 길구요. 저의 경우 결혼 생활출발을 나쁘지 않게 시작해서 경제적으로 여유가 좀 있는 편이고 동서네의 경우 가진 돈이 없어 경제적으로 여유가 없습니다. 제가 이런 상황을 알기 때문에, 금전적인 지출(식사, 가족행사 등등)이 발생하였을 때 부담을 주지 않으려고 대부분 나서서 해결하는 편이거든요. 그런데 얼마 전에 사건이 한 번 있었습니다. 구정연휴 때 발생한 일입니다. 점심식사 도중 장모님이 저녁에 영화나 한편 보자고 말씀하셨고 여느 때처럼 제가 영화표를 예매하려고 하였으나, 동서가 본인이 영화시간을 알아보겠다고 하더군요. 그래서 영화표 예매하면 팝콘이나 다

른 걸 사야겠다고 생각하고 있었구요. 저녁까지는 시간이 좀 있었고 명절이고 하니 납골당을 가기위해 차 한 대로 이동을 했습니다. 돌아오는 길에 저희 와이프가 얘길 했습니다. 제부! 영화표는 예매하셨어요? 동서가 말하길, 저희(동서+처제)건 예매 했구요, 장모님거랑 형님네거만 하시면 돼요. 이렇게 얘기하더군요. 정말 어처구니가 없었습니다. 그래도 가족인데... 어떻게 저럴 수가 있는 거죠? 뒤통수를 맞은 느낌이었습니다. 서운한 감정을 갖고 있다가, 어제 어떤 사건이 계기가 되어 이 부분에 대해서 얘기했더니 동서는 그게 잘못된 행동이 아니라고 하더군요... 본인들은 SK VIP라 무료 영화권이 있는데 그건 두 명 밖에 할 수 없는 거기 때문에 본인들 것만 한 것에 대해 잘못된 행동이 아니라고 하네요... 상식적으로, 본인들이 무료 영화권 2장이 있다고 하더라도 가족을 위해서 나머지 3명 분까지 예약해야하는 것 아닌가요? 너무 어처구니가 없어서 다른 분들의 의견이 듣고 싶습니다. 저런 동서와의 연을 계속 이어나가야할지 고민되네요... 참고로 저건 빙산의 일각이거든요.... 의견 좀 부탁드릴게요~

사례8)의 글쓴이는 남자로 아랫동서와의 마찰로 관계가 틀어져있는 상황이다. 글쓴이의 경우 결혼생활 출발을 나쁘지 않게 시작해 경제적으로 여유가 있는 편이고, 동서네는 가진 돈이 없어 여유가 없다. 이런 상황을 알기에 글쓴이는 금전적인 지출이 발생하였을 때 동서에게 부담을 주지 않으려고 대부분 나서서 해결을 했다. 그러던 중 구정연휴에 장모님이 영화나 한 편 보자고 했고, 동서가 영화시간을 알아보겠다고 했다. 그래서 글쓴이는 동서가 영화표를 예매하면 팝콘이나 다른 것을 사려고 생각하고 있었다. 나중에 와이프가 "제부, 영화표를 예매했냐?"고 하자, 동서는 저희 것은 예매했다며 장모님과 형님네 것만 예매를 하면 된다고 말한다. 글쓴이는 그래도 가족인데, 자신들의 표만 예매한 동서를 이해할 수 없고 동서의 행동이 서운하다. 그러다가 어제 다른 사건이 계기가 되어 이 부분에 대해 이야기했더니, 동서는 자신들은 sk vip라 무료 영화권이 있는데 그것은 두 명 밖에 사용할 수 없다면서 본인들 것만 예매한 행동이 잘못된 것이 아니라고 한다. 글쓴이는 무료 영화권이 2장 있다고 해도, 나머지 가족 3명분까지 예약해야 되는 것이 아닐까 생각하며, 동서와의 인연을 계속 이어가야 될 지 고민이다.

사례 9 동서랑 처제한테 서운하네요ㅜㅜ

얼마 전 저희 어머니께서 하늘나라로 가셨는데 당시에는 경황도 없고 정신이 없었는데 시간이 지나 곱씹어보니 좋은 것들도 있지만 서운한 것들도 생기더라고요. 그 중 하나가 동서랑 처제 문제인데 제가 속이 좁은 걸까요? 저는 부산에 살고 있고 동서네는 전주에 살고 있는데 서로 애들 나이가 비슷합니다. 8살, 7살, 6살, 5살 각자 2명씩 자녀가 있는데 상을 치루다 보니 장례식장이 전주였는데 내심 애들이 신경 쓰이더라고요. 그래서 와이프한테 애들 좀 처제한테 맡기는 게 어떻겠냐고 하니 처제가 알겠다고 하더라고요. 장례식장에서 처제집까지 거리가 차로 30분 내외인데 갈 때 와이프가 애들을 데리고 처제네로 데려다주고 왔습니다. 문제는 그 후였는데 저희 5살 먹은 둘째딸이 엄마가 보고 싶다고 계속 울었나 봐요. 시간이 밤9시 정도였고 그때 당시에 장례식장 손님이 좀 들어와서 정신없을 때였는데 와서 데려가라고 연락이 온 것 같더라고요. 와이프가 갑자기 다녀온다길래 알겠다고 하고 지나갔는데 내심 뻔히 상 치르고 있는 거 아는데 자기네가 좀 데려다주면 하는 바람이 저에게 있었나 봐요. 그렇게 와이프가 애들 데리고 오고 나서 담날에 동서네 식구가 조문을 왔는데 부조를 10만원 했더군요. 평소 제가 동서네집 가면 애들 용돈부터 처제용돈까지 챙겨주고 명절에는 소고기 선물세트 20만원짜리 사다주고 처제 차 샀다고 해서 40만원 쓰라고 줬었는데 부조금은 그렇다 치더라도 와서 하는 이야기가 위로보다는 장인어른, 장모님 돌아가시면 어떡하나 라는 푸념을 더 이야기하더라고요. 차라리 고생 많으시네요 하고 갔으면 나았을 건데 그런 이야기 들으니 짜증나긴 하더라고요. 그렇게 지나고 와이프한테 동서네한테 서운하다 그랬더니 충분히 그럴 수 있다 하는데 좀 있으면 명절인데 어떻게 대해야할지도 모르겠고 갑갑하네요.

사례9)의 글쓴이도 남자이다. 글쓴이 어머니가 돌아가셨는데, 장례식장이 처제네와 30분 거리였다. 두 아이를 처제네에 맡겼는데, 저녁에 글쓴이의 5살 둘째딸이 엄마가 보고 싶어 운다고 데려가라고 연락이 왔다. 밤 9시라 문상객이 많아 정신없을 때 아내는 아이를 데려온다고 나갔고, 다음날 동서네가 조문을 왔는데 10만원을 부조(扶助)하며 돌아가신 분에 대한 위로보다는 장인과 장모님이 돌아가시면 어떡하나는 푸념을 하고 간다. 글쓴이는 상 치르고 있는 걸 뻔히 알면서 아이를 데리고 가라고 한 일이나, 평소 자신이 동서네에 한 것에 비해 적은 부조금이나, 위로보다는 푸념을 하고 간 동서네한테 짜증이 난다. 아내한테 이야기를 하니 충분히 그럴 수 있다고 하는데, 글쓴이는 명절에 동서네를 어떻게 대해야될지 모르겠고 갑갑하다.

그렇다면 〈하회 유(柳)씨네가 잘 된 유래〉나 〈구대진사(九代進士)〉 설화는 이러한 현대 사례들에 어떻게 적용될 수 있을까?

이 두 설화에서 모르는 남자에게 자신의 젖을 먹인 며느리의 행동은 동일하게 나타난다. 그러나 그에 대한 시부모의 반응은 전혀 다르다. 〈하회 유씨네가 잘 된 유래〉에서는 큰며느리가 작은며느리가 한 행동을 시아버지한테 이야기하며 험담하자, 시아버지는 사람을 살렸으니 잘한 것이라며 큰며느리를 혼내고 작은며느리를 칭찬한다. 반면에 〈구대진 사〉에서는 큰며느리가 작은며느리가 한 행동을 시부모한테 이야기하자 작은며느리는 친정으로 쫓겨나게 된다. 이것은 동일한 행동이라도 그것을 받아들이는 사람에 따라, 그 반응은 전혀 다를 수 있다는 것을 이야기한다. 설화는 가치관이나 생각의 차이로 인해 동서갈등 상황에 있는 당사자에게 이 부분을 집어줄 수 있다.

사례1〉에서 동서가 자식을 하나 낳든 둘 낳든 그것은 글쓴이와는 아무 관련이 없는 일이다. 시어머니가 동서 때문에 속이 타들어간다는 것도, 글쓴이가 상관할 바가 아니다. 부부가 서로 상의하여, 본인들의 상황에 맞춰 자녀계획을 세우는 것은, 오히려 합리적인 행동으로 보인다. 건조기를 사드리자며 반을 보태라고 하는 것도 글쓴이의 일방적인 의견일 뿐 동서가 원한 일은 아니다. 자신과 동서의 생각은 다르다는 것을 글쓴이는 인정할 필요가 있다. 사례2〉에서도 글쓴이의 남편이 동서 성격이 참 좋다고 하는 것을 보면, 동서는 단지 글쓴이와 성향이 다를 뿐이다. 이것은 누가 옳다 그르다의 문제가 아니다. 그냥 서로가 다름을 인정하면 된다.

사례3〉에서는 동서 간에 가치관이나 신념의 차이가 나타난다. "여자애는 남자애 옷을 입혀도 되지만 남자애는 여자애 옷을 입히면 안 된다."는 동서의 말을 필자도 들어본 적이 있다. 예전 남아선호사상이 팽배했을 때 만들어져 전해진 말이 아닐까 싶다. 안 믿는 사람에게는 이상한 소리로 들리겠지만, 그것을 믿는 사람에게는 일종의 신념이 될 수도 있다.

과거 서양에서 남아에게 여장을 시키는 것이 유행한 때가 있었으며, 일본에서도 남자애가 어릴 때 여자옷을 입혀 키우면 튼튼하게 자란다는 속설이 있었다. 우리나라에서도 조선시대 갓난 사내아이에게 여자아이 모자를 씌우면 튼튼하게 자란다는 풍문이 있었다고 한다. 이것은 동서의 말과는 또 다른 미신의 예일 것이다. 하여간 이 사례에서 동서갈등의 시작은 신념의 차이에서 비롯된다. 사례4〉또한 자녀교육에 대한 가치관의 차이일 뿐이다. 아이가 원하기 전까지 공부를 시킬 생각이 없다는 동서의 말은, 자녀에 대한 동서의 교육 철학일 뿐이다. 동서의 말을 이리저리 비틀며 곡해하는 것은 오히려 글쓴이로 보인다. 동서의 자녀교육관이 나와는 다르다고 인정하면 된다.

사례5〉에서 글쓴이는 본인의 생각에만 사로잡혀 있다. 글쓴이네는 네 식구가, 시동생네는 부부가, 막내 아가씨는 혼자서 식사를 하는데, 동일한 금액을 내는 것은 제3자가 보기에도 불공평해 보인다. 글쓴이는 형제계 때문에 동서와 싸웠다고 하는데, 이건 동서와 싸울 일이 아니라 지금까지 행한 불공평한 상황에 대해 글쓴이가 미안해하고 바로잡아야 될 일이다. 만약 동서가 결혼하고 1년 반이 지나는 동안, 글쓴이나 글쓴이 남편이 한번이라도 형제계가 아니라 자비로 식사비용을 지불했다면 동서 입에서 저런 말이 나왔을까 싶다. 무조건 동서가 영악하고 여우같다고 할 것이 아니라, 동서의 입장에서 자신의 행동을 돌아볼 필요가 있다.

사례6〉과 사례7〉은 모유수유가 문제가 되는데, 사례6〉의 경우에는 동서가 시부모님이 보는 앞에서 모유수유를 했었기 때문에, 글쓴이가 밖에 나가서 수유를 하려고 하면 시부모님은 오히려 화를 낸다. 사례7〉의 경우에는 시아버지와 시아주버님이 보는 데서 모유수유를 하는 동서가 민망하다. 근데 모유수유의 문제 또한 글쓴이와 동서의 생각의 차이일 뿐이다. 아이의 밥이라고 생각해 버스나 지하철 안에서 모유수유를 하는 엄마도 있고, TV에서도 시댁식구들 앞에서 모유수유 하는 모습이 방영되기도 한다. 한쪽에서는 민망할 수도 있는 일이, 한쪽에서는 아무렇지도 않은 일이 될 수도 있다.

　사례8)에서 글쓴이는 자신들의 영화표 2장만 예매한 동서가 어처구니가 없다. 근데 어떤 사건이 계기가 되어 그 얘기를 꺼냈는데, 동서는 글쓴이의 서운한 감정은 아랑곳없이 그것이 잘못된 행동이 아니라고 한다. 글쓴이는 동서와의 인연을 이어 나가야될 지 고민을 하는데, 이 경우는 글쓴이가 자신의 서운함을 설명해도 동서의 생각이 변할 것이라 생각되지 않는다. 그러므로 동서의 생각이 자신과 다르다는 것을 인정하고, 동서를 배려하려고 애쓸 것이 아니라 큰사위로서의 자신의 역할에만 충실하면 된다. 사례9)에서도 글쓴이는 평소 자신이 동서네에 한 것에 비해 배려 받지 못했다는 것에 서운하고 짜증이 난다. 근데 아내한테 자신의 서운함 점을 이야기했을 때, 아내는 충분히 그럴 수 있다고 답변을 한다. 이 경우는 먼저 동서와 처제에게 자신의 서운함을 '나-전달법'을 사용하여 이야기할 필요가 있다. 글쓴이의 서운함을 동서네가 인정한다면 사과할 것이고, 그렇지 않다면 그럴 수밖에 없는 상황을 설명할 것이다. 그 상황 설명이 납득이 된다면 글쓴이의 마음 또한 풀릴 것이다. 만약 상황을 설명해도 여전히 짜증나고 서운함 마음이 남는다면, 그들의 생각이 자신과 다름을 인정하면 된다. 아내가 동서네가 충분히 그럴 수 있다고 하는 것은, 아내의 생각 또한 글쓴이의 생각과 다르기 때문이다. 그 후에는 동서네가 하는 만큼만 글쓴이도 대우를 해주면 된다. 해주고 못 받아 서운해 하기보다는, 본인이 서운하지 않을 정도만 해주는 것이, 글쓴이의 정신건강에 이로울 것이다.

5. 동서와의 외적 차이(경제력 외)

1) 설화에 나타나는 갈등양상

이 항목에서 살펴볼 설화는 동서와의 외적인 차이로 인해 동서갈등이 유발되는 경우이다. 여기서 외적 갈등이라는 것은 경제력이나 학문이나 가문 등 외적으로 드러나는 요인으로 인해 갈등이 생긴 경우를 말한다.

먼저 살펴볼 설화는 〈셋째 사위[1]〉이다. 대강의 줄거리는 다음과 같다.

어느 집에 세 딸이 있었다. 첫째와 둘째 딸은 선비와 결혼을 했고, 막내는 연애결혼을 하여 가난하였다. 장인이 막내사위를 미워하여 막내딸과 막내사위를 건너산에 움막을 지어 살게 했다. 부부가 움막에서 가난하게 살았는데, 부인이 남편에게 글을 가르쳐 주었다. 얼마 후 과거를 보러 첫째와 둘째 사위가 서울에 올라가게 되었다. 막내사위도 겨우 두 동서들을

---

1) 『한국구비문학대계』 7-6, 715-718면, 달산면 설화112, 이기백(남, 71).

쫓아 서울로 따라 올라갔다. 과거 시험을 보고 난 다음 위의 두 동서는 참봉이 되었지만 막내사위는 대번에 영의정이 되었다. 위의 사위들이 도임을 하는 날 막내딸이 남편에게 형님들 도임하는 곳에 가보라고 하였다. 막내사위가 손윗동서들을 찾아갔지만 그들은 막내사위에게 방안에 들어오라는 소리도 하지 않았다. 밖에는 비가 내려 막내사위의 옷이 다 젖었지만 방 안의 두 사위는 장기를 두며 막내사위를 무시하였다. 한참이 지난 후 두 사위가 서로 밖에 나가보라며 미루고 있으니 장인이 막내사위에게 방안으로 들어오라고 하였다. 그러나 막내사위는 방안으로 들어가지 않았다. 결국 온 집안 식구들이 다 나와서 막내사위에게 들어오라고 하니 그제서야 막내사위가 안으로 들어갔다. 그 후로는 처갓집에서 막내사위에게 함부로 하지 못했다. 막내사위는 잘 살았고 그 집안에서는 대대로 정승이 나왔다.

어느 집에 세 딸이 있었는데, 첫째와 둘째딸은 선비와 결혼을 했고 막내딸은 연애를 해 가난한 사람과 결혼을 하였다. 장인이 막내사위를 미워하여 건너 산에 움막을 지어 살게 했다. 부부가 움막에서 가난하게 살았는데 부인이 남편에게 글을 가르쳤다. 얼마 후 과거를 보러 두 사위가 서울로 올라가게 되었는데, 막내사위도 겨우 두 동서를 따라 서울로 갔다. 과거시험 결과 두 동서는 참봉이 되었고, 막내사위는 영의정이 되었다. 두 동서가 도임하는 날 막내딸은 남편에게 손윗동서들이 도임하는 곳에 가보라고 하였고, 막내사위가 손윗동서들을 찾아갔지만 동서들은 막내사위에게 방안에 들어오라는 소리도 하지 않는다. 밖에는 비가 내려 막내사위의 옷이 다 젖었지만 두 동서는 방안에서 장기를 두며 막내사위를 무시하였다. 한참 지난 후에 두 손윗동서가 서로 나가보라며 미

루고 있으니 장인이 막내사위를 방안으로 들어오라고 했다. 막내사위가
거부하자 결국 온 집안 식구들이 다 나와 막내사위를 들어오라고 했고,
그제야 방안으로 들어갔다. 이후 처갓집에서는 막내사위에게 함부로 하
지 않았다.

　이 설화에서는 막내동서와 자신들은 다르다고 생각하는 두 동서의 특
권의식이 드러난다. 두 동서가 비가 오는 날 막내동서를 밖에 세워두고
자신들은 장기를 두고 있는 것은, 이들이 철저하게 막내동서를 무시하
기 때문이다. 비에 젖은 막내동서를 들어오라고 할 때도, 이들은 서로 밖
에 나가보라며 그것조차도 미룬다. 즉 신분의 격차로 인해 동서들 사이
에는 갈등이 유발된다.

　〈괄시 받은 막내사위의 보복[2]〉 설화에서도 학문과 가문의 차이로 인
해 동서갈등이 유발되고 있다. 이 설화는 2장 '장인 혹은 장모의 편애·
차별'에서 살펴보았기에 대강의 줄거리는 각주로 대신한다.[3] 여기서는

---

2) 『한국구비문학대계』 7-9, 76-81면, 안동시 설화 22, 김용년(남, 62).
3) 어느 재상가 집에서 맏사위와 둘째 사위는 학문과 가문이 좋았지만 막내사위는 그에
　비해 많이 모자랐다. 그래서 처가 식구들이 막내사위를 모두 미워하였다. 그러던 어느
　날 장인과 맏사위, 둘째 사위가 모여 막내사위를 놀리기로 했다. 시회를 열어 장인이
　운을 띄우기로 했는데, 장인이 "산지고혜다석고혜(山之高兮多石高兮), 산이 높은 연
　고는 돌이 많은 연고이다."라고 했다. 그러자 기고만장하던 맏사위와 둘째 사위가 머
　뭇머뭇 했는데 그 사이에, 막내사위가 말석에 앉았다가 "천지고혜다석고혜(天之高兮
　多石高兮), 하늘이 높은 까닭도 돌이 많은 연고입니까?"라 했다. 그러자 장인이 "구지
　선폐장경고야(狗之善吠長頸故也), 개가 잘 짖는 것은 목이 긴 연고로다"라 했다. 그러
　자 막내사위가 얼른 "와지선폐장경고야(蛙之善吠長頸故也). 개구리가 짖는 것도 목
　이 긴 연고입니까?"라고 했다. 장인이 "노류부장열인고야(路柳不長閱人故也), 길가
　버들은 사람이 밟은 탓에 크지 않는다."라고 하자, 막내사위가 "빙모부장열인고야(聘
　母不長閱人故也), 장모가 자라지 않은 것도 사람들이 와서 밟아서 그런 것입니까?"라
　고 했다. 장인은 사위에게 욕을 보이려다가 실컷 당하고 말았다. 일이 이렇게 되자 장

큰사위와 둘째 사위가 연합하여, 자신과 격차가 있는 막내사위를 놀리고 욕보이려 한다. 〈월컥덜컥 등남산⁴⁾〉 설화에서는 학문적인 격차로 인한 동서갈등이 나타나는데, 이 설화는 3장 '동서들 간의 편가르기'에서 살펴보았기에 대강의 줄거리는 각주로 대신하겠다.⁵⁾ 이 설화에서 큰사위는 나머지 동서들에 비해 글을 못 하였다고 제시되었는데, 글을 못 했다는 것은 학문적으로 격차가 있다는 것을 의미한다.

다음으로 〈세 형제 세 동서의 우애⁶⁾〉 설화이다. 대강의 줄거리는 다음과 같다.

한 양반이 자식 삼 형제를 두었는데 공부를 시키지 못했다. 어느 날 한학을 공부한 사람이 이 집안의 맏며느리로 시집을 오게 되었다. 옛말에 맏동서를 잘 얻으면 집에 사람도 잘 들어온다고 하여 시아버지가 안심하

인과 맏사위와 둘째 사위는 다시 막내사위의 지혜를 시험을 보는 것이 좋겠다고 생각했다. 그리하여 막내사위를 데리고 산으로 갔다. 막내사위가 낌새를 알아채고 풀을 가리키면서 이게 뭐냐고 물었다. 장인이 바보 같다면서 범어부채도 모르냐고 했다. 그 말을 들은 막내사위가 바로 장인의 멱살을 잡고 질질 끌어 당겨서 집에 오더니 문을 힘껏 닫고 큰일 났다고 하였다. 장인이 왜 그러느냐고 묻자, 막내사위는 범이 부채를 두고 갔으니 찾으러 올 텐데 얼른 피해야 되지 않겠느냐고 말했다. 그리하여 장인이 욕을 보이려다가 자신이 단단히 욕을 보고 말았다. 그 뒤로 막내사위를 괄시하지 않고 맏사위와 둘째 사위를 멸시하기 시작하였다.
4) 『한국구비문학대계』 1-8, 538-540면, 영종면 설화95, 조삼성(남, 73).
5) 한집에 사위 셋이 있었는데 큰사위는 다른 사위들에 비해 글을 잘 못했다. 어느 날 아래 동서들이 큰사위를 골탕 먹일 마음에 산에 올라가서 술을 마시며 시를 짓자고 제안했다. 큰사위는 아래 동서들에게 순서를 양보하고 마지막으로 글을 지었다. 큰사위는 "월컥덜컥 등남산(登南山)하니, 여기저기 도화춘(桃花春)이라. 언문진사(諺文眞書) 섞어 작하니, 시비자(是非者)는 황견자(黃犬者)."라고 읊었다. 자신의 시를 시비하는 사람은 개아들이라고 한 것이다.
6) 『한국구비문학대계』 2-4, 777-780면, 현남면 설화84, 김진열(남, 56).

게 되었다. 시아버지가 그럭저럭 육십을 살아 환갑잔치를 하게 되었다. 삼 형제가 모여 앉아 이야기를 하다가 이 지방에서 우리보다 의리가 좋은 형제들은 없을 것이라고 하였다. 환갑잔치가 끝나고 맏며느리가 남편에게 우리 가정이 화목한 이유를 아느냐고 물었다. 그러자 남편이 우리삼 형제가 잘 해서 그런다고 대답하였다. 그러자 맏며느리가 어디 한번보라면서 시험을 하기로 했다. 일주일이 지나고 다시 그 집안에서 잔치를 하게 되었다. 그런데 이번에는 맏며느리가 동서들에게 일절 음식을 내주지 않았다. 그러자 작은동서들이 맏며느리를 괘씸하게 여기고 그 후로는 자기들만 챙기기 시작했다. 일 년이 지나자 형제들 간에 서로 다투고때리면서 싸우기 시작했다. 그때 맏며느리가 삼 형제와 동서들을 다 같이한 자리에 모이게 했다. 그리고 서로 잘잘못을 이야기하게 했더니 동서들이 서로 누가 무엇을 잘못했다고 전부 이야기를 하였다. 그러자 맏동서가참을 인(忍)자가 쓰여 있는 종이를 잔뜩 꺼냈다. 그것은 지난 일 년 간 맏동서가 다른 두 동서에게 섭섭할 때마다 적어서 모아온 것이었다. 그것을본 다른 두 동서가 자신들이 잘못한 것을 깨닫게 되었다. 그 뒤로 다시 세집안이 화목하게 잘 살았다.

어떤 양반이 삼 형제를 두었는데, 학식 있는 맏며느리를 얻었다. 맏며느리를 잘 얻었다고 시아버지가 안심을 했고, 그럭저럭 육십을 살아 환갑잔치를 하게 되었다. 삼 형제가 이 지방에서 우리보다 의리가 좋은 형제들은 없을 것이라고 했는데, 환갑잔치가 끝나고 맏며느리가 남편에게우리 가정이 화목한 이유를 아느냐고 물었다. 남편은 우리 삼 형제가 잘해서 그런다고 대답하였다. 일주일이 지난 후 그 집안에서 다시 잔치를하게 되었는데, 맏며느리가 동서들에게 일절 음식을 내주지 않았고, 작은동서들이 맏며느리를 괘씸하게 여겨 그 후로는 자기들만 챙기기 시

작했다. 일 년이 지나자 형제들 간에 서로 다투고 때리면서 싸우기 시작
했다. 맏며느리가 삼 형제와 동서들을 다 불러 모이게 한 후 서로의 잘
잘못을 이야기하게 했다. 동서들은 서로 누가 무엇을 잘못했다고 전부
이야기를 하였다. 그러자 맏동서가 참을 인(忍)자가 쓰여 있는 종이를
잔뜩 꺼냈는데, 그것은 맏동서가 다른 두 동서에게 섭섭할 때마다 적어
모아온 것이었다. 그것을 본 다른 두 동서가 자신들이 잘못한 것을 깨닫
게 되었고, 그 뒤로 다시 세 집안이 화목하게 잘 살았다.

이 설화가 큰며느리의 역할에 대해 이야기하고, 큰며느리가 참아줌으
로써 집안이 화목하게 유지됨을 보여준다면, 다음의 〈우애는 안동서들
이 연다[7]〉 설화는 동서 사이에 갈등이 생기는 이유에 대한 통찰을 제공
한다. 대강의 줄거리는 다음과 같다.

결혼한 삼 형제가 편모를 모시고 살고 있었는데, 그 집안에는 늘 인정
이 넘쳤다. 삼 형제는 자신들의 인정이 좋아 그렇다고 하고 동서들은 자
신들의 인정이 좋아 그렇다고 했다. 내외간에 서로 우기자 하루는 큰동서
가 일을 한 번 벌여보려고 했다. 큰동서는 남편을 불러 베를 매려고 하니
셋째 동서에게 가서 뭔가 얻어 오라고 했다. 큰동서는 셋째 동서를 몰래
불러 시숙이 오면 내외간에 뭘 먹다가 얼른 감추라고 일러두었다. 큰형이
셋째에게 갔는데 동생 내외가 뭔가를 먹다가 휙 감춰버리는 것이었다. 큰
형은 마음이 상해 그냥 집으로 돌아갔다. 다음날 둘째 동서가 남편을 불
러 큰집에 가서 들말을 얻어 오라고 했다. 이번에도 동서들끼리 먼저 만
나 계획을 짰다. 둘째는 큰 형에게 갔다가 형님 내외가 뭔가를 먹다가 휙
감추는 것을 보고 마음이 상해 그냥 돌아갔다. 그 후 삼 형제는 장도 따로

다니고 서로 왕래를 하지 않았다. 형제들끼리 정이 딱 갈라지자 큰동서는 찹쌀로 술을 빚어 놓고 동생 내외를 전부 불렀다. 모두 모이자 큰동서는 그 동안 집에 인정이 넘친 것은 다 동서들 사이가 좋아서 그런 것이라고 했다. 그 후 삼 형제는 다시 화해를 하고 예전처럼 잘 지냈다.

결혼을 한 삼 형제가 홀어머니를 모시고 살았는데, 그 집안에는 늘 인정이 넘쳤다. 삼 형제는 자신들이, 동서들은 자신들이 인정이 좋다고 하였다. 내외간에 우기자, 큰동서는 남편에게 셋째 동서에게 가서 뭔가를 얻어오라고 하고, 미리 셋째 동서를 불러 시숙이 오면 내외간에 뭘 먹다가 감추라고 일러두었다. 큰형이 셋째에게 갔다가 동생 내외가 뭔가를 먹다 감추자 마음이 상해 그냥 집으로 돌아갔다. 다음날 둘째 동서가 남편을 불러 큰집에 가서 들말[8]을 얻어 오라고 했다. 둘째가 큰 형에게 갔다가 형님 내외가 뭔가를 먹다가 감추는 것을 보고 마음이 상해 그냥 돌아갔다. 그 후 삼 형제는 장도 따로 다니고 왕래도 하지 않았다. 형제들끼리 정이 갈라진 후 큰동서는 술을 빚어 동생 내외를 전부 불렀다. 모두 모이자 큰동서는 그 동안 집에 인정이 넘친 것은 다 동서들 사이가 좋아서 그런 것이라고 했다. 그 후 삼 형제는 화해를 하고 예전처럼 잘 지냈다.

설화는 동서들의 역할이 집안에서 얼마나 중요한가를 보여주는 동시에, 관계라는 것이 사소한 일로도 얼마든지 깨어질 수 있다는 것을 이야기해 준다. 여기서 한 일이라고는 내외간에 무언가를 먹다가 감춘 것뿐이다. 하지만 그 일은 형제의 마음을 상하게 하고, 용건조차도 해결하지

---

8) 베를 짜는 일에 쓰이는 용구. 도투마리를 지탱하는 작용을 한다. 방아가지 모양으로 되어 있으며 움직이지 않도록 무거운 돌로 눌러둔다.

않고 집으로 돌아가서는, 같이 있는 것조차 꺼리게 만든다.

이런 줄거리의 설화들이 『한국구비문학대계』에는 12편이 수록되어 있는데, 이들을 [여자에게 달린 형제의 우애]라고 명명하였다. 다른 작품들은 앞서 제시한 〈우애는 안동서들이 연다[9]〉설화처럼 형제들을 서운하게 만들어 이들의 우애를 끊어놓지만, 〈동서들의 화목[10]〉〈형제간의 우애는 여자탓[11]〉 설화에서는 조카를 서운하게 만들어 조카가 부모에게 전달하게 함으로써 형제들의 우애를 끊어놓는다.

2) 현대 사례들과 설화의 적용

다음에서는 동서와의 외적차이로 인해 동서갈등이 나타나는 사례들을 살펴보기로 하겠다. 먼저 손아랫동서가 손윗동서보다 나이가 많을 때, 호칭으로 인한 동서갈등이 발생할 수 있다. 사례1)~ 사례6)은 이러한 사례들이다.

> **사례 1** 형님이 저랑 여자끼리 한판 붙자는데 어떡해하나요?

> 형님과 저는 둘 다 신혼부부에요. 1년 차이 두고 결혼했고 둘 다 20대 후반인데 제가 형님보다 1살 많아요. 그래서 서로 존칭을 쓰는데 형님은 이게 마음에 안 들었나 봐요. 시댁 가서도 저랑 라이벌 구도 형성하고 내

9) 『한국구비문학대계』 7-15, 548-550면, 무을면 설화50, 김기인(남, 71).
10) 『한국구비문학대계』 5-6, 679-681면, 영원면 설화20, 김철중(남, 75).
11) 『한국구비문학대계』 7-10, 332-333면, 법전면 설화7, 김태강(여, 74).

가 동서보다 이쁜 거 같아 그렇죠? 이러고 대체 왜 저러는지 그냥 무시했거든요 시부모님이 저희 갈등 심한 거 알고 안 만나게 하려고 저번 추석에 저희 여행 보내주고 이번 설에는 아주버님네 여행 보내주기로 했거든요 근데 자기가 안가고선 동서는 참 예의도 없네요. 그러면서 여행 보내주신다고 그걸 또 가냐고 갈구고 저도 사람인데 화가 나잖아요. 신랑은 그냥 무시하라는데 그러다가 형님네가 이번에 집들이를 했는데 저랑 신랑이랑 과일이랑 고기정도 사갔거든요. 형님이 주방에서 일하고 계시길래 그냥 저는 앉아있었더니 동서 와서 좀 도와 하는 거 그냥 안했어요. 그러고 둘이 있을 때 동서는 손 하나 까딱 안하네요?? 사람이 그러면 안 된다고 잔소리 게다가 오늘 저 일하고 있는데 전화 와서는 동서나 나나 서로한테 쌓인 거 많을 텐데 푸는 게 어떠냐고. 어떻게 푸실 거냐니까 아주버님 토요일에 출근하면 자기 집으로 오라네요. 한판 붙자고요. 전 처음 무슨 소린가 멍 때리는데 이게 싸우잔 거였어요. 몸싸움이요. 그렇게 스트레스 풀자는데 참 어이가 없어서 ㅋㅋ 서로 합의하에 싸우면 상관없다는데 저도 내심 진짜 가만 안두고 싶긴 하거든요. 싸우고 서로 입 다물자네요. 계속 대답 안한다고 자신 없어요? 이러는 거 알았다고 했거든요. 이거 뒤탈 없는 거 맞는 걸까요? 혹시 문제 생기진 않겠죠? 계속 고민 중인데 어떻게 해야 할 지 모르겠어요.

　사례1)에서 글쓴이와 형님은 둘 다 20대 후반으로 글쓴이가 형님보다 1살이 많다. 그래서 서로 존칭을 하는데, 형님은 맞존대를 하는 것이 마음에 안 들었는지 시댁에서도 라이벌 구도를 형성하고, 자신과 글쓴이를 비교하며 글쓴이의 신경을 자극했다. 시부모님도 동서 간에 갈등이 심한 것을 알고 안 만나게 하려고 노력하셨다. 형님네 집들이 날, 글쓴이는 형님에 대한 감정이 쌓여 도와달라는 형님의 요구를 거절했다.

오늘 글쓴이에게 형님이 전화를 해, 토요일에 아주버님이 출근하고 나면 본인 집에서 한 판 붙자는 제안을 한다. 몸싸움을 하자는 거였다. 글쓴이는 내심 형님을 가만 두고 싶지 않은데, 혹여 싸움 뒤 문제가 생길까봐 고민 중이다.

사례 2 ○○씨라고 부르자는 동서

호칭은 제가 형님인데 동서가 저 보다 나이 많아서 그러신지? 우리 호칭은 ○○씨라고 부르자고 하네요. 어른들 앞에서는 눈치껏 호칭 생략하자며 웃는 말투로 제안하는데 그건 아닌 거 같다고 했더니 읽씹 했어요. 나이 어린 사람한테 형님하고 동서라고 불리는 게 그리 기분 나쁜가요?

사례2)에서는 자신보다 나이가 많은 동서가 글쓴이에게, 호칭을 '누구씨'로 부르자고 제안을 한다. 어른들 앞에서는 눈치껏 호칭을 생략하자고 해, 글쓴이가 그건 아닌 것 같다고 답을 하니 읽고 아무 말이 없다. 글쓴이는 나이 어린 사람한테 형님이라고 부르는 것이 그리 기분 나쁜 일이냐고 묻고 있다.

사례 3 동서 때문에 미치겠어요!!

안녕하세요. 저는 30살 좀 넘긴 한 남자의 아내입니다. 진짜 다짜고짜 이런 말 하기는 뭐하지만 진짜 미치겠네요.…… 문제는 저희 동서인데요. 저희 동서는 저보다 나이도 많고 직장도 있습니다. 저랑 계 남편은 결혼한 지 3년이 되어가고 동서는 도련님과 결혼한 지 1년이 넘었습니다. 그런데 인사를 오는 날부터 저에게 "나이도 내가 더 많은데 그냥 부모님 앞에서만 형님이라 할게~ 괜찮지?" 이러는 겁니다. 너무 어이가 없어서 여기서 당하면 당하겠구나... 이런 마음에 "그건 아닌 거 같네요. 제가 나이가 어리긴 하지만, 제가 형님이니 존댓말은 써주세요 저도 함부로 하지 않을 테니까요." 이랬더니 왜 이렇게 빡빡하게 구냐며 은근슬쩍 넘어가려 해 확실히 담판은 지어서 저에게 존댓말은 하고 있습니다. 지금 생각하니 다행이라고 생각합니다. 안 그랬음 더 무시를 당했을 테니까요. 저희 시집은 모임이 그렇게 많지는 않습니다. 그러나 제가 홀시어머니기 때문에 그냥 많이 가는 편이에요. 어머님도 잘해주시고 애기(2살)도 할머니를 좋아해서요. 그런데 이걸 가지고 뭐라 하네요. "형님은 정말 사회생활 잘하실 거 같아요~ 이렇게 어머니께 잘하는걸 보니까.. 나가서도 윗분들에게는 잘해드리겠네요" 아니 뭐.. 일한다고 유세떠는 것도 아니고 남편이 나가있으면 저 혼자 있기 뭐해서 어머니랑 있는 것도 죄인가요? 그럼 자기도 오던지 시집 일이라면 일을 만들어서라도 안 오는 사람이 이렇게 저한테 뭐라 해도 되는 건가요? 다른 분 계실 때는 안 그러고 저랑 둘이 있을 때만 이런 식으로 비꼽니다.

사례3)에서 글쓴이에게는 본인보다 나이가 많은 동서가 있다. 인사를 오는 날부터 글쓴이에게 나이도 본인이 더 많으니 시부모님 앞에서만 '형님'이라고 하겠다고 하는 것을, 제가 형님이니 존댓말은 써달라고 해 그렇게 하고 있다. 손아랫동서는 글쓴이가 시어머니한테 자주 가는 것을 보고 형님은 정말 사회생활을 잘 하실 것 같다면서 비꼰다. 글쓴이는 그런 동서가 마음에 안 들고 싫다.

사례 4 남녀 결혼하신 분들에게 진짜 궁금해서...

> 와이프는 34 저는 39입니다. 와이프는 위로 한 살 차이나는 언니가 있고요. 여기서 한 살 차이나는 언니가 한 살 어린 남자랑 결혼을 했습니다. 문제의 갈등이 여기서 시작됩니다. 손윗동서가 저보다 5살 어린 상황에서 호칭의 문제가 있어 어색한 문제와 더불어 주변에서도 불편해 합니다. 제 입장에서 5살 어린 사람한테 형님이라고 하는 게 솔직히 쉽지는 않네요. 그렇다고 그쪽에서도 족보상 위라고 저한테 형님 하기는 싫어라 하는 눈치이고.. 이런 경우 다른 분들은 어떻게 하는지가 정말 궁금합니다. 현재 상황은 제가 제 아들 이름과 더불어 누구 이모부라고만 부릅니다. 웬만해서는 서로 호칭 안 부르고 있구요.

사례4)는 남성의 글이다. 아내는 한 살 차이가 나는 언니가 있고, 그 언니가 한 살 어린 남성과 결혼해 글쓴이에게는 5살 어린 손윗동서가 생겼다. 글쓴이 입장에서는 자신보다 5살이나 어린 사람한테 형님이라고 하는 게 쉽지 않다. 현재는 아들이름을 넣어 '누구이모부'라고 부르고 있다. 이런 경우 다른 분들은 어떻게 하는지 궁금하다.

사례 5 나이 많은 손아랫동서

> 나이 많은 동서한테 말 놓으시는 분들 계시나요? 제 동서가 저보다 2~3살 정도 나이가 많은데 맞존대를 하고 있거든요 결혼한지는 이제 3~4년 되었구요. 시댁에서는 자꾸 말을 놓으라고 하시는데 그게 잘 안되네요. 동서입장에서 괜히 기분 나쁠 거 같아서 계속 존대를 하게 되더

라구요. 동서랑 맞존대 하는 게 이상한가요?? 시어머님은 저보고 반말하라고 해요. 동서 있는 데서 반말하라고 하는데 저는 그냥 네 하고 대답만 하고 동서는 그냥 가만히 있더라구요?? 그래서 제가 반말하면 동서가 기분이 나쁠 수도 있겠다 싶어서 계속 존댓말하게 되더라구요. ㅎㅎ 신랑은 저보고 왜 바보같이 말을 못 놓느냐고 뭐라고 하는데 요샌 보니까 손아랫동서라도 나이가 많으면 서로 존댓말 쓴다고 하더라 반말하면 상대방이 기분 나빠 한다고 이야기해줘도 이해를 못하더라구요. 존대하는 제가 이상한 거예요?? 동서에게 이제 말 편하게 하겠다고 말을 하고 이번 추석부터는 말을 놓아야 하는 건가요~~ 참 답답합니다. 신랑이랑 말도 안통하고 휴 제 자신도 답답하고 휴

　사례5)의 글쓴이는 자신보다 나이가 많은 동서에게 맞존대를 하고 있다. 시어머니는 글쓴이에게 계속 말을 놓으라고 하지만, 동서입장에서 기분이 나쁠 것 같아 그렇게 하는 것이 쉽지 않다. 남편은 말을 못 놓는 아내에게 바보 같다고 뭐라고 한다. 요즘은 손아래라도 나이가 많으면 맞존대를 한다고 해도 이해하지 못한다. 글쓴이는 이번 추석부터 동서에게 말을 놓아야 하는 건지 답답하다.

사례 6 나이 많은 손아랫동서의 호칭은?

　전 막내고 나이도 젤 어려서 상관없지만 저희 첫째 형님과 둘째 형님 얘기예요. 둘째 형님이 첫째 형님보다 나이가 더 많아요. 근데 첫째라고 둘째 형님한테 이름을 부르더라구요. 반말도 하고 둘째 형님은 첫째 형님한테 형님 그리고 존댓말하고 이게 참 보기 거시기 하더라구요. 제가 만약 둘째 형님 상황이라면 참 기분이 나쁠 것 같아요. 서열상 위라도 나이

> 가 어리면 아랫동서라도 OO아 이렇게 이름을 막 부르는 건 아니라고 생
> 각하거든요. 그냥 동서라고 부르면서 서로 존대를 해야 맞는 거 아닌가
> 요? 저는 막내니까 뭐라 할 입장도 안 되고 그냥 보기가 안 좋더라구요.
> 둘째 형님은 말은 안 해도 기분 나쁠 듯 그래도 다행히 이래라 저래서 막
> 불쾌하게 시키고 그런 건 없더라구요. 여러분들은 이럴 때 호칭을 어떻게
> 하시나요?

사례6)은 제3자의 입장에서, 동서 간의 호칭문제에 대한 생각을 작성
한 글이다. 글쓴이는 셋째 동서로 둘째 형님이 첫째 형님보다 나이가 많
다. 첫째 형님은 둘째 형님의 이름을 부르며 반말을 하고, 둘째 형님은
첫째 형님한테 형님이라고 하고 존댓말을 한다. 서열상 위라도 자신보
다 나이가 많은 아랫동서의 이름을 부르는 건, 아니라는 생각이 든다. 글
쓴이는 막내라 뭐라고 말할 입장은 아니지만, 보기도 안 좋고 둘째 형님
기분도 나쁠 것 같다.

돈이 문제가 되어 동서갈등이 유발되기도 한다. 시댁 관련 지출에서
문제가 발생하기도 하고, 시댁의 재산분배가 문제가 되기도 하고, 경제
력의 차이로 인해서도 동서갈등이 유발된다. 사례7)~사례14)는 이러한
사례들이다.

사례 7   동서와의 갈등

> 제가 큰며느리 동서가 하나 있지요…… 도련님이 결혼을 할 때 시모
> 가 동서 모르게 2천만원을 도련님한테 빌려주는 조건으로 결혼자금을
> 주었습니다. 분명히 집 담보대출 받아서 빌려주었는데 이것을 도련님이

동서에게 말하지 말라고 해서 그냥 준 걸로 알고 있습니다. 2천만원에 이자는 도련님이 비자금으로 챙겨주는 걸로 알고 있구요. 참고로 전 사고 쳐서 임신을 해서 큰애가 4살이 될 때 결혼식을 올렸습니다. 그것도 도련님이 내년에 결혼을 해야 하니 저희보고 알아서 하라고 해서 저흰 10월 도련님 다음해 2월에 동거해서 4년 동안 큰며느리 어쩌구 저쩌구 하는 거야 당연한 거구 전 아무것도 해준 거 없으면서 도련님만 2천만원을 빌려주시니 넘 서운하더라구요. 참고로 전 아직도 월세살고 있습니다. 그런데 얼마 전 아버님이 카드빚이 천만원이 생기셔서 그것을 도련님이 갚아주기로 했습니다. 쉽게 생각하면 도련님이 빌려간 돈 2천만원 중에서 천만원 갚아준 건데 그걸 우리랑 5백씩 나누자고 합니다. 그리고 저의 집안의 땅이 하나 있는데 그걸 공동명의인데 그냥 도련님 앞으로 우리가 넘겼지요. 시가는 한 천만원이 좀 안되지만 하여간 땅도 넘기고 그걸로 해서 해결을 우선 하였는데 동서는 그게 아닌 거죠. 어찌 되었건 자기 돈이 천만원이 나간거지요. 땅이야 팔릴 때까지는 돈이 아니니까. 도련님이 시모한테 2천 빌려간 건 동서는 전혀 모르니 그래서 그런지 영 사이가 아니네요. 동서가 아이를 낳을 때가 되어서 아가방에서 옷 하나 사고 깨끗한 거 몇 개 보냈는데 이건 원 받았다는 전화도 없네요.…… 아니 왜 내가 아무 이유 없이 동서한테 오해를 받아야 하는 겁니까. 동서가 얼마나 대단하길래 그걸 비밀로 삼아서 내가 미움을 받아야 되냐고요. 내가 동서의 입장이라도 내 신랑이 돈 빌려온 거 모르고 시모한테 돈 가면 아까울 거 같고 나도 큰형님이 돈 안 보태니 넘 싫을 거 같은데 왜 그 짓을 내가 참아야 하는지 참고로 동서와 전 사이가 그리 나쁜 편은 아닌데 돈 문제 터지고 보니 전화도 안하고 하여간 어찌해야 되는지 제가 5백을 주어야 맞는 것인지 아니면 도련님하고 이야기를 해야 하는 건지 열 받아서 터뜨려버려야 하는 건지. 동서가 아예 날 사람 취급을 안 하네요.

사례7〉에서 글쓴이는 돈 문제로 동서와 사이가 틀어져버렸다. 시동생이 결혼을 하면서 시댁에서는 결혼자금 2천만원을 빌려주는 조건으로 대출받아줬고, 이자는 시동생이 내고 있으며, 동서는 그 사실을 모른다. 얼마 전에 시아버지가 카드빚이 천만원이 생겨 시동생이 갚아줬는데, 그걸 글쓴이네와 5백만원씩 나누자고 한다. 글쓴이 생각으로는 시동생이 빌려간 2천만원에서 천만원을 갚았다고 생각하면 되는데, 시동생이 2천만원을 빌려온 걸 모르니 동서는 형님이 돈을 안 낸다고 생각한다. 글쓴이는 동서에게 오해를 받는 게 싫고, 이후 동서는 형님을 사람 취급도 안한다.

사례8 시부상 때 밥값 못 내겠다고 난리친 동서

아들 둘에 맏이 남편과 사는 맏며늘입니다. 맏이가 뭔지 이래저래 마음 써야 하는 일들이 많더이다. 아랫동서는 저랑 동갑입니다.…… 결혼 후 첫 가족 모임에서 저를 형님으로 안 부르고 '저기요'로 부르더군요. 그 땐 저도 30대 초반이라 감정 상하더라구요. 마음의 준비가 덜돼 형님 소리 안 나오니 그리 아시라고 통보하더라구요. 울친정에서 형님 소리 못 듣는다고 죽는 거 아니고 시어매도 감당 못하는 며늘인 거 같으니 똑같은 짓 하지마 하시길래 그러려니 넘어갔고 이젠 40 중반의 나이인데도 저는 여전히 저기요입니다.ㅎㅎㅎ…… 3년 전 저의 시부께서 갑자기 돌아가셔서 상을 치렀습니다. 저와 남편은 둘 다 직장 다녀 조문객이 많았어요. 애사에 찾아주시는 거 감사하고 마음의 빛이니 오신 분들 경조사 저도 챙겨야겠죠. 문제는 동서네 조문객이 거의 없더라구요. 상 치르면서 비용 절반씩 하기로 했는데 조문객이 너무 없어서 저는 혼자 일단 자기

들 부주 들어온 것만 받고 모자라는 건 제가 다 부담하려 했는데 동서라
는 물건이 지들 손님은 없는데 우리 손님들 많이 와서 밥 많이 먹고 가는
거 돈 못 내겠다며 친지 어른들 다 있는 데서 난리가 났어요. 지들 10프로
만 내겠다고 저 어른들 앞에서 말했어요. 10프로도 내지마라 식대는 내
가 다 책임진다. 이런 날은 지나가는 걸인도 들어오라 해서 밥 한 끼 대접
하는 날이라구요. 부주 나누는 문제로 다툼 있다는 말은 가끔 들어봤지만
조문객 밥 많이 먹고 간다고 테클 거는 건 첨 듣고 당하는 일이라 참으로
당황되더이다. 그렇다고 동서네가 못 사는 거 아닙니다. 늘 돈 자랑합니
다. 지방이지만 아파트 두 채에 땅에 건물에 자랑을 그리하면서 시아버지
상갓집에 조문객 밥 먹는 밥그릇 숫자 세는 거 보고 만정 떨어졌어요. 그
이후로는 왕래 없습니다.

사례8)에서 3년 전 시아버지가 갑자기 돌아가셔서 상을 치렀다. 글쓴
이네는 동서네와 상 치르는 비용을 절반씩 부담하기로 했는데, 글쓴이
와 남편은 직장에 다녀 조문객이 많은 반면 동서네는 거의 없었다. 동서
는 형님네 조문객이 밥을 많이 먹고 갔다면서, 10프로만 내겠다고 친지
어른들 있는 데서 난리를 쳤다. 시아버지 상갓집에서 조문객들 밥그릇
숫자 세는 것 보고 만정이 떨어져, 그 이후로는 왕래가 없다.

사례 9 동서네 세뱃돈

저희 집은 딸 하나가 있구요... 동서네는 아들만 셋이에요. 시댁에는 애
들이 대학에 입학하면 줄 수 있도록 회비를 주기적으로 걷고 있어요. 그
래서 누군가 대학에 들어가면 설날에 회비 통장에서 100만원씩을 꺼내
줍니다. 통장 관리는 동서네가 하고요. 그리고 여지껏 동서네 아들 셋 중

에 두 명이 대학을 갈 때 회비와는 별개로 남편과 저는 입학금 100만원을 따로 주었어요. 아직 셋째 아들은 고2구요. 올해는 제 딸이 대학을 가게 되었습니다. 그런데 오늘 받은 세뱃돈을 확인해보니 10만원만 주었더라 구요. 회비는 50만원만 주고요. 물론 아들 셋 몫인 300만원을 바라는 건 아니지만, 저희는 딸 하나인데 10만원만 받은 것이 조금 서운해서요. 남편은 뭐 어떠냐며 넘어가자는데... 돈 가지고 서운한 감정, 속상한 감정 느끼기 싫은데 괜스레 그러네요. 그냥 남편 말대로 조용히 넘어가는 것이 맞을까요?

사례9>에서 글쓴이네는 딸이 하나, 동서네는 아들만 셋이다. 시댁에서는 애들이 대학에 입학할 때 줄 수 있도록 회비를 걷는데, 설날에 회비 통장에서 백만원을 꺼내준다. 동서네 아들 두 명이 대학을 갈 때, 글쓴이네는 회비와 별개로 입학금 백만원을 따로 주었다. 그런데 이번에 딸아이가 대학을 가게 되었는데, 회비에서는 50만원을 동서네는 세뱃돈으로 10만원을 주었다. 남편은 그냥 넘어가자고 하는데, 글쓴이는 좀 서운하다.

사례 10 저희를 너무 비참하게 만드는 동서네 너무 싫네요

시댁에는 형제이고 저희 남편이 장남입니다. 저희집 둘째가 고2고, 시동생네 큰애가 고2라 동갑이에요. 시댁, 저희 친정, 동서네 친정 모두 같은 지역이고 그렇다보니 저희집 애들이랑 시동생네 애들도 서로 연락하는 사이에요. 시동생네 큰애가 카톡 프로필로 이어팟 사진을 올려서 둘째가 물어봤는데 재난지원금 나온 거 부모님이 자기 몫이라고 줬고 그

걸로 샀다고 하더래요. 그 얘기를 하면서 둘째가 저에게 자기도 자기 몫으로 나온 재난지원금을 달라고 해서 일단 저는 안 된다고 했습니다. 그건 우리 생활비로 써야 하고 너에게 들어가는 식비며 학원비며 책값 그런 걸로 쓸 거라고 그래서 따로 너에게 줄 건 없다고 못 박았죠. 그랬더니 그 때부터 사촌 누구는 부모님 잘 만나서 자기 몫의 재난지원금도 따로 챙겨주는데 왜 자기는 못 받냐며 투정 부리고 밥 안 먹고 말도 안 하고 정말 미쳐버리는 줄 알았습니다. 그 와중에 남편은 그냥 비교하게 하지 말고 25만원 현금으로 주라고 그러구요. 현금으로 줄 25만원이 어디 있나요? 재난지원금이 현금으로 나온 게 아니라 카드로 쓸 수 있게 나온 거잖아요? 안된다고 했더니 그럼 25만원어치 사고 싶은 거 사게라도 해 주라고… 생활비 펑크 나는 거는 생각도 안 하고 철없는 소리만 하는 남편이에요. 재난지원금 얼마나 기다렸는데 제 속도 모르구요. 근데 생각해보니 더 어이없었던 건 시동생네는 애초에 재난지원금 대상이 아니거든요. 그래서 제가 동서에게 어쩔 수 없이 전화해서 물어봤어요. 통화 내용을 요약하면 이래요. 재난지원금 나왔냐? - 아니다, 우린 대상 아니라고 했다. 우리 둘째가 너희 큰애에게 들었는데 재난지원금 25만원 나온 거 자기 몫이라고 부모님이 준 거로 이어팟 샀다고 했다던데? - 둘째에게는 재난지원금 나왔다고 했고 25만원 니 몫이라고 준 건 맞다. 왜 나오지도 않는 재난지원금을 나왔다고 했냐? - 재난지원금 대상이 아니라는 걸 애들한테 얘기해주고 싶지 않았다. 내 상식으로는 이해가 안 된다. 있는 그대로 안 나오면 안 주면 되는 거지 굳이 안 나온걸 나왔다고 하고 25만원 줄 필요 있냐? - 괜히 애들한테 우리가 부자라는 오해하게 하고 싶지 않다. 애들도 알건 다 안다 그거 숨긴다고 숨겨지는 거 아닌데 괜히 큰애한테 25만원 준 거 때문에 우리만 난처해졌다. 첨부터 안 받았다고 하고 안 줬으면 됐을 것을 왜 쓸데없는 일을 해서 우리만 힘들게 하나? - 무엇이 어떻게 난처한지 모르겠다. 동서네가 큰애한테 재난지원금 애 몫이라고 25만 원 준 거 때문에 우리 둘째 애도 자기 몫을 달라고 난리다. 왜 사촌끼리 이런 비교를 당해야 하나? – 집안마다 기준이 다르고 사정이 다름을 설명하면 되지 않나. 이제 고2다 동서 정말 나쁜 사람이다. 동서네는 부자여서 재난지원금 애들 몫으로 줄 수 있지만 우린 가난해서 생활비로 써야 해서 못 준다는 말을 내 입으로 우리 애들한테 하란 말이냐? 이러고 전화를 끊었습니다. 정말 글을 쓰면서도 너무 동서가 사이코패스 같고 치가 떨리게 싫어요. 동서 혼자 결정한 것은 아닐 테니 동서와 서방님의 저 말도 안 되는 재난지원금을 애들 몫이라고 준 돈 때문에 괜히 비교 당한 우리 애만 불쌍해진 거 같습니다. 그냥 재난지원금 안 받았으면 안 받았다고 하면 되는 거지 그걸 안 받은 게 뭐 엄청난 부자라고 그걸 숨기겠다고 애한테 받았다고 거짓말 치고 그걸 현금으로 애한테 줘서 우리 애만 상처받게 된 건지 정말 이해가 안 됩니다. 너무 속상하고 억울하고 동서네가 너무 싫고 언젠가 한번은 동서네가 가난이 뭔지 알게 되는 날이 왔으면 좋겠어요.

사례10〉은 경제력의 차이로 인해 동서와 갈등이 생긴 경우이다. 글쓴이의 둘째와 동서네 큰애는 동갑이다. 시동생네 아이가 카톡 프로필에 이어팟 사진을 올렸고, 둘째가 물어보니 자신의 몫으로 나온 재난지원금으로 샀다고 했다. 글쓴이네 둘째는 자신도 자기몫으로 나온 재난지원금을 달라고 했고, 글쓴이는 생활비로 쓸 돈이기에 안 된다고 했다. 그때부터 아이는 밥도 안 먹고 말도 안하고 투정을 부렸고, 글쓴이는 미쳐버리는 줄 알았다. 근데 본인 생각에 시동생네는 애초 재난지원금 대상이 아니기에, 동서에게 전화를 해 물어봤다. 동서는 재난지원금 대상이 아니지만 아이가 부자라고 오해하는 게 싫어 재난지원금이 나왔다고 했다고 말했다. 글쓴이는 왜 나오지도 않은 재난지원금이 나왔다고 해 본인을 힘들게 만드느냐고 자신의 상황을 설명했고, 동서는 집안마다 기준이 다르고 사정이 다름을 설명하면 된다고 한다. 글쓴이는 "동서네 는 부자라 재난지원금을 자기몫으로 줄 수 있지만 우리는 가난해서 생활비로 써야 해 못 준다."는 말을 자신의 입으로 하라는 거냐고 하며 전화를 끊는다. 글쓴이는 동서가 치가 떨리게 싫고, 동서네가 가난이 뭔지 알게 되는 날이 왔으면 좋겠다.

 사례 11 **동서에 대한 제 마음이 뭘까요…**

저희 남편 시댁에서 장남이고, 아들 둘 두고 있어요. 아래로 결혼해서 아이 하나 있는 시누이, 또 그 아래로 결혼한 지 1년 조금 넘은 동서 있어 요. 평범한 저희 친정과 달리 집안도 좋고 형편 넉넉한 동서 친정 서방님 이 결혼 전부터 집 가지고 시작하고 넉넉한 동서 친정 뒷받침 되니 저희 집과는 재산 불어나는 속도 자체가 다르네요. 그러니 시어머니 시아버지 동서에게 저와는 다르게 동서에게 말 가려서 하는 게 눈에 보이고 동서 도 참 당당하네요. 지난주 주말에 시아버지 생신인데 식당은 못 가니 시 댁에 고모님들까지 모두 모여 식사하는데 형제곗돈 모은 거에 동서네가 돈 조금 더해서 케이터링 업체 불러서 뷔페처럼 차려서 먹었네요. 시부모 님도 참 그런 것이 분명 제가 그렇게 했으면 돈ㅈㄹ 한다고 분명 야단치 셨을 걸요? 저녁에는 간단히 남은 음식이랑 미역국 끓여둔 거해서 드신 다고 밥 차리는데 애들 먹을 것이 부족해 뼈치킨 3마리 순살 1마리 시켜 먹으려고 하는데 시어머니 남자들은 바람피면 안 되니 날개 먹지 말고 다리 먹으라고 그렇게 남자들은 다리 먹고 여자들은 날개로 자연스럽게 나뉘는데 동서는 그럼 여자들은 날개 먹고 바람피워도 되나요? 그 한마디에 서방님 안절부절 하면서 동서 앞 접시에 있던 날개가 다리로 바꿔네요. 시어머니 역시 옛날부터 있던 말이라 그런 거라며 일부러 그런 거 아니다 변명하기 시작하고 누가 봐도 동서의 날카롭게 비꼬는 말… 제가 저런 말을 했으면 과연 시어머니는 저런 변명을 했을까 싶고 참 기분이 그렇더라구요.

사례11〉에서 글쓴이의 남편은 장남이고, 아래로 결혼한 지 1년이 조금 넘은 동서가 있다. 평범한 친정과는 달리, 동서의 친정은 집안도 좋고 형편도 넉넉하다. 동서네는 집도 가지고 시작했기에 재산 불어나는 속도 자체가 다르다. 시부모님도 동서에게는 말을 가려하는 게 눈에 보이고 동서도 참 당당하다. 주말에 시아버지 생신을 케이터링 업체를 불러 뷔페를 차려먹었다. 본인이 그렇게 했으면 뭐라고 하셨을 시어머니가 동서가 한 것에 대해서는 아무 말씀도 없다. 저녁에 치킨을 시켰는데 남자들은 바람피우면 안 되니 다리를 먹으라고 말해 남자는 다리, 여자는 날개로 자연스럽게 나뉘었다. 그런데 여자들은 날개 먹고 바람피워도 되냐는 동서의 비꼬는 말에, 서방님은 안절부절 하고 동서 앞에 있던 날개가 다리로 바뀐다. 시어머니는 일부로 그런 것이 아니라고 변명을 하는데, 동서가 저렇게 당당하게 나올수록 글쓴이는 마음이 답답하고 힘이 든다.

사례 12 　동서 때문에 머리가 아픕니다.

36살 결혼 4년차 유부남입니다. 아직 아이는 없고 와이프는 35살입니다. 와이프는 아래로 두살 어린 여동생이 있구요 그 여동생, 그러니까 처제가 작년 봄(2018년 봄)에 결혼을 했습니다. 동갑내기와 결혼을 해서 동서(처제 남편)는 저보다 3살 어립니다. 올해 33살이네요. 처음 봤을 때 인상부터 성실해보이고 착해보여서 참 좋았는데 실제로도 좋은 남자인거 같아서 처제가 사람 하나는 잘 골랐다고 저뿐만 아니라 가족들 모두가 마음에 들어했습니다. 그리고 실제로 결혼한 후에도 지금까지 아주 잘하고 있어요. 가족들 모두가 좋아해요. 그런데......시간이 지나면 지날수록 제 머리가 아파옵니다ㅠㅠ 저는 평범한 직장인인데 동서는 집안 대대로 이어오던 사업을 하고 있어요. 애초에 처제도 그 회사를 다니다가 동서를 만나 결혼을 했구요. 집안이 부자인 걸 떠나서 동서 자체도 부자입니다. 그래서 씀씀이가 일반 사람들이랑 달라요. 와이프가 정확히 말을 해주지 않아서 잘은 모르겠지만 장인어른, 장모님께 매달 각각 수백단위 용돈을 드리는 거 같고 결혼한 지 1년도 안됐는데 벌써 해외여행만 4번을 보내드렸네요. 그것도 전부 일등석에 최고급 호텔, 개인 가이드, 사진사까지 붙여서요ㅠㅠ 처가댁 리모델링도 했고 가구랑 가전도 전부 바뀌었습니다. 저한테 내색 하는 사람은 아무도 없지만 그게 전부 동서가 해줬다는 걸 모를리가 없죠ㅠ 심지어 이번에는 차도 바꿔드렸네요 그것도 장인어른, 장모님 두 분 따로요. 거기다가 동서 부모님은 동서한테 사업 물려주신 뒤로 캐나다에 살고 계셔서 흔히 말하는 시댁이 없는 상태나 마찬가지에요 이게 은근히 신경 쓰이는 부분인데 저는 특별한 효자는 아니지만 그래도 저희 부모님 생신 때 찾아뵙고 어버이날 시간 되면 인사드리고 명절 때는 당연히 가게 되는데 아무래도 제가 최대한 신경 쓴다고 해도 와이프한테는 시댁이 불편할 수밖에 없고 알게 모르게 고부 갈등도 있을 수 있는데 처제는 또 그런 일이 하나도 없으니까 명절이나 어버이날 이럴 때는 무조건 처가댁에 와 있어서 괜히 그게 비교가 되고 눈치가 보이네요.ㅠ 물론 장인어른, 장모님은 우리 큰사위, 큰사위 하시면서 잘

> 대해주시고 동서와 처제도 형님, 형부 하면서 잘 따라줍니다 동서는 착
> 하고 예의가 있어서 만날 때면 기분 좋고 같이 맥주 한 잔 하면 재밌고 즐
> 거울 정도에요 그런데.........시간이 지날수록 스스로 자격지심을 느낀다는
> 거죠ㅜㅜㅜ

　　사례12〉에서도 동서간의 경제력의 차이로 인한 갈등이 조심스럽게
드러나는데, 글쓴이는 결혼 4년차로 동서는 자신보다 3살이 어리다. 인
상부터 성실하고 착해 보였고 결혼한 후에도 지금까지 아주 잘해 가족
들 모두가 동서를 좋아한다. 근데 시간이 지날수록 글쓴이는 머리가 아
파온다. 자신은 평범한 직장인인데 반해, 동서는 집안 대대로 이어져 오
는 사업을 하고 있고 동서 자체도 부자라 씀씀이가 일반 사람들과는 다
르다. 장인과 장모에게 매달 수백 단위의 용돈을 드리고 결혼한 지 1년
도 안됐는데, 최고급으로 해외여행만 벌써 4번을 보내드렸다. 처가댁 리
모델링에, 가구와 가전, 자동차까지 모두 바꿔드렸고 동서 부모님은 사
업을 물려준 뒤 캐나다에 살고 있어 시댁이 없는 상태나 마찬가지이다.
명절이나 어버이날은 무조건 처가에 와있어, 괜히 동서와 비교가 되고
눈치가 보인다. 처가에서는 글쓴이를 큰사위라고 잘 대해주고, 동서와
처제도 잘 따른다. 그런데 시간이 지날수록 스스로 자격지심을 느끼게
된다.

사례 13 동서가 인연 끊자네요. 시댁재산문제

> 저희는 결혼 11년차 부부이고 아이는 없어요. 원래부터 아이는 안 갖
> 고 합의했습니다. 서방님네는 아이둘이고. 이번 연휴에 시댁에 갔더니

아버님이 제산문제에 대해서 논의하셨습니다. 아버님이 몸이 안 좋으세요. 요양원에 들어가시고 나머지는 아버님이 선주신데 고기잡이배만 몇 척 가지고 계십니다. 근데 아버님이 서방님과 동서네에게 많이 주고 싶어해요. 동서네가 아이들도 어리고 해서 가계에 보탬 됐으면 좋겠다 하시는 거 남편은 그렇게 한다고 하는데 저는 이해가 가질 않아서 글 올려봐요. 이 문제로 동서네랑 크게 싸웠어요. 동서가 아버님께 잘한 건 사실이지만 저도 11년 동안 할 도리 하고 살았습니다. 그리고 아이들이 어린거와 재산이 무슨 상관인가요? 시어머니는 오래전 돌아가셨고 자식들뿐인데 재산으로 차별하는 게 말이 되는 건가요? 아버님은 마음 굳히신 거 같고 동서는 저에게 정떨어졌다며 인연 끊자는데 어차피 왕래도 거의 없었어요. 남편은 저한테 너무하다는데 지 밥그릇도 지가 못 챙기는데 누가 너무한 건가요? 그리고 만약에 아버님이 동서네에게 몰아줄 경우 법적으로 받아낼 방법도 있을까요?

사례13)은 시댁 재산 분배로 인해 동서갈등이 생긴 경우이다. 글쓴이는 결혼 11년차로 아이는 없고, 동서네는 아이가 둘이다. 연휴에 시댁에 가니 시아버지가 재산분배에 대해 말씀하셨는데, 동서네가 아이들도 어리고 해서 가계에 보탬이 되었으면 좋겠다고 동서네에게 많이 주고 싶어 하신다. 글쓴이의 남편은 그렇게 한다고 하는데, 글쓴이는 이해가 가지 않는다. 이 문제로 동서와 크게 싸웠는데, 동서는 글쓴이에게 정떨어졌다며 인연을 끊자고 한다. 글쓴이는 재산으로 차별을 하는 것이 말이 안 된다고 생각한다.

사례 14 딩크 동서네도 재산 상속을 받나요?

저희 남편이 첫째고 저희 집에 아들 둘 키워요. 동서네는 이런저런 이유로 딩크에요. 자세한 상황은 알아볼까봐 안 적어요. 오늘 아버님께서 재산은 싸움 안 나게 법대로 반 반 준다는 식으로 말씀하시던데 자식도 없는 동서네가 유산 상속 받는 게 맞나요?? 저희 아들들이 대를 이어서 제사도 지내고 애들 키우느라 저희 집이 훨씬 돈도 많이 들고 아버님도 우리 아들들 엄청 좋아하시는데 딩크 선언한 순간 재산에서는 손 떼는 줄 알았는데 당황스럽네요.; 남편은 맞는 말이라고 허허거리고 있는데 진짜 갑갑해요. 이때까지 음식도 제가 더 많이 하고 아버님한테 손주들 데려가서 시간도 더 많이 보내고 제사 준비도 거의 저희가 하고 제가 이 집에서 혼자 했던 고생들을 생각하면 정말 배신감 느껴지네요. 필요한 사람을 줘야지 왜 저러시는지 모르겠어요. 더 많이 주시는 것도 아니고 반 반 주신다고해서 한 대 얻어맞은 거처럼 충격이네요. 법 잘 아시는 분 댓글 부탁드립니다. 추가 1. 반반 나누는 게 법으로 정해진 건가요? 2. 동서네에서 상속을 포기한다고 하면 우리가 받나요?

사례14〉에서 글쓴이 남편은 장남이고 아들 둘을 키우고 있다. 동서네는 아이가 없다. 오늘 시아버지가 재산을 싸움 안 나게 글쓴이네와 동서네에 반반 준다고 말씀하셨다. 글쓴이는 자신의 아들들이 대를 이어 제사를 지낼 거고, 아이들 키우느라 자신의 집이 훨씬 돈도 많이 드는데, 반씩 나눠준다는 것을 이해할 수 없다. 본인이 시댁에 한 걸 생각하면 배신감도 느껴진다. 글쓴이는 자식이 없는 동서네가 유산을 상속받는 게 맞는지 묻고 있다.

때로는 아기가 있고 없음으로 인해, 혹은 임신유무로 인해 동서갈등이 유발되는데 사례15〉~사례17〉은 이러한 사례들이다.

사례 15 아기 있는 유세떠는 동서

저는 결혼 2년차 동서도 저랑 딱 같은 시기에 결혼했어요. 혼전임신이었고 임신 중이라 결혼식은 생략했어요. 동서네는 저희남편 3명 형제 있는데 그중 첫째는 이혼 했고 저희 신랑이 둘째고 막내동서네가 혼전임신으로 첫 손자예요. 시부모님들 나이가 70인데 첫손자니 사진 벽에 붙여두고 난리 난리인데ㅋㅋ 문제는 동서가 저보다 3살 위예요. 아기는 딸이구요. 일가친척 어머님의 자매 2명 모두 자식 없이 노부부들이고 아버님의 형제 1명도 자식 없이 노부부예요. 그래서 유일한 첫 아기죠. 저희는 3년 신혼 채우고 아기를 갖을 거라 꾸준히 피임을 해왔고 내년에 드디어 아기 계획이 있는데 동서가 진짜 유세가 대단해요.ㅋㅋㅋㅋㅋㅋㅋ 저한테 반말은 물론(저는 존댓말) 만나기만 하면 아기 언제 갖냐. 진짜 너무 빡 쳐서 드디어 내년 아기 갖고 보자 생각중입니다. 열 받는 제가 이상한가요????

사례15〉에서 동서는 혼전임신으로 글쓴이와 비슷한 시기에 결혼을 했다. 시댁도, 일가 친척들도 아기가 없기에, 동서의 아기가 첫 손자가 된다. 시부모님들은 나이가 많아 아기의 사진을 벽에 붙여두고 좋아하신다. 동서는 자신보다 3살이 많은데, 손위인 자신에게 반말을 하고 아기 있는 유세가 대단하다. 글쓴이는 열이 받아 내년에는 아기를 갖으려고 한다.

사례 16 동서가 먼저 임신을 했다네요

> 결혼한 지 7년 동안 매일매일 아이를 기다리는 부부입니다. 작년에 결혼한 동서네가 임신을 했다고 하네요... 주말이면 시댁에서 식사를 같이 하곤 하는데 이번에 왔는데 너무 임신한거 티내고 음식도 못하겠다고 벌써부터 입덧이 있지도 않은 것 같은데 그렇게 임신한 걸로 유세를 떱니다. 어머님은 집안에 장손 순서가 바뀌었다는 둥 동서가 집안에 복덩인가 보다고 이렇게 큰 선물을 갖고 왔다는 둥.... 진짜 제 생각은 하나도 안하시고 둘이서 제 속을 긁으시네요. 밥 먹고 설거지 혼자 하고 있는데 서러움에 눈물 참느라 힘들었어요. 저도 미치게 아이를 기다리는 거 뻔히 아시는 분들이 너무 제 앞에서 제 기분은 생각도 없으시고 마냥 좋아하고 기뻐하시는 모습을 보니 많이 서글픕니다. 저한테도 올해는 작은 천사가 찾아올 수 있을까요? 한편으론 너무 부럽기도 하구요. 얄밉기도 하네요. 휴... 원래 이렇게 꼬인 성격은 아닌데 진짜 식사 내내 임신했다고 잘못되면 큰일이니 가만히 앉아있으라고 상전대접 받는 동서를 보니 마음이 꼬이네요.

사례16〉에서 글쓴이는 결혼한 지 7년 동안 매일 아기를 기다리지만 아기가 생기지 않는다. 근데 작년에 결혼한 동서네가 임신을 했다는 소식이 들려오고 주말에 시댁에서 식사를 하는데 동서는 임신한 것으로 유세를 한다. 시어머니도 동서가 집안의 복덩이라며 기뻐한다. 글쓴이는 너무 서럽고 동서가 부럽고 얄밉기까지 하다. 임신했다고 식사 내내 동서를 상전대접해 주고, 그런 대접을 받는 동서를 보니 글쓴이는 마음이 꼬인다.

사례 17 아이문제로 날 계속 공격하는 동서

안녕하세요, 30대 중반 여자이고 남편과는 10년 가까이 연애하고 결혼한지는 5년차에요. 손윗동서가 너무 짜증나서 글 씁니다. 먼저 시숙이랑 남편은 4살차이 나는데 제가 남편보다 2살 연상이고 동서는 아주버님보다 2살 어려서 동서와 저도 동갑입니다. 동서네는 딸들이 6살, 5살인데 저희 부부는 제가 옛날에 혈액문제로 아팠었고 그래서 딩크족으로 살기로 했어요. 그런데 신혼 때부터 만날 때마다 특히 단 둘이 있을 때 "동서네는 애 안 낳아? 애 낳으면 얼마나 예쁜데~", "도련님이랑 동서는 다른 거 다 좋으니까 애만 있으면 완벽하겠다." 이래서 한 번은 시부모님이랑 같이 있을 때 말했어요. 내가 몸이 안 좋기도 했고 우리는 이렇게 해외여행 다니면서 사는 게 좋다고 하니까 그땐 또 가만히 있더라구요.……지난번엔 백화점에서 좀 비싸도 좋은 옷 골랐는데 "애들은 옷 안 좋아하는데… ㅎㅎ" 이래서 "아 그래요? 다음부턴 안 사올게요 형님 ㅎ" 이랬더니 또 못 들은 척… 그 후로 만날 때마다 "도련님이랑 동서 닮은 애 있으면 진짜 이쁠 텐데~" 이럴 때마다 진짜 무시하고 웃으면서 지나갔는데 이번에 진짜 폭발했어요… 동서네랑 저희 부부랑 식사를 평소에 자주 해요. 신랑이 형이랑 사이가 되게 좋고 아주버님 자체가 되게 좋으시고 점잖은 사람이거든요. 아주버님한테는 나쁜 마음이 전혀 없어요. 그런데 동서가 그자리에서 또 애 얘기를 꺼내는 거예요. 그래서 제가 "형님은 애들 없었으면 무슨 얘기하셨을까요?" 이랬어요. 그랬더니 "동서같이 똑똑하고 이쁜 사람이 애 하나가 없어서 안타까워서 그러지~ 내가 하나 낳아서 줄까? ㅎㅎ" 이러더라구요. 와 진짜… 순간 아주버님이 당황해서 당신은 제발 그만 좀 하라고 왜 그렇게 못됐냐고 그러고 남편도 형수 자꾸 이러면 연 끊겠다고 그러면서 절 데리고 나왔어요. 차에 탔는데 너무 서럽고 분해서

눈물이 다 나왔어요. 남편이 계속 미안하다고 달래주는데 그게 남편잘못
도 아니니까 더 속상했어요. 동서 때문에 남편과 아주버님 사이가 멀어지
는 것도 싫은데 어떻게 해야 하죠? 여태까지 계속 참았는데 너무 힘드네
요.

사례17)에서 글쓴이는 30대 중반, 결혼한 지 5년차로 손윗 동서와는
동갑이다. 동서는 6살, 5살 두 딸이 있고, 글쓴이는 옛날에 혈액문제로
아팠었기에 남편과 딩크족으로 살기로 했다. 근데 형님이 신혼 때부터
글쓴이에게 애를 안 낳느냐고 계속 물어본다. 시부모와 함께 있을 때, 자
신이 몸이 안 좋기도 하고 둘이 여행이나 다니면서 사는 게 좋다고 이야
기했는데도 집요하게 아이 이야기를 한다. 그러던 어느 날 동서네와 저
녁을 먹던 중 형님은 또 아이 이야기를 꺼냈고, "형님은 애들 없었으면
무슨 얘기를 하셨을까요?"라고 말하자 "내가 하나 낳아서 줄까?"라고
이야기를 한다. 아주버님은 당황해 형님에게 그만하라고 하고, 남편도
형수에게 자꾸 이러면 연을 끊겠다고 화를 낸다. 글쓴이는 너무 서럽고
분해서 눈물이 나고 힘이 든다.

그렇다면 이러한 사례들에 설화는 어떻게 적용될 수 있을까?

설화와는 달리 현대 사례들에서는 다양한 요인으로 인해 동서갈등이
유발된다. 과거에는 형제지간에 차례대로 결혼을 했기에, 손아랫동서가
손윗동서보다 나이가 많은 경우는 극히 드물었다. 그런데 현대에 와서
연상연하 커플이 많아지면서, 손아랫동서가 손윗동서보다 나이가 많은
경우를 흔히 찾아볼 수 있다. 결혼은 했지만 아이는 갖지 않으려는 딩크

족도 늘어나는 추세이고, 차례대로 결혼을 하는 것도 아님으로 임신과 출산 또한 손아랫동서가 먼저 하는 경우도 흔하다. 동서 간에 외적으로 드러나는 갈등에 설화는 어떠한 적용이 가능할지 살펴보도록 하겠다.

〈셋째 사위〉설화에서 신분의 격차로 인한 동서갈등은 막내사위가 두 손윗동서보다 더 높은 벼슬에 올랐을 때 해결이 된다. 즉 자신의 부족한 부분을 채웠을 때, 두 손윗동서보다 우위에 서게 된다. 사례들에서도 마찬가지이다. 자신의 부족함을 채우는 무엇인가가 있다면, 동서갈등은 해결이 될 수 있다. 나이가 인한 동서갈등에서 손윗동서는 넉넉한 마음으로 나이의 부족함을 채울 수 있다. 나이가 어리다고 해서 인품까지 어린 것은 아니다. 손윗동서는 넉넉하게 아랫동서를 품어주고 손아랫동서는 나이어린 형님을 존중해준다면 둘 사이의 갈등은 해결의 실마리가 보일 것이다.

〈세 형제 세 동서의 우애〉에서 동서 간에 사이가 벌어지는 이유는, 잔치가 끝난 후 맏며느리가 동서들에게 일절 잔치 음식을 내주지 않았다는 것이다. 아마 이전에는 맏며느리가 동서들에게 음식을 골고루 나눠주었던 것 같다. 형님의 행동에 두 동서는 형님을 괘씸하게 여기고, 그후로는 자신들만 챙기기 시작한다. 일 년이 지난 후 형제들 간에 다툼이 일어나자 맏며느리는 삼 형제와 동서들을 다 같이 한 자리에 모이게 하는데, 동서들이 형님이 잘못한 점을 이야기하자, 맏며느리는 참을 인(忍) 자가 적힌 종이를 잔뜩 꺼낸다. 그것은 1년 동안 두 동서에게 섭섭할 때마다 맏며느리가 적어서 모아온 것이었다. 이처럼 서운함은 상대적인 것이고, 동서관계에서 사람은 누구나 피해자이면서 동시에 가해자일 수 있다.

사례1〉에서 글쓴이는 손윗동서가 자신을 화나게 했다고 했는데, 집들이 날 주방에서 일하고 있는 손윗동서의 요청을 묵살하는 것을 보면 글쓴이 또한 손윗동서의 감정을 상하게 하고 있다. 사례5〉의 글쓴이는 본인보다 나이가 많은 손윗동서에게 말을 놓는 것이 불편해 맞존대를 하고 있는데, 시어머니나 남편이 말을 놓으라고 해서 문제가 된다. 지금은 손아랫동서가 손윗동서보다 나이가 많은 경우, '형님' '동서'라는 호칭은 사용하면서 서로 존댓말을 하는 것이 일반적이다. 이러한 점을 집어준다면 시댁 식구들의 인식변화에 도움이 될 것이다. 특히 사례6〉은 제3자의 입장에서 나이 적은 손윗동서가 나이 많은 손아랫동서에게 반말을 하고, 이름을 부르는 것을 불편하게 바라보고 있다. 이것이 현대 보편적인 시각일 것이다.

사례7〉에서는 돈으로 인해 동서 간 오해가 생겼고, 사례8〉은 돈에 인색한 손아랫동서의 성품이 문제가 되며, 사례9〉는 아이의 세뱃돈 문제로 서운하다. 이 경우는 '나-전달법'으로 동서에게 자신의 감정을 이야기하는 것이 좋다. 나에게 문제가 되는 동서의 행동이나 상황을 구체적으로 이야기하고, 그런 행동이나 상황이 나에게 미치는 영향을 구체적으로 말한 후, 그에 대한 나의 감정을 솔직하게 이야기 하면 된다. 〈세 형제 세 동서의 우애〉 설화에서 맏동서가 삼 형제와 동서들을 다 같이 한 자리에 모이게 하여 서로의 잘잘못을 이야기하게 하는 것은, 서로에게 서운한 부분을 이야기할 수 있는 기회를 주고자 함이다.

사례10〉 사례11〉 사례12〉는 경제력의 차이로 인해 자신과 동서네를 비교하면서 일종의 열등감, 자격지심이 생긴 경우이다. 이것은 동서의 문제가 아니라, 본인의 마음을 들여다볼 필요가 있다. 동서가 가해자가 아님에도 불구하고 동서가 가해자라고 생각하며 스스로를 피해자라고 생각하고 있지는 않은지, 자신의 부족함을 동서의 문제로 전가시키고 있지는 않은지 살펴볼 필요가 있다. 사례13〉사례14〉는 시댁의 재산 문제로 동서와 갈등이 생긴 경우이다. 사례13〉은 아이가 없는 자신의 가정보다 아이가 둘 있는 손아랫동서네에 시아버지가 재산을 더 주고 싶어 하는 것이 문제가 되며, 사례14〉는 아이가 없는 동서네에 재산을 반씩 공평하게 분배하겠다는 시아버지가 문제가 된다. 이 두 사례는 동일한 상황에서, 본인의 입장에 따라 바라보는 관점이 달라질 수 있음을 여실히 보여준다. 분명한 건 재산은 시아버지 소유이며, 재산분배 또한 시아버지의 마음에 달려있고, 분배가 불공평하다고 생각한다면 그에 대해 이의를 제기할 사람은 남편이지 며느리는 아니다. 며느리인 본인이 흥분해 억울해하고 동서와 싸울 일은 아니다.

　사례15〉사례16〉의 경우는 아이가 있고 없고의 차이이기에, 아이가 생긴다면 단번에 해결될 문제이다. 아이가 있는 동서가 지금은 얄미울 수도 있지만, 글쓴이 자신 또한 아이가 생긴다면 그때는 지금 동서에게 베풀어지는 시부모님의 대접이 그대로 글쓴이에게도 돌아올 것이다. 이것은 시간이 해결해 줄 일이다. 사례17〉의 경우에는 글쓴이가 아이를 가질 수 없는 상황에서 형님이 자꾸 아이문제로 손아랫동서를 괴롭힌다. 그런데 이 경우는 제3자가 보기에도 형님이 이상하리만큼 집요하게 손아랫동서를 공격하고 있다. 문맥에는 나와 있지 않지만 형님을 기분 나쁘게 하는 동서 간에 어떤 사건이 있었거나, 형님이 타인의 감정을 이입하는데 둔감한 사람인 것 같다. 필자가 보기에는 전자일 확률이 높아 보인다. 전자일 경우 형님과 진지한 대화가 필요해 보이며, 후자일 경우는 글쓴이가 자존감을 높여 아이와 관련된 일에 무심하게 대처할 필요가 있다.

6. 원만한 동서관계를 위하여

1) 설화에 나타나는 갈등양상

동서 간에 혹은 동서들 사이에 갈등 없이 원만하게 지낼 수 있는 방안은 없을까? 본 장에서는 설화 내에서 이러한 문제에 대한 해결책을 찾아보도록 하겠다. 먼저 〈삼 과부와 삼정승 난 묘자리[1]〉 설화이다. 대강의 줄거리는 다음과 같다.

옛날에 풍산 홍씨 집안의 삼 형제가 아버지가 돌아가신 후 묏자리를 잡으려고 했는데, 근처에 풍수가 없어서 잡지 못하고 있었다. 하루는 삼 형제가 보니 얻어먹으러 들어온 사람이 풍수인 것 같아 대접을 잘하고 묏자리를 잡아 달라고 했다. 처음에 풍수는 자리를 잡아주지 않으려고 하다가 맏상제가 자기가 죽어도 좋으니까 제발 아버지 묏자리를 잡아 달라고 사정을 하자 삼 형제가 다 죽어도 상관없느냐고 물었다. 삼 형제가 전혀 상관없다고 하자 풍수는 묘를 쓰고 나서 해마다 형제가 하나씩 죽어

---

1) 『한국구비문학대계』 7-18. 334-340면, 보문면 설화17, 감끝녀(여, 72).

삼 형제가 모두 죽고 난 후 삼정승이 날 자리를 잡아주었다. 아버지의 묘를 쓰고 나니 풍수의 말대로 첫째가 죽고, 다음해에 둘째가 죽었다. 첫째와 둘째 동서는 막내 시동생에게 돈을 주면서 마음대로 돌아다니라고 했다. 막내는 정처 없이 다니다가 산골의 오막살이로 들어가게 되었다. 막내는 주인에게 하룻밤 재워 달라고 했는데, 집에 혼자 살고 있던 할머니는 다음날 수양딸이 결혼을 해서 수양딸을 보러 가야 한다며 막내를 혼자서 자게 했다. 할머니와 수양딸은 길이 엇갈려서 만나지 못했는데, 그것을 알아차리지 못한 수양딸은 방에 수양엄마가 누워있는 줄 알고 이불 속으로 파고들어 왔다. 막내는 수양딸과 동침을 하다가 그만 죽고 말았다. 이튿날 수양딸은 집으로 돌아온 수양엄마에게 사정을 말했고, 집으로 돌아가 자기 부모에게도 이야기를 했다. 딸은 죽은 총각의 행상을 꾸며 시댁으로 찾아갔다. 두 동서는 셋째의 장례를 치렀고, 세 동서는 함께 살게 되었다. 열 달이 지난 후, 막내동서는 세쌍둥이를 낳았고, 첫째와 둘째 동서는 아기를 하나씩 맡아 키웠다. 그 집에서는 아이들이 열두 살이 되자 서울에 있는 셋째 동서의 친정으로 글공부를 보냈다. 그렇게 공부를 하여 나중에 세쌍둥이는 삼정승이 되었다.

옛날에 풍산 홍씨 집안에 삼 형제가 아버지가 돌아가신 후 묏자리를 얻으려고 하는데, 근처에 풍수를 보는 사람이 없어 잡지 못하고 있었다. 하루는 지관처럼 보이는 자가 집으로 들어왔고, 대접을 잘한 후 묏자리를 잡아달라고 했다. 지관이 잡아주려 하지 않자 큰아들은 자신이 죽어도 상관없다고 하고 지관은 삼 형제가 다 죽어도 상관이 없느냐고 물었다. 상관이 없다고 하자 지관은 삼 형제가 죽고 삼정승이 날 묏자리를 잡아 주었다.

지관의 말대로 큰아들이 죽고, 다음해에는 둘째 아들이 죽었다. 첫째

와 둘째 동서는 시동생에게 돈을 주며 마음대로 돌아다니라고 했다. 막
내아들이 돌아다니다가 산골 오막살이로 들어가 주인에게 하룻밤 재워
달라고 했는데, 주인은 수양딸을 보러가야 한다고 하며 막내아들을 혼
자 자게 했다. 주인할머니와 수양딸은 길이 엇갈려 만나지 못했고, 수양
딸은 수양엄마가 누워있다고 생각해 막내아들이 누워있는 이불 속으로
파고들어왔다. 막내아들은 그녀와 동침을 하다가 죽고, 이튿날 수양딸
은 수양엄마와 친정에 사실을 고한다. 수양딸은 죽은 막내아들의 행상
(行喪)을 꾸려 시댁으로 찾아간다. 두 동서는 막내아들의 장례를 치렀
고, 세 동서는 함께 살게 된다.

열 달이 지난 후 막내동서는 세쌍둥이를 낳았고, 첫째와 둘째 동서는
아기를 하나씩 맡아 키웠다. 그 후 아이들이 열두 살이 되자 서울에 있
는 셋째 동서의 친정으로 글공부를 보냈고, 나중에 세쌍둥이는 삼정승
이 되었다.

이러한 줄거리의 설화들이 『한국구비문학대계』에는 16편 수록되어
있는데, 이 설화들을 [삼 형제 죽고 삼정승 날 명당] 설화군이라 명명할
수 있다. 모든 설화에서 막내며느리는 아들 세쌍둥이를 낳고 동서들은
사이좋게 하나씩 맡아 기른다.

〈세 과부의 외아들을 구한 한시(漢詩)[2]〉 설화도 과부가 된 세 동서의
이야기이다. 대강의 줄거리는 다음과 같다.

어떤 마을에 삼 형제가 살았는데 결혼을 한 후 삼 형제가 모두 죽어 버

---

2) 『한국구비문학대계』3-4, 226-231면, 용산면 설화2, 김동표(남, 64).

리고 세 동서만이 남게 되었다. 첫째 동서만 아들이 있고 나머지는 아들이 없었기 때문에 둘째, 셋째 동서는 큰동서의 아들만 바라보고 살았다. 예전에는 개가법이라는 것이 있어서 자신들은 아들을 낳을 수 없기에 조카가 커서 성례를 하면 그 아들이 자신의 집까지 책임져야 하기 때문이었다. 그런데 그 집안에 비운이 들어 재산이 모두 없어지고, 시부모도 작고를 하였다. 게다가 큰집 아들이 군대에 징집 당해 집을 떠나니 삼 동서가 모두 미쳐버리게 되었다. 어떤 글 잘하는 한 선비가 세 동서가 사는 집 앞을 지나다가 곡하는 소리를 듣게 되었다. 선비는 여독을 풀기 위해 주막에 들어가 술 한 잔을 시킨 후 주모에게 곡소리의 사정을 물었다. 주모는 그 집안의 남자들이 죽었다는 이야기부터 아들이 징용 나간 것, 그래서 세 과부가 미친 것까지 이야기해 주었다. 선비는 이야기를 다 듣고 안타까운 마음에 삼 동서가 사는 집에 갔다. 선비가 세 과부의 집에 가니 사람들이 아주 반갑게 맞아들였다. 선비가 자신은 지나가는 과객인데 집에서 왜 곡소리가 나는지 궁금해서 들렀다고 했다. 과부들은 주모가 이야기하는 것과 같은 이야기를 해 주었다. 과부들이 딱한 생각이 든 선비는 자신이 시키는 대로 하라고 했다. 선비는 세 동서에게 글을 한 장 써주면서 수문장을 설득해서 군문에 들어가 대장에게 이 글을 전하면 아들이 집으로 돌아올 수 있을 것이라고 했다. 이튿날 세 동서는 선비가 준 글을 들고 훈련소의 수문장에게 못 들어가게 하면 죽을 수 있다며 사정을 해 겨우 들어가 대장을 만나 글을 전할 수 있었다. 종이에는 "삼과부지자(三寡婦之子), 삼과부의 한 아들은 십수경지일장(十瞍競之一杖). 열 봉사가 작대기 하나를 다투는 것과 마찬가지라. 만군중지무인(萬軍中之無人), 만군 중에 사람 하나 없는 것을, 구우일모발(九牛一毛髮). 소 아홉 마리에 터럭 하나 없는 것과 마찬가지라."고 쓰여 있었다. 대장은 깊은 뜻이 담긴 글이라고 여기고 삼과부의 아들을 심부름 보내는 것처럼 꾸며 집으로 돌려 보내주었다.

어떤 마을에 삼 형제가 살았는데 결혼을 한 후 삼 형제가 죽고 세 동서만이 남게 되었다. 첫째 동서만 아들이 있고, 나머지 두 동서는 아들이 없었기에 둘째 셋째 동서는 큰동서의 아들만 바라보고 살았다. 그런데 그 집안에 비운(悲運)이 들어 재산이 모두 없어지고, 큰집 아들이 징집을 당해 군대로 가니, 세 동서가 모두 미쳐버리게 된다.

어떤 글 잘하는 선비가 세 동서가 사는 집 앞을 지나다가 곡하는 소리를 듣고, 주막에 들어가 술을 한 잔 시킨 후 그 연유를 묻는다. 주모는 그 집 사정을 이야기해주고, 선비는 안타까운 마음에 그 집을 찾아가 글을 한 장 써주며 대장에게 전하라고 한다. 세 동서는 선비가 시키는 대로 했는데, 그 종이에는 "삼과부의 한 아들은, 열 봉사가 작대기 하나를 다투는 것과 마찬가지라. 만군 중에 사람 하나 없는 것은, 소 아홉 마리에 터럭 하나 없는 것과 마찬가지라."고 적혀 있었다. 대장은 깊은 뜻이 담긴 글이라 여겨, 삼과부의 아들을 심부름을 보내는 것처럼 꾸며 집으로 돌려보내 주었다.

이와 비슷한 줄거리로 〈삼 동서를 구한 율곡선생 일화³⁾〉라는 설화도 있는데, 여기서는 율곡선생이 일을 하러 가는 도중, 세 과부가 대성통곡을 하고 있는 것을 본다. 근데 돌아오는 길에도 이들은 여전히 울고 있었다. 율곡선생이 그 연유를 물으니, 우리 삼 동서가 아들 하나가 있어 그 아이가 나무와 양식을 사다주어 우리들이 먹고 살았는데, 그가 군대에 잡혀가 버렸다고 했다. 이제는 나무를 패다줄 사람도, 양식을 사다줄

---

3) 『한국구비문학대계』 6-8, 622-625면, 삼계면 설화6, 김귀남(남, 68).

사람도 없어 굶어죽게 되었으니, 이런 원통한 일이 어디 있느냐고 말한다. 율곡선생은 관가에 보내라며 편지를 써주었고, 그 편지를 관가에 올리자 세 과부의 아들은 풀려나올 수 있었다. 편지의 내용은 앞서 살펴본 〈세 과부의 외아들을 구한 한시(漢詩)〉에서의 글과 동일하다.

마지막으로 〈삼 동서의 우세[4]〉에서도 세 동서가 등장하는데, 대강의 줄거리는 다음과 같다.

옛날에 삼 동서가 모여 긴긴 겨울밤에 같이 바느질을 하고 있었다. 맏 동서가 먼저 세상에 자기만큼 우사 당해 본 사람 있냐면서 이야기를 꺼 냈다. 시집을 왔을 때 자기가 열다섯 살이고 남편이 여덟 살이었는데, 자 신은 이미 음양의 이치를 알았지만 남편은 아무것도 몰랐다고 한다. 자기 가 남편이 자는 동안 남편의 물건을 만져보니 남편이 아무 소리도 내지 않더니, 이튿날 아침에 남편이 시아버지에게 달려가더니 색시가 지난밤 에 자기 물건을 만지더라고 이야기를 했다는 것이었다. 맏동서는 이 이야 기를 하며 그때 너무 창피를 당했다고 했다. 그러자 둘째 동서가 자기는 더 심한 일을 당했다면서 이야기를 했다. 한 여름철에 일꾼들이 보리타작 을 하는데, 자기가 그 옆을 지나가다가 보리 수염이 음부에 들어갔다고 했다. 걸음을 걸을 때마다 보리 수염이 점점 깊숙이 들어갔는데, 집에 돌 아와 부뚜막에 올라가 후비고 있으니, 그때 시숙이 그 모습을 보고 "제수 씨, 인자 괜찮습니까?"라고 했다는 것이었다. 마지막으로 막내동서가 자 기가 제일 큰 우사를 당했다면서 이야기를 했다. 시집오고 얼마 되지 않 아 서방이 외간 여자를 좋아하여 외도를 자주 하였다고 했다. 그렇게 지

---

4) 『한국구비문학대계』 7-14, 778-781면, 하빈면 설화32, 박업(남, 52).

내다가 하루는 버릇을 고쳐주어야겠다고 마음을 먹고, 남편이 늘 새벽녘에 집에 들어와 변소에 가기에 자기가 미리 변소에 가서 딱 붙어 있었다고 했다. 나중에 누군가 들어와 소변을 보고 있자 뒤에서 남자의 물건을 탁 잡아채면서 욕을 했는데, 알고 보니 남편이 아니라 시숙인 것이었다고 말했다. 세 동서가 망신을 당한 남자는 모두 한 남자였다.

설화에서 세 동서는 겨울밤에 같이 바느질을 하며, 우사 당했던 일을 서로 이야기한다. 우사(愚事)란 어리석은 일을 이야기하는데, 설화에서는 창피했던 일, 망신당한 일 정도의 의미가 될 것이다. 맏동서가 먼저 이야기를 꺼내는데, 시집을 왔을 때 자신은 열다섯 남편은 여덟 살이었는데 자신은 음양의 이치를 알았지만 남편은 아무것도 몰랐다. 남편이 자는 동안 남편의 물건을 만지니 남편은 아무 소리도 내지 않았는데 이튿날 아침에 남편이 시아버지에게 색시가 자신의 물건을 만졌다고 이야기를 했다고 하며, 그때 너무 창피했다고 했다. 그러자 둘째 동서가 자신은 더 심한 일을 당했다며 한 여름철 일꾼들이 보리타작을 하는데, 자기가 그 옆을 지나다가 그만 보리수염이 음부로 들어갔고, 걸음을 걸을 때마다 더 깊숙이 들어갔다. 집에 돌아와 부뚜막에서 보리수염을 꺼내려 하고 있는데, 시숙이 그 모습을 보고 "제수씨, 이제 괜찮습니까?"라고 했다는 것이다. 마지막으로 막내동서가 자기가 제일 큰 우사를 당했다고 하며 이야기를 시작했다. 자신이 시집오고 얼마 되지 않아 서방이 외간 여자를 좋아해 외도를 자주 하였는데, 하루는 그 버릇을 고치려고 마음을 먹었다. 남편은 늘 새벽녘에 집에 들어와 변소를 가기에, 미리 변소에 가서 딱 붙어 있었다. 나중에 누군가 들어와 소변을 보고 있자 남자의 물건을 탁 잡아채면서 욕을 했는데, 알고 보니 남편이 아니라 시숙인 것이었다. 세 동서가 우사를 당한 남자는 모두 한 남자였다.

　이와 비슷한 줄거리로 〈세 자부의 고백[5]〉이라는 설화도 있는데, 여기
서도 세 동서가 섣달 그믐날 물레방아에서 떡을 만들면서, 떡과 관련된
성(性)적인 고백을 이야기 한다.

2) 현대 사례들과 설화의 적용

　다음에서는 원만한 동서관계를 이루고 있는 사례들을 제시해봄으로
써, 원만한 동서관계를 이루기 위한 요건들을 찾아보고자 한다.

사례 1   세상에서 가장 착한 나의 동서 ♥♥♥

　추석이 다가오니 동서를 만나는 마음에 설레입니다. 저는 울산에 사는
56세 중년이고, 동서는 경기도에 사는 10년 아래 46세입니다. 동서가 20
세 되던 해 저희 시댁으로 시집와서 바로 첫째 조카 태어나고, 2살 터울
로 또다시 둘째 태어나고... 처녀시절 추억이 없는 동서를 보면 늘 안쓰러
웠답니다. 그래서 동생처럼 생각되고... 제가 맏며느리고 동서는 막내며
느리 해서 며느리는 둘 뿐이고 시누이는 넷이랍니다. 이런 집안에 시집
와서 단 한 번도 투정 없이 착한 동서를 지켜보는 저는 매년 명절 때가 되
면 저희집에 시모님과 함께 명절을 보내지만 단 한 번도 강원도 태백이
친정인 동서가 친정 가는 모습을 보지 못했답니다. 6년 전 제 남편이 먼
저 세상을 떠나고 그 자리를 대신 채워주는 동서네... 아주버님이 챙겨주

─────────────────────

5) 『한국구비문학대계』 6-10, 548-550면, 춘양면 설화45, 박봉래(남, 66).

지 못해서 마음 아프다며 제 생일을 매년 챙겨주는 동서… 이런 동서가 있어 늘 위로가 되고 카톡으로 메모로 항상 형님 아프지 마시고 건강 챙기세요… 라고 하는 착한 동서가 있어 저는 너무 행복합니다. 넉넉하지 못해 마음뿐인 저를 탓하지 않고 항상 웃으며 시댁일에 투정하지 않고 챙기는 동서가 너무 대견스럽고 자랑스럽습니다. 명절과 제사 때가 되면 음식 준비를 끝내고 동서와 둘이 나눠 마시는 한 잔의 맥주가 세상의 그 어떤 것보다 맛나는 이유입니다. 이제 며칠 남지 않은 추석이 기다려집니다. 아니 세상에서 가장 착하고 이쁜 동서가 기다려집니다.

사례1〉에서 글쓴이는 추석에 동서를 만날 생각에 마음이 설렌다. 동서와는 10살 차이가 난다. 20살에 시집 와 바로 첫째 조카 태어나고, 2살 터울로 둘째 조카가 태어나 처녀시절 추억이 없는 동서가 글쓴이는 늘 안쓰럽고 동생처럼 생각된다. 6년 전 글쓴이 남편이 세상을 떠난 뒤, 항상 그 자리를 채워주는 동서이다. 경제적으로 넉넉하지 못해 마음뿐인 글쓴이를 탓하지 않고 항상 웃으면서 일하는 동서가 글쓴이는 고맙고 대견하다. 글쓴이는 동서와 시간을 보내고 싶은 마음에 며칠 남지 않은 추석이 기다려진다.

사례 2 큰형님과 언니처럼 지냅니다.

저는 막내며느리고 형님만 셋인데 큰형님하고는 정말 언니처럼 친하게 잘 지내고 있습니다. 둘째, 셋째 형님은… 둘째 형님은 멀리 살고 만날 일도 명절이나 시댁행사 아니면 거의 없고 셋째 형님은 가까운데 살지만 직장생활 하느라 얼굴 볼 시간도 없고… 큰형님은 시댁에 처음 인사갔을 때부터 반갑게 맞아주셨고 나이어리고 동서될 사람이라고 첨부터 말 놓거나 이것저것 뜯어보거나 그러지 않아서 저도 처음부터 맘이 열렸지요. 그리고 고상한 척하면서 은근히 며느리들 피곤하게 하시는 시어머니 때문에 더 친해진 듯... 지금은 제가 큰형님 댁에 놀러가고 조카들도 제가 먼저 맘 열고 이뻐해 주니까 더 좋아졌습니다. 둘째 형님만 조금 서먹... 그래도 넷 다 그런대로 잘 지냅니다. 시댁 가서 일할 때도 서로 안 미루고 혼자만 편하겠다고 못 본 척 그런 것도 없고... ㅋㅋㅋ 여우짓, 구렁이짓은 제가 가장 많이 합니다. 근데 형님들, 아주버님들, 시누이들까지도 귀엽다고 합니다. '막내'라는 이유로... 신랑 눈에만 밉상인가 봐요. 좀 적당히 하라고 그러는 게...ㅋㅋㅋ 지금은 큰형님 댁에는 1주일에 3번씩 가고 있습니다. 애들 방학동안 피아노 가르쳐 주기로 했거든요. 좀 있다 가봐야지...

사례2)에서도 글쓴이는 형님만 셋인데, 큰형님하고는 정말 언니처럼 잘 지내고 있다. 큰형님은 시댁에 처음 인사갔을 때부터 반갑게 맞이해 줬고, 나이 어리고 동서될 사람이라고 해 처음부터 말을 놓거나 이것저것 뜯어보거나 하지 않았다. 그리고 고상한 척하며 은근히 며느리들을 피곤하게 하는, 시어머니 때문에 큰형님과는 더 친해진 듯하다. 글쓴이도 마음을 열고 큰형님댁 조카들을 예뻐하니 큰형님과의 사이가 더 좋아졌다.

사례3 5살이나 어린 형님

우리 형님은 저보다 5살이나 어리거든요. 첨엔 나이가 어려서 어쩌나 걱정을 많이 했더랬는데 우리 애들도 넘 이뻐해주고 제가 자매가 없거든요. 그래서 우리는 자매처럼 그렇게 지내는데요... 하루라도 통화 안하면 궁금하고... 무슨 일 생기면 서로 상의하구 같이 시댁흉도 보고 남편흉도 보고 그러는데... 그럼 친구들한테 하소연하는 것보다 더 시원하거든요... 저는 어리다고 걱정하구 그러는 것보다 마음을 비웠었답니다. 물론 지금은 그것마저도 안 하고 있고요... 내가 맘먹기 나름인 것 같아요.

사례3〉에서 글쓴이는 형님보다 5살이나 나이가 많다. 처음에는 걱정을 했는데, 이제는 하루라도 통화를 안 하면 궁금하고 무슨 일 생기면 서로 상의하고 같이 시댁 흉도 보면서 자매처럼 지낸다. 처음에는 형님이 나이가 어려 걱정을 했는데 글쓴이는 마음을 비웠고, 지금은 마음 비울 필요조차 없이 잘 지내고 있다.

사례 4 〉 사이좋은 동서

동서들과 사이가 좋다고 생각합니다... 사실 첫째 동서와는 결혼 전부터 시작해서 결혼 하고 2년 정도까지는 별로 사이가 좋지 않았습니다... 굳이 안 좋을 건 없고 다만 서로 닭 보듯 했죠... 그러다 세월이 지나고 울 동서가 임신해서 아기 낳고 하니 제가 좀 안쓰럽더라구요... 저도 친정에 여동생만 3명이거든요... 그래서 걍 챙겨 줬습니다... 울 동서 첨엔 저한테 형님이라고 부르지도 않았습니다... 그래도 내가 해야 지도 사람인데 알 것이다 생각해서 무조건 많이 잘해 줬습니다... 지금요... 동서랑 같이 본지 6년째입니다... 아주 잘 지내구요... 제 작년엔 제가 사는 동네로 이사 와서 같이 놀고 있습니다... 하지만 아무리 친한 동서 사이라도 우리는 지킬 건 지킵니다... 난 동서한테 말 함부로 안하기... 동서라도 내가 하기 싫은 일안 시키기... 동서도 형님만 보고 뺀질거리지 않기 등등 우리 둘 사이에 묵

> 약이 있습니다... 친한 동서라도 친형제가 아닌 이상 말 한마디도 조금은
> 조심합니다... 작년에 둘째 동서를 봤습니다... 아직은 서먹한 동서입니다...
> 그래도 서로 평생을 살 사람들이니 친하게 지내려고 노력합니다.

사례4)에서 글쓴이는 결혼 후 2년 정도까지는 첫째 동서와 별로 사이
가 좋지 않았다. 첫째 동서도 처음에는 글쓴이에게 형님이라고 부르지
않았다. 하지만 첫째 동서가 임신을 하고 아이를 낳으면서 안쓰러운 마
음이 들기 시작했고, 친정 여동생들 같다는 생각에 챙겨주고 무조건 잘
해주기 시작했다. 지금은 첫째 동서가 글쓴이와 같은 동네로 이사를 왔
다. 아무리 친한 동서 사이지만 서로 지켜야 될 부분은 조심하면서, 잘
지내고 있다. 작년에 둘째 동서를 봤는데 아직은 서먹하지만 그래도 평
생을 살 사람들이니 친하게 지내려고 노력한다.

사례 5　형님 자랑 좀 하겠습니다

> 안녕하세요. 저는 사이좋은 두 형제 중 동생 쪽에 시집온 29살 새댁이
> 랍니다. 제 형님은 저와 동갑입니다. 저희 모두 결혼 전 커플일 때부터 가
> 끔 넷이 만나왔습니다. 처음부터 저는 동갑이었고 결혼 전이었지만 왠
> 지 남자친구 형의 여자 친구였던 지금의 형님이 그리 편하지가 못했습니
> 다.…… 형님네가 먼저 결혼하시고~ 저희도 곧 따라 결혼했습니다. 시어
> 머니는 좋으신 분이지만 약간 까다롭고 말씀하실 때도 좀 차갑게 하시는
> 편입니다. 형님은 워낙 애교도 많고 이쁨을 독차지하시는데.. 저는 좀 아
> 닙니다. 그래서 처음엔 어머니 어머니~ 살갑게 하시는 형님이 좀 얄밉기
> 도 했습니다. 그런데 결혼하고 나서.. 저를 너무 배려해주고 정말 가족처

림 대하는 형님의 모습... 정말 인격적으로 너무나 존경스럽고 사랑스러운 사람이더군요... 형님 때문에 시댁 가는 것도 더 즐겁구요. 결혼하고 첫 시어머니 생신날. 저와 형님 모두 직장생활을 하고 있었는데, 토요일 저녁에 식구들 모두 형님집에서 함께 음식을 해 부모님을 모시기로 했죠. 근데 갑자기 회사에서 급한 일이 생기는 바람에, 이도저도 못하고 걱정이 태산 같았어요. 형님께 전화 드리니 시부모님 오시기 전까지만 시간 맞춰 오라고... 갔더니 진수성찬. 형님이 실력발휘를 톡톡히 해 놓으셨더라구요. 어머님 아버님 상 차린 거 보시더니 입이 벌어지셔서는 세상에나 며느님들 너무나 고생하셨네~ 하시는데 저는 할 말이 없죠ㅜㅜ 근데 형님이 대뜸 어머니 이것도 동서가 저것도 동서가 했다고. 일찍 와서 동서가 얼마나 열심히 했는 줄 모른다고. 저는 구경만 했다고. 어머니께서 우리 둘째 너무 고생했다고 고맙다고 저한테 마르고 닳도록 칭찬하시는데... 너무 좋아하시더라구요. 제 남편까지 으쓱해가지고.. 자기 최고라고... 식사 끝나고 주방에서 같이 과일 깎으면서 형님 고마워요 그리고 죄송해요. 그랬더니 쉿쉿 다른 사람들 들어~ 이러면서 나중에 내가 회사 바쁠 때 자기가 커버해줄 거잖아 고맙긴~ 하면서 웃으시더라구요. 제가 지금 임신 중입니다. 시댁에서 형님의 아기소식을 무척 기다리셨어요. 그런데 뜻밖에ㅜㅜ 제가 먼저 임신을 해버렸죠. 너무 기뻤지만 형님생각하면 조금 죄송스럽긴 하더라구요. 그런데 형님 임신소식 듣고 먼저 전화까지 해서서 꺄 너무 축하한다고. 세상에 이쁜 동서가 이쁜 짓만 골라한다구 은근히 어머님 만날 때마다 임신 임신해서 내가 스트레스 받으려고 하던 참이었는데 자기가 내 부담까지 덜어주고 예쁜 아기까지 먼저 갖게 됐으니 일석이조 아니냐며 육아잡지 정기권 끊어주시고 영양제까지 챙겨주셨어요. 임신소식 듣고 어머님 축하해주신다고 식당 예약해서 밥 먹으면서도 어머니 내도록 잘했다 장하다 우리집에서 애기울음소리 듣겠네 하며 저에게만 칭찬하시고 하는데도 전혀 서운한 내색 없이 맞다면서 맞장구치시고... 맛있는 거 제 앞에다가 챙겨주고.…… 결혼하면서 빚이 생겨 남편이랑 둘이 갚고는 있지만 스트레스 받을 때가 많아요. 형님네는 빚이 없으세요... 추석 때 부모님 용돈을 챙겨드려야 하는데 솔직히 부담이 되더라구요ㅠㅠ 형님 전화 오셔서 용돈 금액 상의하시자고 하시더라구요. 각각 현금 20 선물 하나씩 하기로 했습니다. 그런데 명절 며칠 전에 회사로 물건 하나 쪽지랑 같이 배달 왔네요. 홍삼선물세트랑 쪽지에. 동서야 안녕? 이거 부담스럽게 생각하지마. 오지랖인 거 아는데 이번 한번만 할게~ 자기네 빚 땜에 요즘 스트레스 받잖아. 우리 조카 편안하라고 내가 선물하는 거라고 생각해줘. 내가 자기네보다 부자도 아니지만 이번 달에 꽁돈이 좀 생겼거든^^ 나중에 나 임신하면 꽃등심 사줘♡ 언제나 저를 진짜 가족처럼 친구처럼 동생처럼 그렇게 대해주시고 가식 없이 진실하게 하는 게 정말 느껴지니 언제나 감동을 받게 됩니다. 어때요 우리형님 자랑할 만하죠?

사례5)에서 글쓴이는 동갑내기 형님이 무척이나 고맙고 감사하다. 처음에는 동갑이라 형님이 편하지 않았고, 까다로운 시어머니의 예쁨을 독차지 하는 형님이 얄밉기도 했지만, 자신을 배려해주고 가족처럼 대하는 형님이 이제는 너무 사랑스럽고 존경스럽다. 결혼하고 첫 번째 시어머니 생신날, 형님과 시어머니 생신상을 차리기로 했지만 갑자기 회사에 급한 일이 생기는 바람에 글쓴이는 난처한 상황에 처하고 만다. 형님한테 전화를 드리니 형님은 시부모님 오시기 전에만 오라고 하며, 혼자서 생신상을 다 차려놓고 모든 공을 동서에게 돌려준다. 글쓴이 또한 형님에게 고맙고 죄송한 마음을 표현하는데, 형님은 나중에 자신이 바쁠 때 동서가 커버해줄 것이 아니냐며 웃는다. 글쓴이가 먼저 임신을 했

을 때도 형님은 서운한 내색 없이 자신의 일처럼 기뻐해주며 육아잡지
와 영양제까지 챙겨준다. 추석 때 형님과 상의해 시부모님께 현금 20만
원과 선물을 드리기로 했는데, 글쓴이네는 결혼을 하느라 진 빚이 있어
스트레스를 많이 받았다. 어느 날 형님으로부터 홍삼선물세트가 도착하
는데, 우리 조카 편하라고 자신이 선물하는 거라며 이번 달에 공돈이 생
겼다는 형님의 쪽지가 들어있다. 글쓴이는 자신을 가족처럼 친구처럼
동생처럼 진심으로 대해주는 형님에게 감동을 받는다.

사례 6 별에서 온 동서

3살 아이 있는 평범한 30대입니다 시댁에는 말없는 시아버지, 잔소리
심한 시어머니, 개룡남 시동생, 별에서 온 동서 이렇게 있어요. 시동생은
장남 몰아주기 때문에 차별받고 컸는데 독하게 공부해서 출세했어요. 정
작 몰아주기 받은 우리 신랑은 그냥저냥… 그리고 어마어마한 집의 따님
과 작년 12월에 결혼했어요. 시어머니 저한테는 막 대하는데 동서는 어
려워하세요. 아, 인간이란 참으로… 에피소드식으로 써볼게요. 음슴체 갑
니다. 1. 난 결혼식장에서 동서 처음 봄 시부모님도 상견례 때 처음 보고
결혼식날 두 번째로 봄. 그날은 애 때문에 하객들 때문에 정신없어서 얼
굴만 겨우 봤음 신행 갔다 와서 바로 집들이 초대함 피곤할 텐데 집들이
를 어떻게 하나 싶었는데 케이터링 서비스 불러서 뷔페 차림 겨우 6명 밥
먹는데 ㅋㅋㅋ…… 2. 집들이 다음 주에 친가 쪽 친척들 식사 대접함. 사
촌시누가 애 둘 있는데 소리 지르고 뛰고 난리 남. 내가 조용히 해야지~
하니까 어머님이 우리뿐인데 어떠냐고 그냥 두라심- 룸이었음 동서 점
점 표정 안 좋아짐. 결국 시동생한테 영어로 뭐라 뭐라 하더니 잠시 실례
할게요. 하고 나감 그리고 한참 지나도 안 들어옴. 어머님이 새아기는 밥

도 안 먹고 어디 갔니 전화해봐라 함. 시동생 曰, 올 때 되면 오겠지 냅 둬. 우리 밥 다 먹고 나서야 동서 들어옴 어머님이 애야 어디 갔었니, 밥도 안 먹고, 배고프겠다 다정폭발 동서 표정변화 하나 없이 애들이 시끄러워서 밖에서 먹고 왔어요. 하지만 동서한테 뭐라 할 수 있는 용자는 아무도 없었습니다.…… 5. 지난 주말에 어머님 생신이라 다 같이 외식함. 동서가 엄청 비싼 옷 사드림. 그거 입고 심히 업 되셨는지 자꾸 내 옷을 지적함 내가 얇은 가디건 걸치고 있었는데 후줄근하다고 호텔 올 때 그런 거 입으면 안 된다고 무한반복. 하루에 열 마디 하실까말까 한 아버님도 그만하라 할 정도로 난 한귀로 듣고 한 귀로 흘리기 스킬을 쓰고 있어서 별 생각 없었는데 동서 표정 또 점점 안 좋아짐 어머님이 동서 옷이랑 비교하기 시작함 동서가 조용히 일어나더니 내 가디건을 찢어버림. 나 너무 놀라서 소리도 못 지름. 옷 새로 사야겠네요. 이러면서 날 데리고 나가버림. 동서가 옷 찢어서 죄송하다며 옷이랑 가방 사주고 집에 데려다줌. 집 앞에서 보채는 애 안고 오매불망 나만 기다리고 있는 신랑. 동서가 신랑한테 아주버님이 제일 문제인거 알죠? 이러고 감. 어머님 원래 매일 전화해서 잔소리하시는데 오늘까지 전화 한통도 없음. 뭐 저런 며느리가 다 있나 욕할 수도 있겠지만 난 동서 덕분에 편하고 너무너무 좋음.

사례6)에서 시동생은 부잣집 딸과 결혼했고 글쓴이에게는 동서가 생겼다. 6명이 하는 집들이 때는 케이터링 서비스를 부르고, 집들이 후 친가 친척들 식사자리에서 사촌시누 아이가 소리 지르고 뛰고 난리를 치자 동서는 시동생에게 영어로 뭐라고 하고는 밖으로 나간다. 한참 후 들어온 동서에게 시어머니가 어디 갔었냐고 묻자, 동서는 시끄러워서 밖에서 먹고 왔다고 한다. 지난 주말에 시어머니 생신이라 다 같이 호텔에서 외식을 했는데, 시어머니가 동서가 사준 비싼 옷을 입고 기분이 업

되어 글쓴이의 후줄근한 옷을 타박한다. 시어머니가 글쓴이의 옷 이야기를 무한반복하며 동서옷과 비교하자, 동서는 조용히 일어나 글쓴이가 입고 온 가디건을 찢어버리고, 죄송하다며 글쓴이를 데리고 나가 옷과 가방을 사주고 집으로 데려다준다. 뭐 저런 며느리가 있나 욕할 사람도 있겠지만, 글쓴이는 동서 덕분에 편하고 너무 좋다.

사례 7 눈치 없는 동서가 너무 좋아요

시부모는 가부장적이고 너무 옛날 사상이 강해서 같이 돈 벌어도 집안일은 여자 몫이기 때문에 배달음식과 간편식을 이해 못했고 저한테 매번 도리 강요하면서 집안 무시를 했기에 안보고 사는 걸 택했죠. 1년에 한 번? 아님 두 번? 정도 보면서 그냥 형식적인 관계였어요. 저는 시부모 행동에 하나하나 반박하며 서로 언성을 높였기에 사이가 좋을 수가 없었죠. 그 사이에 시동생 결혼했고 서로 휴무가 안 맞아서 잘 못 보다가 우연히 시부모, 우리부부, 동서부부 만나게 되었는데 밥 먹는데 동서가 그러더라고요. 어제 오빠가 김치찌개 끓여줬는데 너무 오래 걸려서 배고파 죽는 줄 알았어요. 저번에는 마트에서 비비고 사다가 먹었는데 오빠가 해주는 것보다 맛있어요. ㅎㅎ 일 끝나고 집에 오면 일하기 싫은데 오빠가 집안일 저보다 잘해서 다행이에요. 처음엔 애 뭐지? 라고 생각했는데 시간이 좀 지나고 알았어요. 동서는 눈치가 없는 게 아니라 일부러 시부모 민감한 부분을 건드리는구나... 시부모는 동서가 저런 얘기를 할 때마다 표정관리가 안되었어요. 동서는 이 상황을 다 알면서 자기표현을 하는 거였죠. 나와는 다른 방식으로 풀어가는구나 싶었어요. 처음에는 참 개념 없다 싶었는데 지금은 동서가 너무 좋아요 ㅎㅎㅎ

사례7)에서도 글쓴이는 동서가 너무 좋다. 시부모님은 옛날 분들이라 돈 벌어도 집안일은 여자몫이라고 생각해 배달 음식과 간편식을 이해 못하셨다. 매번 도리를 강요해 글쓴이는 시부모님을 1년에 한 두 번 보며, 형식적으로 사는 편을 택하였다. 시동생이 결혼을 한 후 잘 못 보다가 우연히 시부모님, 글쓴이 부부, 시동생 부부가 함께 식사를 하게 되었다. 동서가 어제 남편이 김치찌개를 끓여줬는데 배고파 죽는 줄 알았다고, 지난번에는 마트에서 비비고 사다 먹었는데 남편이 해준 것보다 맛있었다고, 일 끝나고 집에 오면 일하기 싫은데 남편이 집안일을 저보다 잘해서 다행이라고 말을 한다. 시부모님은 동서가 얘기할 때마다 표정관리가 안 된다. 처음에 글쓴이는 동서가 눈치가 없는 줄 알았다. 근데 시간이 지나면서 동서가 일부로 시부모님의 민감한 부분을 건드린다는 것을 알았다. 글쓴이가 시부모님과의 형식적인 관계를 택한 것처럼 동서는 또 다른 방식으로 시부모님과의 관계를 풀어가는구나 싶어, 지금은 동서가 너무 좋다.

사례 8 ▌ 동서 덕분에 사이다 마셨어요

시부모와 거의 남처럼 지낸지 4년... 가부장적이고 조선시대 마인드로 명령과 복종 강요., 결국 엄청 싸우고 어색하게 지내요 제가 12월에 출산을 했고 조리원 퇴소하고 시부모랑 동서네 부부랑 같이 왔는데 뭐,, 처음에는 고맙다 수고했다 이러시더니 시모가 말하길 친정엄마가 가까이 사니까 도움되겠네? 엄마한테 애기 많이 봐달라고 하면 되겠네? 비꼬는 말투로 얘기 하더라고요 마치 나는 멀리 사니까 니 엄마한테 아쉬운 소리 해라 이런 말투였어요 듣다가 짜증나서 친정엄마는 가까이 살수록 좋다

> 잖아요. 친정은 가까이 살아야 한다는게 무슨 말인지 알거 같다고 그랬더
> 니 옆에 있던 동서가 맞아요~~ 저도 엄마 옆으로 이사가서 자주 얼굴도
> 보려고요. 친정엄마가 최고죠 이렇게 얘기하는데 동서와 내가 통했구나
> 느껴지고 순간 눈 마주쳤는데 웃음이 ㅋㅋㅋㅋㅋㅋ

　사례8)에서 시부모님은 가부장적이고, 조선시대적인 마인드로 글쓴
이에게 명령과 복종을 강요했다. 결국 시부모님과 싸우고 남처럼 지낸
지 4년이다. 글쓴이가 작년 12월에 출산을 하고, 시부모님과 동서네 부
부와 같이 산후조리원을 퇴소해 집으로 돌아왔다. 처음에는 고맙다 수
고했다 하시던 시어머니가, 나중에는 "친정엄마 가까이 사니 엄마한테
애기 봐달라면 되겠네."라고 비꼬는 말투로 말을 한다. 글쓴이는 듣다가
짜증이 나서 "친정엄마는 가까이 살수록 좋다잖아요. 친정은 가까이 살
아야 한다는 게 무슨 말인지 알 거 같다."고 이야기를 했다. 그러자 옆에
서 동서가 자신도 친정 옆으로 이사해 자주 얼굴을 보려한다며, 친정엄
마가 최고라고 한다. 글쓴이는 동서의 말에 동서와 자신이 통했구나 느
껴지고, 동서와 눈이 마주친 순간 웃음이 났다.

사례9 시어머님이 동서를 너무 잡아요.

> 　바로 본론 들어갈게요. 전 결혼 3년차입니다. 시부모님 두 분과 장남
> 인 남편, 남동생 이렇게 있구요. 서방님은 결혼 5년차예요. 이제 29살인
> 데 동서는 동갑이구요. 결혼 전 상견례 후 시댁에 인사드릴 겸 방문했을
> 때 동서 처음 보고 사람 참 곱다고 생각했어요…… 작년 추석 지나고 동
> 서가 형님 혹시 시간 괜찮으시면 저랑 놀아주세요 하길래 동서랑 둘이

속초 놀러 간 적 있었는데, 둘이 술 한잔 하다 보니 동서가 꺼이꺼이 울며 케케묵은 이야기를 꺼내기 시작했어요. 어릴 때 엄마 돌아가시고 아버지랑 오빠, 남동생 책임지며 살았다구요. 그러다 지금 남편(시동생) 대학교 졸업반에 만나서 연애를 시작했는데 일하면서 경력이 쌓일 때쯤 덜컥 임신이 되었답니다. 부랴부랴 양가 허락받고 급하게 결혼을 했는데 동서는 사회 초년생이고 시동생은 대학생이고.. 모아둔 것도 없어 다 지원 받아 했대요. 시집와서 죽고 싶을 때가 한 두 번이 아니었답니다. 스트레스가 심했던 건지 유산이 2번.. 그럴 때마다 시어머니한테 하찮은 몸뚱아리로 우리 아들 발목 잡았다고 그렇게 욕을 먹었대요. 결혼 하고 나서 명절에 친정 한 번도 못 가봤고 자기는 명절에 친정가면 집안이 망하는 줄 알았답니다. 친정에 ㅊ만 꺼내도 시어머니 노발대발 하면서 본 데 없이 커서 그렇다고 어디서 못 배운 거 티내느냐고 그리 거품을 물어서요. 근데, 형님은 친정에 보내주시는걸 보고 화가 나는걸 감당을 못 하겠더라 이야기하더라구요. 그걸 왜 참고 살았냐고 화를 냈더니 우리 아빠 저 시집오기 전 날 울면서 밤 새우시고 빨갛게 충혈 된 눈으로 식장 사진 찍으셨어요. 언니. 제가 화를 내고 집을 나가면 갈 데라곤 친정밖에 없는데 우리아빠 마음 아파하는 거 어떻게 봐요 이러는데... 정말 너무 마음 아프고 슬프고.. 이 아이가 뭘 그리 잘못해서 싶고. 남편이랑 시동생까지 다 미워지더라구요. 집에 돌아와서 남편에게 이런 거 알고 있었느냐 말했더니 알고 있었다고 하더군요. 근데 왜 어머님 안 말렸냐니까 말렸답니다. 시동생이 화도 내고 싸우기도 많이 싸웠고 한번은 명절에 동서는 집에 두고 혼자 내려갔더니 그 길로 어머님이 직접 운전해서 동서 끌고 오더랍니다.……올해 설에 동서에게 나랑 같이 내려가자 했더니 어머님 난리 날거라며 안절부절 하길래, 괜찮으니 나랑 같이 가자했어요. 연휴 2일전부터 동서에게 빨리 내려오라고 난리라고 시동생 연락 왔길래 제가 어머니께 전화

드렸어요. 동서랑 일이 좀 있어서 당장 못가니까 연휴 날 점심에 내려 가 겠다구요. 걔가 일이 있긴 뭐가 있느냐고 음식은 누가 하느냐고 소리 지 르시길래 그런 일 있어요. 하고 끊어버렸어요. 연휴 날 아침에 시동생이 랑 남편 먼저 보내고 가는 길에 시장에서 산 명절음식 줘어줬어요. 동서 랑 영화 보고 놀다가 저녁에 갔더니 어머님 얼굴이 완전... 뭐 하다 이제 왔냐고 동서한테 또 옥박 지르시길래 내가 동서 도움 필요한 일 있어서 도와 달라했다. 이제 제가 맏며느리인데 동서가 하던 음식들 제가 해야 죠. 그거 좀 가르쳐 달라 했어요. 이랬더니 쟤(동서)는 이 집 귀신이지만 너는 손님이라고. 크면서 손에 물 한번 안 묻혀 봤을 건데 그런 거 어떻 게 하겠느냐 하시던. 대꾸도 안하고 시동생한테 동서 음식 하느라 피곤했 을 테니 쉬게 해주라고 나물 몇 가지 정도는 내가 해도 금방이라고 그랬 어요. 시동생은 이미 입이 귀에 걸리면서 예예 형수. 예 형수님 그럴게요. 감사합니다 하고 동서는 어떻게 해야 할지 몰라서 불안해하고. 그냥 방 에 들어가라고 밀어 넣었어요. 설에 나올 때 동서 데리고 같이 나왔어요. 결혼 후 첫 명절 친정 나들이인데 같이 가야 하지 않겠느냐고 같이 나가 자 했구요. 여자가 명절에 친정 가는 게 무슨 경우냐고 내일 가라고 또 옥 박 지르시길래 저는 지금 갈건데요 어머님? 이랬더니 더 말은 안하시고 그냥 얼굴만 울긋불긋... 집 나서는 길에 동서 많이 울었어요. 명절에 친정 가는 거 처음이라고. 형님 정말 감사하다고... 마음 같아선 아예 시어머님 이 동서에게 갑질(?) 못하게 하고 싶은데 지금 제 머리로 할 수 있는 최선 의 방법은 이거예요.

사례9)는 시어머니로부터 구박을 받는 아랫동서를 지켜주고 싶은 형 님의 글이다. 글쓴이가 결혼 전 시댁에 인사를 갔을 때 글쓴이는 동서를 보고 참 곱다고 생각했고 동서는 형님이 생겨서 너무 좋다며 글쓴이의 손을 꼭 잡았다. 그 후 동서는 형님에게 자신의 속마음을 털어놓기 시작한다. 어릴 적 어머니가 돌아가시고 초등학교 졸업하기 전부터 아버지와 오빠, 남동생을 밥 해먹이고 살았다며, 시동생이 대학 졸업반일 때 연애를 시작해 덜컥 아이가 생기는 바람에 부랴부랴 결혼을 했다고 한다.

그렇게 시집와서 시어머니한테 하찮은 몸뚱아리로 우리 아들 발목 잡았다는 이야기를 들으며 살았고, 결혼 후 명절에 친정을 한 번도 못 가봤다고 한다. 친정에 'ㅊ' 자만 나와도 시어머니 노발대발 하시며 어디서 못 배운 거 티 내냐고 거품을 물었는데, 형님은 친정에 보내주시는 걸 보고 화가 났다고 한다. 글쓴이는 동서의 말에 너무나 마음이 아프다.

글쓴이는 명절 연휴 아침에 남편과 시동생에게 명절 음식을 들려 시댁으로 보내고, 동서와 영화를 보고 놀다가 저녁에 시댁으로 간다. 시어머니는 동서한테 윽박을 지르는데 글쓴이는 자신이 동서의 도움이 필요해 그랬다고 동서를 편들고, 나머지 나물 몇 가지는 본인이 한다며 동서를 방으로 들여보낸다. 설 당일에 친정에 간다고 나오면서 동서네도 데리고 나오는데, 시어머니는 명절에 친정을 가는 게 무슨 경우냐고 내일 가라고 동서를 윽박 지르지만 글쓴이가 자신도 지금 갈 거라고 하자 더 이상 말씀을 안 하신다. 글쓴이는 동서에게 행하는 시어머니의 갑질을 끊고 싶다.

사례 10　외국인 며느리가 만만한가요? 시어머니의 이중적인 모습

최근에 결혼한 20대 후반 여자사람인데요. 전 시어머니가 굉장히 좋으신 분인 줄 알았어요. 나이에 비해 젊게 사시고 자식들도 존중해주는 좋은 분인 줄 알았는데 전혀 아니었어요... 충격이 너무 크네요. 남편이 삼

형제인데 늦둥이 막내거든요. 위로 형이 둘 있는데 큰형이랑 나이차가 많이 나요. 큰아주버님이 40대 초반이시고 큰형님과 동갑, 그리고 직업은 저랑 같은 간호사에요. 작은 아주버님이 30대 후반이세요. 작은형님이 베트남 사람이고 저보다 나이가 어려요.; 남편은 저랑 동갑이구요. 문제는 시어머니가 작은형님을 대하는 태도에요.…… 시어머니가 저랑 큰형님한테는 꼼짝을 못하세요. 특히 큰형님한테요. 큰형님이 되게 좋은 대학 나오셨고 간호사 하고 계시니까 엄청 자랑스러워하고 친척들 다 모이는 설 명절에도 손에 물 한 방울 안 묻게 하시더라구요. 물론 저한테도 그러셨어요.…… 저희는 일하는 사람이라고 집안일은 못하게 하시고 집에서 노는 둘째가 하는 게 맞다면서 작은형님한테만 일을 시키시는데 제가 여동생이 있어서 작은형님만 보면 이상하게 마음이 아파요. 다들 아무렇지 않게 앉아서 웃고 떠들고 과일 먹는데 작은형님만 일하시는 거예요. 그게 신경 쓰여서 저도 집안일 좋아한다고 거짓말 하고 도와드리고 있는데 남편은 저보고 일하고 와서 힘들 텐데 하지 말라 하고 그 얘기 들은 시어머니 달려와서 저보고 앉아 쉬라고 하고 작은형님도 괜찮다고 혼자 한다고 하시니까 제가 너무 죄송하고 그렇더라구요. 작은 아주버님은 그 와중에 누워서 자고요...ㅜㅜㅜ 작은형님이 사과를 깎아오셨는데 칼질을 잘 못하시는지 과일에 껍질도 많이 붙어있고 또 모양이 좀 안 예뻤는데 먹는 덴 지장 없잖아요. 근데 시어머니가 주방에 가서 작은형님 등짝을 확 때리면서 아직도 과일을 못 깎느냐고 엄청 혼을 내시더라구요. 제가 슬쩍 다가가니 어머니가 놀라시면서 저를 주방에서 끌어내시는데 작은형님이 뒤돌아서 우시는 거 같았어요. 제가 아는 시어머니 모습은 며느리들이 일하는 모습을 존중하고 좋아해주시며 여자든 남자든 똑같이 집안일을 해야 한다며 저보고 남편이 빈둥거리면 말하라고 혼내준다 하셨거든요. 실제로 남편은 깔끔한 성격이라 집안일도 많이 해주는 편이고 저보다 잘하는 부분도 있구요. 근데 왜 작은 아주버님은 그렇게 안하실까요? 가족들 다 모였을 때도 그랬는데 평소엔 얼마나 혼자 고생이 많으실까요. 작은형님이 어머니 모시고 같이 살거든요……. 둘째 형님 시집오기 전에 어땠냐고 큰형님한테 물어봤는데 추석이나 설 명절에도 병원일 하느라 바빠서 시댁에서 크게 일하지 않았대요. 아마 시어머니 혼자서? 하셨던 거 같아요. 아마도요. 근데 큰형님이 그래도 둘째가 시집오고 나서는 더 편해졌다고 묵묵하게 일 잘한다고 너무 편하다고 하시는데 왜 그 말이 그렇게 불편한지 모르겠더라구요……. 집에 갈 때 작은형님이 저보고 부럽다고 하시더라구요. 뭐가 부럽냐 물으니 그냥 예쁜 옷 입고 회사(병원) 다니는 게 부럽다 하네요ㅜㅜ 동생 생각은 나는데 제가 뭘 어떻게 해야 할 지도 모르겠고 남편한테 슬쩍 떠봤는데 별 생각 없는 거 같아요. 자기 형과 엄마가 문제 있다는 거… 인정하고 싶지도 않겠지만요.

사례10〉은 외국 며느리에 대한 시어머니의 차별이 불편한 막내동서의 글이다. 큰형님과 글쓴이는 간호사로, 시어머니는 늘 둘에게 잘 대해 줬다. 특히 큰형님은 명문대를 나와 간호사를 하고 있어 시어머니가 엄청 자랑스러워하시고, 글쓴이 또한 괜찮은 대학을 졸업해 간호사로 일하고 있어 시어머니가 예뻐해 준다. 근데 시어머니는 며느리 둘은 일을하는 사람이라고 집안일을 못하게 하고 베트남인인 둘째 동서에게만일을 시킨다. 글쓴이는 여동생이 있기에 자신보다도 어린 둘째 동서가혼자 일하는 게 마음이 아프다. 일을 도와주려고 해도 시어머니는 말리며 일을 못하게 한다. 형님은 둘째 동서가 묵묵하게 일을 한다며 둘째가시집을 온 후로 너무 편해졌다고 한다. 다른 식구들도 둘째 동서가 혼자일하는 것에 대해 별 생각이 없는 것 같다. 하지만 글쓴이는 시어머니의 이중적인 모습이 못마땅하고 불편해, 둘째 동서를 도와주고 싶다.

그렇다면 [삼 형제 죽고 삼정승 날 명당] 설화군이나 〈세 과부의 외아들을 구한 한시〉〈삼 동서의 우세〉 설화는 이러한 현대 사례들과 어떻게 연관될 수 있을까?

먼저 [삼 형제 죽고 삼정승 날 명당] 설화군이나 〈세 과부의 외아들을 구한 한시〉에서 이들 세 동서는 동일한 목표를 가지고 있다. [삼 형제 죽고 삼정승 날 명당] 설화군에서 첫째 동서와 둘째 동서는 셋째 동서가 낳은 세쌍둥이를 하나씩 맡아 키운다. 남편이 없는 상황에서, 세 동서는 세쌍둥이에게 소망을 두는데, 목표가 같으므로 동서갈등은 드러나지 않는다. 〈세 과부의 외아들을 구한 한시〉에서도 세 동서는 큰집 조카 하나만을 바라보고 산다. 큰집 아들은 이들에게 나무를 해주고, 양식을 사다 주고, 이들의 모든 일들을 감당해주고 있다. 이런 상황에서 큰집 아들의 징집은 이들에게 청천벽력(靑天霹靂) 같은 일이다. 여기서 또한 세 동서는 큰집 아들에게 모든 소망을 걸고 있고, 이들의 목표가 같기에, 동서갈등이 일어날 틈이 없다.

『시경』 소아(小雅) 녹명지습(鹿鳴之什)편 상체(常棣)장에 보면 "형제는 집안에서는 서로 싸울지라도 밖에서 모욕을 당할 때면 서로 힘을 합쳐 막아낸다.(兄弟鬩于牆 外禦其務)"는 구절이 있다. 이와 같이 동일한 목표는 동서갈등을 무력화시킬 수 있다. 사례2〉 사례7〉 사례8〉 사례9〉의 경우 시어머니에 맞서 오히려 두 동서가 같은 편이 되고 있는데, 목표대상이 동일하기에 동서관계는 원만하며 친밀하다.

다음으로 〈삼 동서의 우세〉 설화이다. 여기서는 세 동서가 모여, 자신들의 치부를 드러내고 있다. 이 설화의 배경조차도 긴긴 겨울밤이다. 긴긴 겨울밤은 이야기를 꺼내기 편한 시간이 된다. 자신의 속마음을 털어놓을 때 인간관계는 더 친밀해질 수 있으며, 친밀하기에 더 깊은 마음속 이야기를 할 수 있다. 설화에서 자신의 허물을 드러낼 수 있다는 것은 그만큼 세 사람의 관계가 원만하다는 것을 의미한다. 특히 세 동서를 민망하게 만든 사람은, 첫째 시숙으로 동일한 인물이다. 이처럼 동서관계에서 동일한 사건을 공유하거나 어떤 사람에 대한 평가가 동일하다면, 동서관계는 보다 친밀해질 수 있다.

사례1〉에서 글쓴이가 "동서와 둘이 나눠 마시는 한 잔의 맥주가 세상의 그 어떤 것보다 맛나다"는 것은 동서와의 공유할 수 있는 일이 많기 때문이다. 사례3〉에서 무슨 일이 생기면 서로 상의하고 시댁 흉이나 남편 흉도 본다는 것은 서로에게 공통사가 있기 때문이다. 사례4〉에서는 동서가 임신을 하고 아이를 낳으면서 자신의 여동생들이 생각나며 동서가 안쓰러워진다. 동서가 여동생처럼 생각되면서 글쓴이는 동서를 챙겨주고 무조건 잘 해주기 시작하는데, 이것은 동생에 대한 감정이 동서에게로 이입되었기 때문이다. 사례7〉 사례8〉의 경우는 시어머니에 대한 평가가 동일하기에, 동서간은 서로에게 친밀감을 느끼게 된다.

동서는 다른 성(姓)의 남남이면서 배우자들의 형제나 자매관계로 인해 맺어진 사이이다. 이 관계는 형제관계와도 유사한데, 시부모님을 사이에 두고 그 사랑을 차지하려는 경쟁하는 관계도 될 수 있지만, 다른 한편으로는 한 집안의 며느리나 사위들이기에 공유할 수 있는 공통사도 많고 형제관계처럼 친밀해질 수도 있다. 어디에 초점을 두느냐에 따라 동서관계는 달라질 수 있다.

참/고/문/헌

1. 자료

- 임석재, 『한국구전설화』 전 12권, 평민사, 1988~1990.
- 한국정신문화연구원, 『한국구비문학대계』 전 82권, 1980~1988.
- 정운채 외, 『문학치료 서사사전』, 서사와 문학치료연구소, 2009.

2. 논저

- 강진옥, 「설화의 문제해결방식을 통해 본 '인식'과 그 의미」, 『구비문학연구』3, 한국구비문학회, 1996.
- 강문희 외, 『가족상담 및 심리치료』, 신정, 2011.
- 고미영, 『이야기 치료와 이야기의 세계』, 청목출판사, 2004.
- 곽정식, 「한국 설화에 나타난 형제 간 갈등의 양상과 그 의미」, 『문화전통논집』 제4집, 경성대학교 부설 한국학연구소, 1996.
- 권혁래, 「옛이야기 형제담의 양상과 의미-1910~1945년 설화, 전래동화집을 대상으로-」, 『동화와 번역』 제19집, 건국대학교 동화와 번역연구소, 2010.
- 김규수 외, 『가족치료; 이론과 실제』, 양서원, 2005.
- 김기동, 『한국고전소설연구』, 교학연구사, 1983.
- 김대숙, 「여성의 삶과 설화문학」, 『한국인의 삶과 구비문학』, 집문당, 2002.

- _____, 「구비 열녀설화의 양상과 의미」, 『고전문학연구』 제9집, 한국고전문학회, 1994.
- 김대행, 「현대사회와 구비문학 연구」, 『구비문학연구』 제15집, 한국구비문학회, 2002.
- 김번영, 『이야기치료의 원리와 실제』, 학지사, 2015.09.15.
- 김성룡, 「이야기하기의 치료적 효과」, 『고전문학과 교육』 제10집, 한국고전문학교육학회. 2005.8.
- 김수지, 『가족정신건강; 가족치료의 이론과 실제』, 수문사. 1986.
- 김유숙, 『이야기치료』, 학지사, 2013.11.30.
- 김일렬, 「고전소설에 나타난 가족의식」, 『동양문학연구』 1, 경북대 동양문화연구소, 1974.
- 김현주, 「가족갈등형 고소설의 여성주의적 연구」, 경희대 박사학위논문, 2010.
- _____, 「〈반씨전〉을 통해 본 여성문제와 형제갈등」, 『한국고전여성문학연구』 23호, 한국고전여성문학회, 2011.
- 김혜정, 「'전실자식 간을 먹으려는 계모' 설화에 나타난 가족 갈등의 양상과 대안적 가족관계」, 『국제어문』 제56집, 국제어문학회, 2012.
- 노영근, 「〈시어머니 길들인 며느리〉 유형의 갈래와 의미」, 『어문연구』 제36집 4호, 한국어문교육연구회, 2008.
- 박경열, 「고소설의 가정갈등에 나타난 악행 연구」, 건국대 박사학위논문, 2007.
- 박영희, 「고소설에 나타난 동서갈등 연구」, 『이화어문논집』 23권, 이화여대 한국어문학연구소, 2005.

- 박현숙, 「설화에 나타난 '새식구 들이기'에 대한 두 가지 시선; '며느리 고르기'와 '사위 고르기' 설화의 비교」, 『구비문학연구』 제30집, 한국구비문학회, 2010.
- 변학수, 『문학치료』, 학지사, 2004.
- 서은아, 「〈나무꾼과 선녀〉의 부부갈등과 문학치료」, 지식과교양, 2011.7.
- _____, 「〈구렁덩덩신선비〉를 이용한 부부상담의 가능성 탐색」, 『고전문학과 교육』 제12집, 한국고전문학교육학회, 2006.8.
- _____, 「〈손 없는 색시〉의 문학치료적 가능성 탐색」, 『국학연구』 제12집, 한국국학진흥원, 2008.6.
- _____, 「현대 고부갈등 해결을 위한 〈우렁색시〉의 문학치료적 가능성 탐색」, 『국어교육』 121호, 한국어교육학회, 2006.10.31.
- _____, 「현대 '장모와 사위' 사이의 갈등해결을 위한 설화의 문학치료적 가능성 탐색」, 『인문학연구』 제34권 2호, 충북대학교 인문과학연구소, 2007.8.
- _____, 「〈장화홍련전〉의 가족갈등과 문학치료적 활용」, 『국어교육』 129호, 한국어교육학회, 2009.6.30.
- 신동흔, 「구비문학에 나타난 부녀관계의 원형-'집 나가는 딸'유형의 설화를 중심으로-」, 『구비문학연구』 제28집, 한국구비문학회, 2009.6.
- 앨리스 모건 저, 『이야기치료란 무엇인가?』, 청목출판사, 2013.12.15.
- 양유성, 『이야기치료(이야기를 통한 인간이해와 심리치료)』, 학지사, 2008.06.20.

• 왕유, 「문학치료학 관점으로 살펴본 한·중 구비설화의 부녀대립 서사 비교 연구」, 건국대학교 석사학위논문, 2013.

• 유영주 외, 『현대결혼과 가족』, 신광출판사, 2000.

• 윤미연, 「상생(相生)의 가족서사와 그 효용성 연구; 한국 구비 설화를 바탕으로」, 서울여대 박사학위논문, 2012.

• 윤순임 외, 『현대상담·심리치료의 이론과 실제』, 중앙적성출판사, 2011.

• 윤승준, 「기대와 실망, 괄시와 보복의 서사-구전설화 속 처가와 사위의 관계-」, 『한민족문화연구』 제37집, 한민족문화학회, 2011.

• 이광규, 「설화를 통해 본 가족관계」, 『서울대학교 사회과학논문집』 5, 서울대학교 출판부, 1980.

• 이봉희, 「나를 찾으려면 낯선 사람을 찾아가라-문학치료와 탐구여정; 『오즈의 마법사』」, 『한국문예비평연구』 제14집, 한국현대문예비평학회, 2004.

• 이영문, 『스토리텔링으로 풀어 보는 이야기치료』, 시그마프레스, 2013.02.05.

• 이윤경, 「계모형 고소설 연구-계모형 설화와의 관련성을 중심으로」, 성신여대 박사학위논문, 2004.

• 이인경, 「구비설화를 통해 본 노후의 삶과 가족」, 『구비문학연구』 제17집, 한국구비문학회, 2013.12.

• 이지하, 「동서갈등 전개 양상을 통해 본 〈위씨절행록〉과 〈반씨전〉의 비교 연구」, 『고전문학연구』 30권, 한국고전문학회, 2006.

• _____, 「〈반씨전〉의 이중적 성격과 그 의미」, 『한국문화』 38권, 규장각 한국학연구소, 2006.

• 임재해, 「친딸과 양자로 형성된 가족관계 파탄과 지속의 주체」, 『구비문학연구』 제31집, 한국구비문학회, 2010.12.

• 임치균, 「아내의 정숙함을 의심하는 남편에 대한 문학치료적 접근 방식 고찰」, 『문학치료연구』 제22집, 한국문학치료학회, 2012.

• 정경민, 「자녀희생효행설화에 나타난 '효'와 '모성'의 문제」, 『한국고전여성문학연구』 제24집, 한국고전여성문학연구, 2012.

• 정성란, 『가족상담 및 치료』, 양서원, 2011.

• 정운채, 『문학치료의 이론적 기초』, 문학과 치료, 2006.

• ____, 「〈처용가〉와 〈도량넓은 남편〉의 관련 양상 및 그 문학치료적 의의」, 『고전문학과 교육』 제12집, 한국고전문학교육학회, 2006.8.

• ____, 「부부서사진단도구를 위한 구비설화와 부부서사의 진단 요소」, 『고전문학과 교육』 제15집, 한국고전문학교육학회, 2008.2.

• 정충권, 「여성의 시각에서 본 형제 우애 설화에 나타난 가족」, 『문학치료연구』 제16집, 한국문학치료학회, 2010.

• 조동일, 『현대사회와 구비문학』, 박이정, 2005.

• 조춘호, 「구비 우애설화의 양상과 의미」, 『어문학』 제11집 1호, 경산대학교, 1993.

• 조홍매, 「구비설화의 부녀서사와 그 전승에 관한 연구-딸의 존재가치 발현을 중심으로」, 서울여대 박사학위논문, 2016.

• 진영석, 『가족치료』, 백산출판사, 2002.

• 최기숙, 「'효/불효' 설화에 나타난 가족 관계의 문학적 상상과 문화 문법에 관한 비판적 독해- 불효를 이용해 효도하게 하기(431-1) 유형을 중심으로-」, 『구비문학연구』 제31집, 한국구비문학회,

2010.12.

• 최진형, 「구전설화에 나타난 '파격'-가족관계에서 '갈등'의 발생 상황과 해결 과정을 중심으로-」, 『구비문학연구』 제29집, 한국구비문학회, 2009.12.

• 한유진, 「계모설화에 나타난 갈등의 양상」, 『이화어문논집』 제30집, 이화어문학회, 2012.

• 홍나래, 「"남의 씨로 아들 낳기" 소재 설화에 나타난 가족관계와 문제해결방식」, 『한국고전연구』, 16집, 한국고전연구학회, 2007.

• 홍대식, 『연애와 결혼 심리학』, 청암미디어, 2002.

작/품/색/인

설화

설화군

서은아(徐銀雅)

서은아는 서울여자대학교 교육심리학과를 졸업하고, 동 대학교 대학원 국어국문학과에서 석사 · 박사학위를 받았다. 서울여자대학교 인문과학연구소 전임연구원, 연구교수를 역임하였다. 현재 서울여자대학교 학술연구교수로 재직 중이다. 최근 저서로『구비설화를 활용한 가족상담모형 개발: 부부관계영역』(지식과 교양, 2015.7.25.),『구비설화를 활용한 계모가정 내 가족상담 프로그램 개발』(지식과 교양, 2015.10.15.),『구비설화를 활용한 고부갈등 상담 프로그램 개발』(지식과 교양, 2016.11.25.),『구비설화를 활용한 처가갈등 상담 프로그램 개발』(지식과 교양, 2020.8.28.)이 있다.

구비설화를 활용한
동서갈등 상담 프로그램 개발

초 판 인 쇄 | 2022년 10월 7일
초 판 발 행 | 2022년 10월 7일

지 은 이 서은아

책 임 편 집 윤수경

발 행 처 도서출판 지식과교양
등 록 번 호 제2010-19호
주 소 서울시 강북구 우이동 108-13, 힐파크 103호
전 화 (02) 900-4520 (대표) / 편집부 (02) 996-0041
팩 스 (02) 996-0043
전 자 우 편 kncbook@hanmail.net

© 서은아 2022 All rights reserved. Printed in KOREA

ISBN 978-89-6764-189-4 93810 정가 14,000원

저자와 협의하여 인지는 생략합니다. 잘못된 책은 바꾸어 드립니다.
이 책의 무단 전재나 복제 행위는 저작권법 제98조에 따라 처벌받게 됩니다.